Los mares del Sur

Manuel Vázquez Montalbán
SERIE CARVALHO
4

Los mares del Sur

Premio Editorial Planeta
1979

Planeta

SERIE CARVALHO
Dirección: Rafael Borràs Betriu
Consejo de Redacción: María Teresa Arbó, Marcel Plans y Carlos Pujol

© Manuel Vázquez Montalbán, 1986
© Editorial Planeta, S. A., 1993
   Córcega, 273-279, 08008 Barcelona (España)
Diseño colección y cubierta de Hans Romberg (foto Claire Leimbach/Zardoya
   Press)
1.ª a 11.ª ediciones en esta colección: de octubre de 1986 a noviembre de 1992
12.ª edición: noviembre de 1993
Depósito Legal: B. 34.434-1993
ISBN 84-320-6917-5
Papel: Offset Munken Book, de Munkedals AB
Impresión: Duplex, S. A.
Encuadernación: Auxiliar Gráfica Jiro, S. A.
Printed in Spain - Impreso en España

Ediciones anteriores:

En Colección Autores Españoles e Hispanoamericanos
1.ª a 4.ª: de noviembre de 1979 a enero de 1980
Especial para Planeta Internacional
1.ª: noviembre de 1979
En Colección Popular
1.ª: junio de 1981

più nessuno mi porterà nel sud
(ya nadie me llevará al sur)

SALVATORE QUASIMODO

—Vámonos.

—Yo no me canso de mover el esqueleto.

—Vamos a moverlo de otra manera.

Loli amontonó sus mofletes para sonreír y sopló hacia arriba removiendo el flequillo a lo Olivia Newton-John.

—Estás caliente.

—Hoy toca, chachi.

El *Bocanegra* se puso en pie sobre sus piernas arqueadas. La bóveda galáctica del local formaba un arco de fluorescencias sobre su cabeza. Se subió los pantalones y anduvo con las piernas locas en dirección a la barra. Los camareros servían milagrosamente a tientas. Bultos amontonados sobre la barra se definían de pronto como parejas desperezadas, salientes de un nudo de brazos y lenguas. El *Bocanegra* pegó un puñetazo suave sobre un bulto.

—*Ternero*, arriba. Tu hermana y yo nos vamos.

—Joputa. Me has cortao.

La *Pecas* ya había escondido la lengua despellejada y trataba de utilizarla para quejarse de la intromisión de *Bocanegra*.

—Está bien. Si no queréis ir en coche, peor para vosotros.

—¿En coche? *Bocanegra* no me enrolles otra vez. Quiero pasar la noche tranquilo.

—Le había echado la vista a un zequis azul, demasié.

—¡Un zequis! Es otra cosa. No he subido nunca.

—¡Un zequis! —exclamó la *Pecas* con los ojos puestos en lejanos horizontes.

—Además, me parece que tiene teléfono. Más que un coche parece una *suite*, macho. Podemos follar los cuatro dentro del coche, y las ruedas aguantan.

—Eso me gusta —rió el *Ternero*—. Llamaré a la vieja: Tía, estoy follando en un zequis.

—Salid con la Loli y esperadme en la esquina de la fábrica de cartón.

Cruzó *Bocanegra* la pista de baile bajo los impactos de las ráfagas lumínicas. Diríase que sus piernas recibían electricidades desde la peana blanca, electricidades que acababan rizándose en sus cabellos negros, acaracolados.

—Siempre estás ahí, tío. Pareces un buzón —le dijo al portero al pasar.

—Me sustituyes, y yo me meto dentro a vacilar. ¡Vago!

—No me cuentes tu vida.

El *Bocanegra* se sintió abrigado por la oscuridad a medida que se alejaba del parpadeo rotular de la sala de fiestas. Metió la mano en el bolsillo derecho del pantalón y palpó la ganzúa, apoyada sobre el bulto de un cojón. Se acarició el cojón desde el interior del bolsillo. Luego sacó la mano y empuñó el paquete como para centrárselo o comprobar su arraigo. Con naturalidad llegó al lado del zequis, metió la ganzúa y se abrió la puerta dando un saltito, enjundiosa, como si fuera el portón de una caja fuerte. Olía el coche a coño de tía rica, pensó el *Bocanegra*. ¡Hostia!, puros. El copón, una petaca de whisky. Abrió el capó. Como si acariciara cabellos hizo el puente con los alambres. Cerró el capó. Se sentó en el coche con la sabiduría y elegancia supuestas en el propietario. Se amorró a la botella de whisky. Encendió un puro. Arrancó suavemente y giró con brusquedad el volante para que se oyera el viraje del coche ganando la bocacalle cercana. Por un túnel de ladrillos viejos y coches aparcados llegó a la esquina donde le esperaban Loli, el *Ternero* y la *Pecas*. Se hundió Loli en el asiento contiguo al tiempo que se cerraban las tres puertas con un ruido prefabricado.

—Otra vez me avisas. Coger un coche así es un lío. No nos va.

—No te irá a ti. Yo parezco un señor.

—¡Di que sí, *Bocanegra*!... —rió la *Pecas* desde atrás.

—Luego soy yo la que tiene que dar pasos cuando lo meten en la Modelo.

—Si das pasos, es porque te gusta darlos.

—La hostia. ¡Qué coche! ¿Adónde vamos?

—Vamos a follar a Vallvidrera.

—Yo prefiero follar en la cama.

—Lo mejor es hacerlo oliendo a pino —dijo *Bocanegra* y con una mano liberada del volante, se coló en el escote de la Loli para amasar una teta dura y grande.

—No te metas por el centro de San Andrés, que está lleno de guripas.

—Tranquilos. Esos tíos huelen los nervios. Tenéis que estar como si hubierais nacido en el coche.

—¿Qué fumas tú?, *Bocanegra*. Te vas a mear en la cama. No tienes edad para esos puros.

Bocanegra cogió una mano de la Loli y se la puso sobre el bulto del pene.

—¿Y para este puro tengo edad?

—¡Marrano!

La Loli sonreía, pero retiró la mano como si hubiera tocado un cable eléctrico. *Ternero* se inclinó hacia delante y concentró su atención en el recorrido de *Bocanegra*.

—Que no te vayas hacia el centro, leche. Que está lleno de patrullas.

—No te acojones, macho.

—No es cuestión de cojones.

—*Terne* tiene razón —apuntó la *Pecas*. Pero *Bocanegra* buscaba la Rambla de San Andrés y desembocaba en la plaza del Ayuntamiento.

—Tu madre...

El grito impotente del *Ternero* hizo sonreír a *Bocanegra*.

—No pasa nada, macho. Controlado. Todo controlado.

—¡Míralos!

La Loli había visto el coche patrulla aparcado en
la esquina del Ayuntamiento.

—Tranquilos...

Arqueó las cejas el *Bocanegra* adoptando despreo-
cupación, y pasó junto al coche patrulla. Una gorra
ladeada se movió y apareció de perfil un rostro amarillo por la luz de la farola, mecida por la tensión de
una pancarta de propaganda electoral. «Entra con nosotros en el Ayuntamiento.» En el rostro amarillo se
subrayaron los trazos de las cejas arqueadas. Parecie-
ron achicarse los ojos oscuros.

—¡Te ha echado una mirada!

—Siempre miran igual. Te perdonan la vida. Les
pones una gorra y se piensan que todo el mundo es
suyo.

—¡Nos siguen! —gritó la *Pecas* con la cabeza vuelta
hacia el cristal trasero.

El ojo izquierdo del *Bocanegra* se clavó en el espejo retrovisor lateral. Allí estaban los faros amarillos
y la luz rodante del coche patrulla.

—¡Te lo advertí, maricón, que eres un maricón y
un fardón!

—Cállate, *Ternero*, o te parto la boca. A ver si me
cogen. —Chilló Loli y se agarró al brazo de *Bocanegra*.
Salió despedida por el codazo y se echó a llorar acu-
rrucada al lado de la ventanilla.

—Eso es. ¡Ahora corre el joputa este! ¡Para, coño,
para y corremos! ¿Quieres que disparen?

Las llamadas luminosas del coche patrulla se con-
virtieron en sonoras. Lanzaba ráfagas de luz y soni-
dos para que se detuviera el CX.

—¡He de ganar terreno!

Aceleraba el *Bocanegra* y el mundo se acercaba peligrosamente al morro del coche, como si creciera y
fuera a su encuentro. Viró en una esquina y se quedó
sin espacio entre la hilera de coches aparcados a su
derecha y un cochecillo con el culo asomado en la bo-

cacalle. Chocó el CX y la Loli se dio con la cara contra el salpicadero. Retrocedió *Bocanegra* y dio con el culo del coche contra algo que respondió con una estruendosa queja de metal. Casi no la oyó el *Bocanegra*, que tenía los oídos copados por la cercanía de la sirena, y cuando enfiló correctamente la calle, los brazos le bailaban y el coche empezó a bandear dándose contra los aparcados a derecha e izquierda, hasta quedar el volante bloqueado entre los blandos brazos del *Bocanegra*. Se abrieron las puertas de detrás y saltaron el *Ternero* y la *Pecas*.

—¡Alto! ¡Alto, u os quedáis fritos!

Bocanegra oyó los pasos acercándose. Loli lloraba histéricamente, con la nariz y la boca llenas de sangre, y sin abandonar el asiento. *Bocanegra* salió con los brazos en alto y cuando se puso en pie ya tenía encima el empujón del «gris».

—Te acordarás de esta juerga. ¡Las manos sobre el coche!

Le buscaban los rincones del cuerpo y *Bocanegra* tuvo tiempo de salir del aturdimiento para darse cuenta de que reproducían la operación con el *Ternero* unos metros más allá y que la *Pecas* abría el bolso ante otro guripa.

—Hay una chica herida —dijo *Bocanegra* y señaló a Loli, que había salido del coche y seguía llorando lágrimas y sangre con el culo entregado al coche patrulla. Distrajo un momento la vista el policía en busca de la Loli, y *Bocanegra* le dio un empujón. Se le abrió un pasillo en la noche y se lanzó hacia él corriendo con los tacones llegándole al culo, los brazos enérgicos como émbolos. Pitos. Pitos. Insultos rotos por la distancia. Dobló varias esquinas sin perder de oído el ruido de las carreras que le seguían. Respiraba un aire húmedo y rugoso que entraba a borbotones y le quemaba los pulmones. Las callejas se sucedían sin portales propicios. Altos muros de ladrillos muertos o rebozados con un cemento arenoso anochecido. De pronto salió a la calle principal de San Andrés y todas las luces de este mundo le denunciaron manteniendo el equilibrio sobre una pierna mientras la otra frenaba. A unos metros le miraba sorprendido el centinela que montaba guardia junto a la garita del cuartel. *Bocanegra* se lanzó a la calzada y atravesó el paseo iluminado, en busca de los descampados que vislumbraba en dirección a la Trinidad. Necesitaba detenerse porque se ahogaba, tenía flato y casi le mareaba la quemazón que le producía el aire en los pulmones. Una vieja puerta de relamida madera, hervida por el sol y la lluvia, cerraba un solar. *Bocanegra* aprovechó las erosiones de la madera para adherirse y colgarse del borde superior e iniciar la subida a pulso. Los brazos quedaron excesivamente tensos por el peso del cuerpo, y *Bocanegra* cayó en cuclillas. Retrocedió unos pasos, se dio un impulso y se lanzó contra la puerta entablándose una lucha entre la madera bamboleante y el cuerpo que trataba de encaramarse. Notó el filo de la puerta en la ingle y dio un definitivo impulso que le convirtió en un cuerpo que caía por una pendiente de arcilla y se iba dando golpes contra piedras invisibles. Se arrodilló y se vio a sí mismo en el fondo de los cimientos de una casa en construcción. La puerta por la que había saltado coronaba la pendiente y le miraba como a un intruso. Sus ojos palparon la erosionada oscuridad y descubrieron la vejez de la obra abandonada. Le dolían ya todos los golpes que se había dado ciegamente, tenía todas las junturas de los músculos como destensadas, el sudor frío le empapaba de depresión. Buscó un rincón donde esconderse por si se les ocurría entrar en el solar. Fue entonces cuando le vio con la cabeza recostada sobre cascotes de ladrillo, los ojos abiertos mirándole y las manos como caracoles de mármol enfrentados al cielo.

—¡Me cago en Dios! —gritó el *Bocanegra* sollozando. Se acercó al hombre y se detuvo a un paso de la muerte evidente. El hombre ya no le miraba a él. Parecía obsesionar sus ojos en la vieja puerta lejana, como si hubiera sido su última esperanza antes de morir. Desde detrás de la puerta empezaron a llegar los pitos, los frenazos, las voces de persecución y alerta. El muerto y el *Bocanegra* parecían compartir la esperanza de la puerta. De pronto alguien empezó a empujarla y al *Bocanegra* se le escaparon las lágrimas y un hiiiii histérico que le nacía en el estómago. Buscó un montón de ruina para sentarse y esperar lo inaplazable. Contemplaba al muerto y le reprochaba.

—Cabrón. Me has jodido. Joputa. Sólo me faltabas tú esta noche.

—LOS DETECTIVES PRIVADOS somos los termómetros de la moral establecida, Biscuter. Yo te digo que esta sociedad está podrida. No cree en nada.

—Sí, jefe.

Biscuter no le daba la razón a Carvalho sólo porque adivinara que estaba borracho, sino porque siempre estaba dispuesto a admitir catástrofes.

—Tres meses sin comernos un rosco. Ni un marido que busque a su mujer. Ni un padre que busque a su hija. Ni un cabrón que quiera la evidencia del adulterio de su mujer. ¿Es que ya no se fugan las mujeres de casa? ¿Ni las muchachas? Sí, Biscuter. Más que nunca. Pero hoy a sus maridos y a sus padres les importa un huevo que se fuguen. Se han perdido los valores fundamentales. ¿No queríais la democracia?

—A mí me daba igual, jefe.

Pero Carvalho no hablaba con Biscuter. Interrogaba a las paredes verdes de su despacho o a alguien supuestamente sentado más allá de su mesa de oficina años cuarenta, barnices suaves oscurecidos durante treinta años, como si hubieran estado siempre a remojo de aquella penumbra de despacho ramblero. Apuró otro vaso de orujo helado y se contorsionó por el escalofrío que le recorrió la espalda. No bien hubo dejado el vaso sobre la mesa, Biscuter volvió a llenárselo.

—Basta, Biscuter. Me voy a respirar un poco.

Salió al descansillo, donde le asaltaron ruidos y

13

olores del caserón. El taconeo y las castañuelas de la escuela de baile, el pic-pic meticuloso del viejo escultor, el olor a efluvios de basuras sedimentadas a lo largo de treinta años, mezclado con los barnices deslucidos y el polvo-engrudo refugiado en las molduras de los marcos, de los tragaluces cenitales que se cernían sobre el hueco de la escalera con sus ojos rómbicos y opacos. Saltó escalón a escalón ayudado o empujado por la energía del alcohol, y agradeció el asalto del aire de las Ramblas. La primavera había enloquecido. Se había puesto fría y nublada en aquel atardecer de marzo. Unos cuantos pasos y respiratorias profundas auxiliaron el embotado cerebro y el intoxicado hígado de Carvalho.

Tenía un millón doscientas mil pesetas en la Caja de Ahorros, que le rendía un cinco por ciento a plazo fijo. A ese paso no conseguiría llegar a los cincuenta o cincuenta y cinco años con el suficiente capital para retirarse y vivir del rédito. La crisis. La crisis de valores, se dijo Carvalho, todavía con cabezonería de alcohólico. Había leído en los periódicos que los abogados laboralistas también estaban en crisis porque los obreros recurrían a los asesores legales de las centrales sindicales. Unos y otros víctimas de la democracia. También los médicos y los notarios eran víctimas de la democracia. Tenían que pagar impuestos y empezaban a pensar que el mejor estatuto político es el del profesional que vive bajo el fascismo pero practica cierto grado de resistencia liberal.

—Los detectives privados somos tan útiles como los traperos. Rescatamos de la basura lo que aún no es basura. O lo que bien visto podría dejar de ser considerado basura.

Nadie escuchaba el discurso. Las gotas de lluvia le hicieron correr hacia la calle Fernando en busca de los escaparates, a cubierto, de Beristain. Allí coincidió con tres putas trotonas que se intercambiaban consejos sobre el aprovechamiento de las sopas preparadas. Salió de la tienda un niño muy pequeñito con un palo de hockey muy grande. A su lado, el padre le preguntaba una y otra vez: *¿Quieres decir que te irá bien?* *Sí, hombre, sí,* contestaba el niño, exasperado por la desconfianza paterna. Carvalho dejó el resguardo y aceleró el paso acera arriba en busca de una charcutería donde solía comprar los quesos y los embutidos. Volvió a detenerse, sacudido por el reclamo de los perritos amontonados sobre las virutas de paja, más allá de la cristalera que los separaba de la calle. Jugueteó con un dedo con el hociquillo impertinente de un cachorro de pastor alemán al que le mordían las patas traseras dos cachorrillos de bretón. Abrió la mano sobre el cristal como para transmitir calor o comunicación al animalito. Desde el otro lado del telón transparente, el perro lamió el cristal intentando llegar a la mano de Carvalho. Se despegó Pepe bruscamente y salvó la escasa distancia que le separaba de la charcutería.

—Lo de siempre.

—Han llegado los tarros con lomo y butifarras en adobo.

—Póngame dos.

Completó el dependiente el lote con meticulosidad rutinaria.

—Este jamón de Salamanca ya no es lo que era.

—A todo le llaman jamón de Salamanca. A todo lo que no es jamón de Jabugo o de Trevélez, pues de Salamanca. Hay que fastidiarse. Y así no sabes cuándo comes jamón de Salamanca o jamón de Totana.

—Se nota.

—Usted lo nota porque entiende. Pero yo he visto vender jamones de Granollers como si fueran de Jabugo. Ya ve usted.

Salió Carvalho con el paquete de queso del Casar, Cabrales, Ideazábal, chorizos de Jabugo, jamón de Salamanca para todo comer y una pequeña muestra de Jabugo para las depresiones.

Estaba más animado cuando llegó a la altura de la perrería en el momento en que el dueño se hallaba cerrando.

—¿Y el perro?

—¿Qué perro?

—El que estaba en el escaparate.

—Estaba lleno de perros.

—El lobito.

—Era una perra. Los tengo a todos dentro. De noche los meto dentro, en jaulas, no vayan a romperme el escaparate, no para llevárselos, sino para hacer alguna salvajada. Hay muy mal instinto.

—Quiero comprar la perra.

—¿Ahora?

—Ahora.

—Son ocho mil pesetas —dijo el dueño sin volver a abrir la puerta.

—Por ese precio no puede venderme un buen pastor.

—No tiene *pedigree*. Pero es un perro muy sano. Ya verá si se lo queda. Muy valiente. Conozco al padre, y la madre es de un cuñado mío.

—Me importa un pepino el *pedigree*.

—Usted sabrá.

El perro trotaba sobre el brazo doblado de Carvalho. De la otra mano colgaba una bolsa llena de queso, embutidos, latas de comida para perros, huesos de goma, insecticida, desinfectante, cepillo, todo lo que pueden necesitar un hombre y un perro para ser felices. Biscuter se quedó perplejo ante la prestancia de la perrita, sólidamente instalada sobre sus patas traseras, con medio metro de lengua fuera y dos orejas gigantescas que parecían las alas plegables de un avión en picado.

—Parece un conejo, jefe ¿Me la quedo yo aquí?

—Me la llevaré a Vallvidrera. Te lo dejaría todo lleno de mierda.

—Por cierto, le han llamado. He apuntado el nombre en la libreta.

Jaime Viladecans Riutorts, abogado. Mientras marcaba el número de teléfono gritó a Biscuter que le calentara algo para cenar. Oyó el trajín en la pequeña cocinilla que Biscuter había improvisado camino del lavabo. Biscuter canturreaba contento por el encargo, y la perrita trataba de morder el hilo del teléfono. Dos secretarias significaron la distancia y la importancia del comunicante. Finalmente, se puso al teléfono una voz de lord inglés con acento de pijo de la Diagonal.

—Es un asunto muy delicado. Tendríamos que hablarlo personalmente.

Apuntó la cita, colgó y se dejó caer en el sillón rotatorio con cierta satisfacción en el cuerpo. Biscuter extendía delante de él una servilleta y sobre ella quedó un humeante plato de madriguera con chanfaina. La perra trató de compartir la comida. Carvalho la depositó delicadamente en el suelo y le puso un pedacito de madriguera sobre un papel blanco.

—Tienen razón. A veces los hijos llegan con un pan bajo el brazo.

VILADECANS LLEVABA alfiler de corbata de oro y gemelos de platino. Por impecable lo era hasta la calvicie, convertida en agostado y pulimentado lecho de río, encajonado entre dos riberas pobladas de pelo canoso recortado por el mejor peluquero de la ciudad y probablemente del hemisferio, a juzgar por el cuidado con que una y otra vez la mano del abogado repasaba la consistencia de la maleza superviviente, mientras una lengua pequeñita subrayaba el saboreo recorriendo los labios casi cerrados.

—¿Ha oído usted hablar de Stuart Pedrell?

—Me suena.

—Le puede sonar por muchas cosas. Es una familia notable. La madre era una destacada concertista, aunque se retiró después de casarse y sólo tocó el piano públicamente en obras benéficas. El padre fue un importante industrial de origen escocés, famoso antes de la guerra. Cada hijo es una personalidad. Usted puede haber oído hablar del publicitario, del bioquímico, de la pedagoga o del constructor.

—Probablemente.

—Yo quiero hablarle del constructor.

Dejó ante Carvalho una serie de cartulinas donde estaban enganchadas gacetillas recortadas de los periódicos: «El cuerpo de un desconocido aparece en un descampado de la Trinidad.» «Ha sido identificado como el de Carlos Stuart Pedrell.» «Se había despedido de su familia hace un año pretextando un viaje a Polinesia.»

—¿Pretextando? ¿Necesitaba pretextar?

—Ya sabe usted lo que es el lenguaje periodístico. La impropiedad personificada.

Trató Carvalho mentalmente de personificar la impropiedad sin conseguirlo, pero ya Viladecans resumía la situación juntando las manos, repasadas por la mejor manicura del bloque capitalista.

—El asunto fue así. Mi amigo, íntimo amigo, nos conocíamos desde que estudiamos juntos en los jesuitas, pasó una época de crisis. Algunos hombres, sobre todo hombres tan sensibles como Carlos, soportan mal el paso de los cuarenta, de los cuarenta y cinco y, ¡ay!, la cercanía de los cincuenta. Sólo así se explica que durante meses y meses rumiara la idea de dejarlo todo e irse a cualquier isla de la Polinesia. De pronto se aceleró el proyecto. Lo dejó todo atado, desde el punto de vista del negocio, y desapareció. Todos supusimos que había marchado hacia Bali o Tahití o las Hawai, qué sé yo, y desde luego supusimos que sería una crisis pasajera. Pasaron los meses, hubo que hacer frente a una situación que parecía irremediable, hasta el punto que la señora Stuart Pedrell es hoy la que lleva los negocios y, finalmente, en enero esta noticia: el cuerpo de Stuart Pedrell aparece en un descampado de la Trinidad, apuñalado, y hoy sabemos con certeza que nunca llegó a la Polinesia. No sabemos dónde estuvo, qué hizo durante todo ese tiempo, y hay que saberlo.

—Recuerdo el caso. No se encontró al asesino. ¿También quieren al asesino?

—Bueno. Si sale el asesino, pues venga el asesino.

Pero lo que nos interesa es saber qué hizo durante ese año. Comprenda que hay muchos intereses en juego.

Por el dictáfono le dijeron que la señora Stuart Pedrell había llegado. Casi sin transición se abrió la puerta y entró en el despacho una mujer de cuarenta y cinco años que hizo daño en el pecho a Carvalho. Entró sin mirarle e impuso su madura esbeltez como si fuera la única presencia digna de atención. Las presentaciones de Viladecans sólo sirvieron para que la mujer morena, de facciones grandes y en el comienzo de la maceración, acentuara la distancia hacia Carvalho. Un «encantada» fugaz fue todo lo que le mereció el detective, y Carvalho le respondió mirándole obsesivamente los senos hasta que ella se vio obligada a palparse el busto, en busca de alguna posible indiscreción en la indumentaria.

—Estaba poniendo en antecedentes al señor Carvalho.

—Me parece muy bien. Viladecans le habrá dicho que sobre todo quiero discreción.

—La misma discreción con la que fue anunciado el caso. Por lo que veo en estos recortes, no se reprodujo ninguna foto de su marido.

—Ninguna.

—¿Por qué?

—Mi marido se fue en plena crisis. No era un hombre en sus cabales. Cuando estaba sereno, lo cual era un milagro, se colgaba de cualquiera para contarle la historia de Gauguin. También él quería ser Gauguin. Dejarlo todo y marcharse a los mares del Sur. Es decir, dejarme a mí, a sus hijos, sus negocios, su mundo social, lo que se dice todo. Un hombre en ese estado es fácil presa de cualquiera y si se aireaba mucho el caso podían salir desaprensivos a miles.

—¿Lo pactaron con la policía?

—Ellos hicieron lo que pudieron. Igual que el ministerio de Asuntos Exteriores.

—¿Asuntos Exteriores?

—Cabía la posibilidad de que realmente hubiera ido a los mares del Sur.

—No fue.

—No. No fue —dijo con cierta satisfacción.

—La alegra.

—Un poco. Estaba harta de este cuento «¡Pues vete de una vez!», le dije en más de una ocasión. Estaba asfixiado por la opulencia.

—Mima...

Trató de cortarla Viladecans.

—Todo el mundo se siente asfixiado. Mejor dicho, todo el mundo menos yo. Desde que se marchó él, he podido respirar a mis anchas. He trabajado. He hecho su trabajo y tan bien como él, mejor que él, porque lo he hecho sin puñetas.

—Quisiera recordarte, Mima, que estamos aquí para otra cosa.

Pero Carvalho y la viuda se miraban de hito en hito, como si midieran su capacidad de ser agresivos.

—Es decir, que le tenía usted cierto cariño.

—Ríase si quiere. Un cierto cariño. Pero muy poco. Esta historia me ha servido para demostrarme que nadie es imprescindible. Y algo peor: que siempre usurpamos el lugar que ocupamos.

A Carvalho le desconcertó la pasión oscura que salía de aquellos ojos negros, de aquellas dos arrugas elípticas cercando una boca madura y sabia.

—¿Exactamente qué quiere saber?

—Qué hizo mi marido durante un año, durante ese año en que le creímos en los mares del Sur y estaba quién sabe dónde y quién sabe qué burradas hacía. Tengo un hijo mayor que me ha salido al padre, con la agravante de que heredará más dinero que su padre. Otros dos que a estas horas deben de estar haciendo trial por cualquier montaña de ésas. Una chica enferma de los nervios desde que se descubrió el cadáver de su padre. Un niño pequeño al que me expulsarán los jesuitas... Necesito controlarlo todo muy bien controlado.

—¿Qué saben ya?

Viladecans y la viuda se miraron. Fue el abogado quien respondió.

—Lo mismo que usted.

—¿El muerto no llevaba encima ningún elemento que facilitase la localización?

—Le habían vaciado los bolsillos.

—Sólo encontraron esto.

La viuda había sacado del bolso una arrugada hoja de agenda erosionada por mil manos. Alguien había escrito sobre ella con un rotulador:

più nessuno mi porterà nel sud.

Yo a usted ni le conozco.

Llevaba los cabellos cortos, un traje oscuro sin corbata, unas gafas de sol de cristales muy oscuros que resaltaban aún más la blancura brillante del rostro adolescente. A pesar de su delgadez tenía algo untuoso en su quehacer, como si tuviese grasa en las junturas de un cuerpo silencioso.

—Si se sabe que le doy esta información, me echan del cuerpo.

—El señor Viladecans es muy influyente.

—Con toda su influencia, no me salva. Además me tienen el ojo puesto. Por política. Aquello está lleno de hipócritas. De boca afuera todos están encabronados con la situación, pero a la hora de actuar, nada. Todos pendientes del coeficiente y de que no les jodan el pluriempleo.

—¿Es usted un policía rojo?

—De eso nada. Soy un policía patriota.

—Entiendo. ¿Usted participó en la investigación sobre Stuart Pedrell? Dígame todo lo que sepa.

—Poco. Primero pensamos que era un lío de maricones. Es muy raro que un tío rico desaparezca y reaparezca apuñalado un año después. Parecía un caso claro de enculamiento. Pero por una parte el forense nos dijo que era virgen de culo y, por otra, entre los plumas nadie le conocía. Luego las ropas. No eran las suyas. Le habían vestido con ropas de segunda o tercera mano, muy usadas, con el decidido propósito de que no fueran una pista.

—¿Por qué dejaron entonces la nota?

—Para marearnos. Supongo. ¿Usted la entiende?

—«Ya nadie me llevará al sur.»

—Sí, de eso ya nos enteramos. Pero ¿qué quería decir?

—El proyecto del muerto era haber llegado a los mares del Sur, en Oceanía.

—Pero lea bien la nota. Ya... nadie... me... me... me... llevará al sur. Se está refiriendo a alguien que, pudiendo llevarle, no le lleva. Con eso chocamos. ¿Por qué en italiano?

—¿Era su letra?

—Sí. Era su letra.

—Conclusión...

—Debió de padecer amnesia o algo así. Se metió en los bajos fondos y le dieron un navajazo. Eso si no fue un secuestro bien calladito por la familia. No quisieron soltar la pasta gansa y le cortaron el cuello. También puede ser un lío de negocios, pero casi queda descartado. Los negocios más conflictivos a que se dedicaba eran los de la construcción y no acababa de estar metido, es decir, utilizaba hombres de paja. Bien, amigo. No quiero largar más sobre este asunto. Ahí le dejo la lista de toda la gente a la que mareamos: socios, amigos, ligues y piques. Ya le dije a Viladecans que no iría más allá.

—¿La policía sigue?

—No. La familia ha hecho lo imposible para que no siga. Dejó un tiempo prudencial y luego se movió para detener las cosas. El prestigio familiar y todo ese rollo.

El joven policía hizo un extraño ruido con la lengua contra la pared interna de la mejilla y Carvalho lo interpretó como una despedida, porque a continuación se levantó para encaminarse hacia la puerta. Por el camino sufrió el asalto de la perra tratando de morderle los talones.

—¡Vaya chucho!

—Es una perra.

—Mal asunto. ¿La capará?

Carvalho frunció el ceño y el policía acabó de irse. Compungida por el desprecio, la perra inclinaba la cabeza a uno y otro lado, como para ver el bien y el mal de la realidad.

—Eres muy blanda.

—Una bleda —apostilló Biscuter saliendo de detrás de la cortina.

—Eso es. Te llamaremos *Bleda*, por lo blandengue que eres.

—Y se caga donde quiere —reprochó Biscuter con rencor. La diferencia que había entre Biscuter y *Bleda* era que más o menos, mejor o peor, *Bleda* era de cierta raza y Biscuter no. En su viejo compañero de cárcel la naturaleza había operado el milagro de la fealdad inocente: un feto rubio y nervioso condenado a la calvicie. Percibió el taconeo de Charo en la escalera, en el descansillo se abrió la puerta. El cansancio y el furor se repartían el rostro de Charo.

—Así que estás vivo. No me dirás: ahora mismo estaba a punto de llamarte.

—No. No te lo diré.

Carvalho sacó de un cubito de estaño una botella de vino blanco. La secó con una servilleta y llenó las tres copas que Biscuter había dispuesto sobre la mesa.

—Pruébalo, Charo. Los catalanes están aprendiendo a hacer vino. Es un *blanc de blancs*. Excelente. Sobre todo para estas horas.

—¿Qué horas?

—Estas horas. Las que median entre el postre de la comida y el primer plato de la cena.

Charo había caído en la trampa, se había sentado con las piernas abiertas a partir de las rodillas, juntas, y bebía el vino imitando las pausas gustativas de Carvalho. Biscuter trataba de hacer lo mismo pero chascaba demasiado con la lengua.

—¡Ugggg! ¿Qué es esto?

—Un perro. Mejor dicho. Una perra.

Charo se había puesto en pie alarmada por el olisqueo de *Bleda*.

—¿Es tu nueva compañía?

—Novísima. La compré ayer.

—No es nada del otro mundo. ¿Cómo se llama?

—*Bleda*.

—¿Acelga?

—En catalán *bleda* no sólo quiere decir acelga, también quiere decir blandengue, *fava tova*.

Aportó Biscuter su erudición y se marchó a la cocina.

Con la perra en el regazo tratando de lamerle la cara, Charo lanzó la retahíla de agravios contra Carvalho. Se ensimismaba el detective mientras llenaba copas que bebían con sed y aburrimiento. El sabor verde y ácido del vino le provocaba un cosquilleo detrás de las orejas y, para contrarrestarlo, toda su cavidad bucal se ponía en contacto. Se sentía ratificado, como si recuperara un rincón de patria dentro de sí mismo.

—Lo siento, Charo, pero estaba cansado. Estoy cansado. ¿Cómo va el negocio?

—Mal. Hay una competencia de no te menees. Con eso de la crisis económica se han puesto a joder hasta las monjas.

—Charo, no seas ordinaria. Pero tu clientela era selecta.

—¿Por qué no hablamos de otra cosa, rico mío?

Pepe había olvidado que el tema de su oficio le molestaba tratarlo con él. ¿O no lo había olvidado? Quería que Charo se marchase, pero sin agraviarla. La vio llevándose la copa a los labios, con las piernas juntas, con la incomodidad de una visita. Carvalho sonrió misteriosamente para Charo. De pronto había tenido conciencia de que buscando no crearse ataduras en esos momentos era el responsable sentimental y moral de tres personas y una perra; él mismo, Charo, Biscuter, *Bleda*.

—Vamos a cenar, Charo.

Se acercó al marco de la puerta tras el que trajinaba Biscuter.

—Y tú también, Biscuter. Invita la casa.

FUERON A CENAR al Túnel, donde Biscuter se sorprendió ante el plato de judías blancas con almejas que pidió Carvalho.

—Lo que inventan, jefe.

—Esto es más viejo que ir a pie. Antes de que llegara la patata a Europa, con algo había que acompañar la carne, el pescado, el marisco.

—Lo que no sepa usted, jefe...

Charo había recurrido a una menestra de verduras y atún fresco a la plancha. Carvalho seguía obsesivo con su vino, como si se estuviera practicando una transfusión de sangre blanca y fría.

—¿En qué trabajas ahora?

—Un muerto desaparecido.

—¿Han robado un muerto?

—No. Un hombre que desapareció y un año después aparece muerto. Quería cambiar de vida, de país, de continente, de mundo y al final lo encuentran acuchillado entre latas y cascotes. Un fracasado. Un rico fracasado.

—¿Rico?

—Riquísimo.

Carvalho se sacó del bolsillo la agenda y empezó a recitar:

—Sociedad Anónima Tablex, dedicada a la producción de contraplacado, Industrial Lechera Argumosa, Construcciones Ibéricas S. A., consejero del Banco Atlántico, vocal de la cámara de Comercio e Industria, consejero de Construcciones y Desguaces Privasa... Quince sociedades más. Lo más sorprendente es que dos de ellas son editoriales de mala muerte: una se dedica a libros de poemas y la otra a una revista de la izquierda cultural. Por lo visto, le gustaban las obras de caridad.

—Tirar el dinero, diría yo. Con la cantidad de revistas que hay, jefe. Y de libros. Vas al quiosco y no encuentras nada. El dueño se vuelve mico para encontrar algo.

—Y todo es basura —sentenció Charo mientras se llevaba a la boca una brizna de atún con ajo y perejil.

—Están todas llenas de tíos y tías en pelota.

Biscuter se despidió en cuanto acabó. Tenía sueño y debía levantarse temprano, dejar el despacho en condiciones e ir al mercado. Carvalho se lo imaginó minutos después en su soledad durmiente sobre la cama plegable del despacho.

—O haciéndose pajas.

—¿De quién hablas?

—De Biscuter.

—¿Por qué ha de hacerse pajas?

Carvalho borró con una mano lo que había dicho y con la mirada le dio prisa a Charo para que acabara. Presentía que la muchacha desearía subir con él a su casa en Vallvidrera y no sabía cómo frustrar sus propósitos. Charo acabó con el helado en tres o cuatro cucharadas y se colgó del brazo de Carvalho. Se metió en el coche del detective donde *Bleda* los recibió pegándoles una bronca ladrada y lamiéndoles luego lo que ellos no consiguieron poner a salvo. Fue un viaje silencioso, un ritual también silencioso el de abrir el buzón, subir la escalera hacia la puerta de casa, encender las luces, que se ensombraron por la vegetación del jardín, dejando caer oscuridades sobre la gravilla. Carvalho respiró el aire mirando a lo lejos la profundidad del Vallés y escuchando sin ganas el parloteo de Charo desde dentro.

—Mi casa está calentita. En cambio, la tuya... Hoy encenderás el fuego, supongo. Estás tan chalao que sólo lo enciendes en verano.

Carvalho se metió en su habitación, se quitó los zapatos, se quedó sentado en la cama con las manos entre las piernas y la vista fija en un calcetín deshabitado y contorsionado.

—¿Qué te pasa? ¿Estás malo?

Carvalho se puso en movimiento. Trató de ganar tiempo en la habitación dando unas cuantas vueltas divagantes en torno a la cama. Luego salió, pasó junto a Charo, que trataba de encender el fuego con todas las *Vanguardias* que había encontrado en la casa. Fue a la cocina y arrancó de la nevera una de las diez botellas de vino *blanc de blancs*, que le esperaban iluminadas, disfrazadas de botellas de champaña artesanal. Quizá no sea tan bueno como me parece, se dijo Carvalho, pero la obsesión no hace daño al que la tiene.

—¿Más vino? Te harás polvo el hígado.

Charo también bebió mientras Carvalho enmendaba sus frustrados forcejeos en la chimenea y encendía un impresionante fuego con la ayuda de un libro que había seleccionado de su mellada biblioteca: *Maurice* de Forster.

—¿Es malo?

—Es extraordinario.

—¿Por qué lo quemas?

—Porque es una chorrada, como todos los libros.

Charo quedó enrojecida e iluminada frente a las llamas. Dijo que iba a ponerse cómoda y volvió con el holgado traje chino que Carvalho le había traído de Amsterdam. Carvalho permanecía sentado en el suelo, con la espalda contra el canto del sofá y una copa de vino blanco en la mano.

—Cuando te da, te da.

La mano de Charo le acarició el cabello, Carvalho se la cogió para rechazarla, pero la conservó y la apretó efusivamente.

—¿Qué te pasa?

Carvalho se encogió de hombros. De pronto se puso en pie de un tirón y corrió hacia la puerta. La abrió y *Bleda* entró como una tromba.

—Me había olvidado del pobre animal.

Charo hundió su resignación en el sofá y su boca se apoderó casi mordiéndola de la copa de vino. Carvalho recuperó la posición inicial y se dedicó a acariciar el cogote del animalito y la pierna de Charo.

—Elige. O la perra, o yo.

Se echó a reír Charo. Carvalho se izó hasta sentarse en el sofá, le abrió el traje chino y manoseó los dos pechos tostados por los infrarrojos y solario de terraza. La mano de Charo se metió bajo la piel azul de la camisa de Carvalho, pellizcó los pezones del hombre, recorrió sendas abiertas entre las vellosidades del pecho. Pero Carvalho se puso en pie, atizó el fuego, se volvió como sorprendido por la indecisión de Charo.

—¿Qué haces ahí? Vamos.

—¿Adónde?

—A la cama.

—Me gusta hacerlo aquí.

La mano de Charo se adaptó como una concha sobre la bragueta de Carvalho. Como si fuera un reclamo para el necesario crecimiento, el bulto de la bragueta empezó a subir hasta adaptarse al molde. Carvalho se agachó para recoger a *Bleda*, la llevó al cuarto y la dejó sobre la cama. Cuando volvió junto al fuego, Charo ya estaba desnuda. La penumbra iluminada por el fuego acentuaba sus rasgos fundamentales de muchacha sin flor.

LE RECIBIÓ UNA SECRETARIA disfrazada de ex alumna de monjas a punto de casarse con un muchacho con el que sostuvo relaciones durante doce años.

—La señora Stuart Pedrell me avisó de su visita.

Estaban en el santuario del muerto. El despacho privado al que se iba a meditar, el despacho preferido a los otros quince que le esperaban en otras tantas razones sociales. Un estilo nórdico suave que se puso de moda mediada la década de los sesenta, corregido por juegos de mampostería sobre tapizado de pared de tela beige oscuro. Lámparas de papel encerado con cierto deje oriental, moqueta beige de lana, al fondo un extraño semáforo en la puerta de un despacho. Permanecía con las luces apagadas como si fuera un robot alado muerto, enganchado en la pared como las mariposas de colección. Ante el gesto pregunta de Carvalho, la ex alumna de monjas aclaró:

—El señor Stuart Pedrell lo utilizaba para dar o no dar paso a los que estábamos en la oficina, tanto a nosotros como a los visitantes.

Avanzó Carvalho hacia el semáforo esperando el milagro de su resurrección, incluso se paró antes de empujar la puerta que daba acceso al santuario. El semáforo y el hombre se miraron sin reaccionar. Finalmente fue el hombre quien empujó la puerta y se metió en el despacho mientras la secretaria desplegaba las persianas de librillo.

—Perdone, pero ahora la oficina está cerrada y está todo perdido de polvo. Sólo se hace la limpieza una vez al mes.

—¿Era usted la secretaria del señor Stuart Pedrell?

—Sí. Aquí sí.

—¿A qué destinaba este despacho?

—A escuchar música. A leer. A recibir amigos intelectuales y artistas.

Carvalho se aprestó a la tarea de revisar los libros escrupulosamente alineados en estanterías escrupulosas, los cuadros de firma que pendían por las paredes, el mueble bar con nevera empotrada, un sofá relax Charles Eames, el no va más de los sofás relax de la sociedad patriarcal moderna.

—Déjeme solo.

Salió la secretaria, complacida por haber sido mandada con tanta energía. Carvalho revisó los libros. Muchos de ellos en inglés. Editoriales americanas. *Los paradigmas de la ciencia* de Kung, *La tierra baldía* de Eliot, Melville, teólogos alemanes, Rilke, contraculturales americanos, una edición completa de las obras de Huxley en inglés, Maritain, Emmanuel Mounier, *Para leer a Marx*. Pinchados en las estanterías por chinchetas, se conservaban recortes de periódicos momificados. Algunos eran novedades literarias reseñadas en el *Times* literario. Otros eran noticias curiosas, al menos curiosas para Stuart Pedrell. Por ejemplo, las declaraciones de Carrillo sobre el abandono del leninismo por el PC español o la noticia de la boda de la duquesa de Alba con Jesús Aguirre, director general de Música. Aquí y allá, pinchadas sobre las tablas, tarjetas postales con reproducciones de Gauguin. Y en la pared, alternados los cuadros de firma, mapas oceánicos, un inmenso Pacífico lleno de banderillas de alfiler, jalonando una ruta soñada. Sobre la mesa de madera de palisandro un vaso de marfil repujado, lleno con varias clases de lápices, bolígrafos, rotuladores. Sobre una escribanía de bronce viejo, un paraíso de *bricollage* escolar: gomas de borrar de distintos colores, plumillas, plumines, mangos de pluma, gillettes, lápices Hispania en rojo y azul, caja de colores Faber, incluso plumas para hacer letra gótica o redondilla, como si Stuart Pedrell se dedicase a ejercicios caligráficos o a ilustrar ejercicios escolares. En los cajones, recortes de artículos y entre ellos un poema recortado de una revista poética: *Gauguin*. Cuenta mediante verso libre la trayectoria de Gauguin desde que abandona su vida de burgués empleado de banca hasta que muere en las Marquesas rodeado del mundo sensorial que reprodujo en sus cuadros:

desterrado a las Marquesas,
conoció la cárcel por sospechoso
de no infundir sospechas
                   en París
se le tenía por un snob empedernido
sólo algunas nativas conocían su impotencia
pasajera
             y que l'or de ses corps
                       era un pretexto
para olvidar las negras sillerías de las lonjas
el cucú de un comedor de Copenhague
un viaje a Lima con una madre triste

las pedantes charlas del café Voltaire
                              y sobre todo
los incomprensibles versos de Stéphane Mallarmé.

Así terminaba el poema de un autor cuyo nombre no le dijo nada a Carvalho. Abrió la carpeta de fina piel corinto situada como una bandeja para el pecho del que se sentaba en el despacho. Notas manuscritas de asuntos económicos. Avisos de compra de objetos personales desde libros a cremas de afeitar. Un reclamo en inglés atrajo la atención de Carvalho:

I read, much of the night, and go south in the winter.

Y debajo,

> *Ma quando gli dico*
> *ch'egli è tra i fortunati che han visto l'aurora*
> *sulle isole più belle terra ·*
> *al ricordo sorride e risponde che il sole*
> *si levaba che il giorno era vecchio per loro.*

Finalmente,

> *più nessuno mi porterà nel sud.*

Carvalho tradujo mentalmente:

Leo hasta entrada la noche
y en invierno viajo hacia el sur
. . . .
Pero cuando le digo
que él está entre los afortunados que han visto la
                                        [aurora,
sobre las islas más bellas de la tierra,
al recuerdo sonríe y responde que cuando el sol se
                                        [alzaba
el día ya era viejo para ellos.
. . . .
Ya nadie me llevará al sur.

Se aplicó sobre un posible sentido cabalístico de los tres grupos de versos y se fue a zambullir en la patria propicia de Charles Eames después de abrir el mueble bar y llenarse una copa de Oporto Fonseca diez años. No tenía mal gusto Stuart Pedrell. Carvalho dio vueltas y revueltas a los versos. La combinación podía traducir una simple frustración o tal vez fuera la clave de un propósito esfumado por la muerte del empresario. Se metió la nota en el bolsillo. Repasó los últimos rincones, incluido el desmontaje de los cojines de un tresillo y volvió hacia la pared donde campaba el mapa oceánico del Pacífico. Siguió la ruta de las banderas: Abu Dhabi, Ceilán, Bangkok, Sumatra, Java, Bali, las Marquesas...

Viaje imaginario. Viaje real. Examinó luego los aparatos audiovisuales situados en una esquina del despacho y sobre la mesa a la izquierda de Stuart Pedrell. Altísimo y fidelísimo sonido. Un minitelevisor de mesa incorporado dentro de una radiocasette americana. Probó todos los magnetófonos por si hubiera algo grabado. Nada. Repasó las casetes de música clásica y del moderno sinfonismo rock derivado de los Pink Floyd. Ninguna pista. Llamó a la ex alumna de monjas, que entró en la estancia con los pasitos cortos, como si temiera perder la dignidad del paso en el templo.

—¿Llegó a suscribir el señor Stuart Pedrell algún viaje días antes de morir?

—Sí. Un viaje a Tahití.

—¿Directamente?

—No. A través de Aerojet. Una agencia.

—¿Había pagado ya el anticipo?

—Sí. E incluso solicitado cheques de viaje por una cantidad muy importante.

—¿Cuánto?

—No sé. Pero cubría los gastos de un año o más fuera del país.

Carvalho remiró los cuadros colgados. Pintores de firma rigurosamente actuales. El más viejo, Tàpies, en torno a los cincuenta años; el más joven, Viladecans, en torno a los treinta. Una firma le fue familiar: Artimbau. Le había conocido en la etapa del antifranquismo, antes de la huida de Carvalho a Estados Unidos.

—¿Venían estos pintores por aquí?

—Venía mucha gente importante.

—¿Les conoce usted por el nombre?

—A algunos sí.

—A ése. A Artimbau.

—Ése era el más simpático. Venía mucho. El señor Stuart Pedrell le quería encargar una pintura mural muy importante en su finca de Lliteras. Un muro de contención enorme afeaba el paisaje, y el señor Stuart Pedrell quería que el señor Artimbau se lo pintara.

EL ESTUDIO DE ARTIMBAU estaba en la calle Baja de San Pedro. Carvalho experimentó el nerviosismo consabido al pasar ante la central de la Policía de Vía Layetana. Del caserón aquel sólo conservaba malos recuerdos y por mucha limpieza democrática que le echaran, siempre sería el hosco castillo de la represión. Sentimiento contrario le despertaba Vía Layetana con su aspecto de primero e indeciso paso para iniciar un Manhattan barcelonés, que nunca llegaría a realizarse. Era una calle de entreguerras, con el puerto en una punta y la Barcelona menestral de Gracia en la otra, artificialmente abierta para hacer circular el nervio comercial de la metrópoli y con el tiempo convertida en una calle de sindicatos y patronos, de policías y sus víctimas, más alguna Caja de Ahorros y el monumento entre jardines sobre fondo gotizante a uno de los condes más sólidos de Cataluña. Carvalho avanzó por la Baja de San Pedro y al llegar a un portalón con portería y patio al fondo, se metió en él y empezó la ascensión de una escalera ancha y erosionada que unía destartalados descansillos a los que daban talleres de arquitectos que empezaban, de artesanos a punto de jubilarse, simples almacenes de cueros o cartonajes que aprovechaban la generosidad espacial de aquellos pisos segmentados de antiguos caserones y palacios. Ante una puerta pintada con optimistas enramadas verdes y lilas, Carvalho se detuvo para llamar y esperar la apertura, a cargo de un viejecillo lento y silencioso, con un mandil lleno de polvo de mármol. Le abrió la puerta de par en par y señaló con la cabeza hacia adentro.

—¿Sabe por quién pregunto?

—Será por Francesc. A mí nadie viene a verme.

Se metió el viejecillo en una pequeña habitación robada a la inmensidad de un estudio con paredes de cuatro metros de altura. Carvalho avanzó hasta que se le hizo visible Artimbau en el trance de pintar a una muchacha quitándose el jersey. El pintor se volvió sorprendido y tardó en leer el pasado en el rostro de Carvalho:

—¿Tú? ¡Coño!

La cara de niño moreno rodeada de espesa cabellera y barba negra parecía salir del túnel del tiempo. La modelo se había bajado el jersey para taparse dos senos blancos, céreos, dos semiesferas sólidas y tensas.

—Por hoy hemos terminado, Remei.

El pintor palpaba a Carvalho, le palmeaba la espalda como si fuera un pedazo de sí mismo recuperado.

—Te quedas a comer. Si te gusta lo que guiso.

Le señaló una cocina de gas butano sobre la que humeaba una cazuela de barro tapada. Carvalho levantó la tapadera y le asaltó el aroma de un extraño estofado sin patatas en el que lo vegetal competía con la carne.

—He de vigilar el peso y no pongo patatas, ni apenas grasa. Pero el resultado es bueno.

El pintor se palpaba una panza tobogán en el contexto de un cuerpo no demasiado grueso. La modelo se despidió musitando un saludo y dejando una lenta, larga mirada sobre Carvalho.

—Me gustaría saber pintar esa mirada —dijo riendo Artimbau cuando la modelo desapareció—. Ahora pinto gestos. Movimientos del cuerpo. Mujeres vistiéndose, desvistiéndose. Vuelvo al cuerpo humano después de haberme preocupado la sociedad. Bueno, después de **haberme preocupado como pintor, se entiende. Yo sigo aún en el partido. Salgo a pintar murales antes** de las elecciones. El otro día pinté uno en el Clot. ¿Y tú?

—Yo no pinto.

—Ya lo sé. Te pregunto si militas.

—No. No tengo partido. Ni siquiera tengo un gato.

Era una respuesta hecha que tal vez en el pasado hubiera traducido la realidad. Pero no ahora. Carvalho pensó: tengo una perra, por algo se empieza; ¿acabaré teniendo tantas cosas como los demás? Artimbau tenía cosas: estaba casado, dos hijos. Quizá viniera la mujer a comer aunque no lo aseguraba. Le enseñó los cuadros y un álbum de dibujos sobre la agonía de Franco. No. Sabía que aún era impublicable. Trató de que Carvalho le devolviese informaciones y confidencias sobre su vida. Carvalho resumió en una frase veinte años. Había estado en Estados Unidos y ejercía como detective privado.

—Lo último que hubiera creído. ¡Un detective privado!

—Precisamente vengo a verte a causa de un encargo. Un cliente tuyo.

—¿Ha descubierto un cuadro plagiado?

—No. Ha muerto. Asesinado.

—Stuart Pedrell.

Asintió Carvalho y se dispuso a escuchar al locuaz Artimbau. Éste, en cambio, parecía haber recuperado cierta reserva. Puso los platos sobre una mesita de mármol y pies de hierro. Una botella de Berberana Gran Reserva —para celebrarlo— que complació a Carvalho, contento cada vez que descubría un nuevo caso de corrupción gastronómica. Parsimoniosamente apartó del fuego la cazuela. Telefoneó su mujer. No iría. Llenó los platos del estofado dietético y acogió con mucha satisfacción el comentario elogioso de Carvalho.

—Está buenísimo.

—Las mismas verduras, la alcachofa o el guisante, sueltan agua y permiten que se cueza con menos grasa. La única herejía dietética es el vaso de coñac que le echo, pero que se jodan los médicos.

—Que se jodan.

No siguió Carvalho la conversación a la espera de que Artimbau retornara al tema Stuart Pedrell. Masticaba el pintor con lentitud y aconsejaba a Carvalho que hiciera lo mismo. Se digiere mejor, se come menos cantidad, se adelgaza.

—Hablar de un cliente siempre es delicado.

—Es un cliente muerto.

—La mujer aún me compra cosas. Y a mejor precio que el marido.

—Háblame de la mujer.

—Aún peor. Es un cliente vivo.

Pero ya se había acabado la botella y el pintor abría otra que se medió en seguida gracias a la sed de los dos y a la capacidad de unos vasos cuyo fabricante había destinado a dar de beber agua.

—La mujer está muy buena.

—Ya lo he visto.

—Le propuse pintarla desnuda y no quiso. Es una mujer con clase. Aparentemente tiene más clase que él. Los dos eran ricos por los cuatro costados. Los dos tenían una educación impresionante y se han relacionado tan diversamente que acumulan experiencias muy variadas. Por ejemplo, yo era su pintor de cámara y el ex alcalde era uno de los que estaban tras los negocios inmobiliarios de Stuart Pedrell. Podían cenar ahí donde estás tú, conmigo y con mi mujer algo que yo había guisado, o recibir en su casa a invitados como López Bravo o López Rodó, o cualquier ministro del Opus, ¿entiendes? Eso da mucho poso. Esquiaban con el rey y fumaban porros con poetas de izquierda en Lliteras.

—¿Pintaste el mural?

—¿Te has enterado? No. Estábamos en tratos cuando murió, pero no llegamos a nada concreto. Él quería que le pintara algo muy primitivo, con el falso candor de Gauguin cuando pintaba a los canacos, pero trasladado a todo lo aborigen del Empordà, donde está Lliteras. Le hice varios bocetos. No acabaron de agradarle. Yo estaba todavía con el rollo social y me salía quizás algo demasiado reivindicativo, el campesinado y cosas así. Pero también me desentendí porque, aquí entre nosotros, era un poco cantamañanas.

La segunda botella había desaparecido tras las fauces de Artimbau y Carvalho.

—¿Cantamañanas?

—Sí. Cantamañanas —sentenció con rotundidad y se fue a buscar una tercera botella.

—BUENO. Tal vez no fuera justo liquidarlo con un ¡cantamañanas! Lo es y no lo es. Como cualquier hombre es y no es lo que es.

Los ojos, sepultados en la selva pilosa, brillaban de satisfacción ante la excelente disposición receptora de Carvalho, como si el detective fuera un lienzo en blanco sobre el que pintar la figura de Stuart Pedrell.

—Como todo hombre rico con inquietudes, Stuart Pedrell se cuidaba. Al año recibía decenas de proposiciones de empresas culturales. Le llegaron a proponer hasta una universidad. O la propuso él, no recuerdo. Imagínate: editoriales, revistas, bibliotecas, donaciones, fundaciones. En cuanto se huele dinero ligado a inquietud cultural, puedes imaginarte, con el poco dinero que hay en este campo y la poca inquietud cultural que hay en el campo de los ricos. Por eso Stuart Pedrell daba largas a las cosas. Pero era un poco juguetón. Se interesaba por las empresas más diversas, hacía subir a los promotores y de pronto ¡zas!, se deshinchaba y los dejaba caer.

—¿Cómo estaba considerado entre los intelectuales y artistas y entre los empresarios?

—En cada sector se le miraba como un bicho raro. Los intelectuales y artistas no le apreciaban porque no aprecian a nadie. El día en que los intelectuales o los artistas apreciemos a alguien querrá decir que se nos ha fundido el ego y ese día dejaremos de ser intelectuales y artistas.

—Eso también les pasa a los carniceros.

—Si son dueños de carnicería, sí. Si son asalariados, no.

Atribuyó Carvalho a la tercera botella de vino la demagogia social freudiana de Artimbau.

—Entre los ricos se le respetaba más porque los ricos de este país respetan al que ha hecho dinero sin esforzarse demasiado, y Stuart Pedrell era uno de ellos. A mí me contó la historia de su enriquecimiento un día y es para mearse de risa. Fue a comienzos de los cincuenta, ya sabes la historia del bloqueo económico. Aquí entraban las materias primas en cuentagotas o de estraperlo. Stuart Pedrell acabó por entonces las carreras de abogado e intendente mercantil. Su padre ya le tenía destinado el negocio porque sus hermanos habían campado por sus respetos. Se sentía incómodo. Hizo un examen del mercado de materias primas y descubrió que a España le faltaba caseína. Muy bien. ¿Dónde se puede conseguir caseína? En Uruguay y en Argentina. ¿Quién la quiere comprar? Hizo un inventario de los clientes y los visitó uno a uno. Estaban dispuestos a comprarla si el ministerio aseguraba la importación. Nada más fácil. Stuart Pedrell movilizó influencias, llegó incluso a ministros, y le abrieron las puertas del Ministerio clave: el de Comercio. Al ministro de Comercio le pareció muy patriótica la cosa, porque así se la presentó Stuart Pedrell. ¿Qué podía hacer España sin caseína? ¿Qué hubiera sido de nosotros sin la caseína?

—No quiero ni imaginármelo.

Stuart Pedrell cogió el avión rumbo a Uruguay y Argentina. Discutió con los fabricantes en reuniones en las que se hinchó de bailar el tango; desde entonces le quedó la costumbre de bromear hablando en argentino. Solía hacerlo cuando estaba alegre, cuando estaba deprimido o mientras tocaba el piano.

—Es decir, siempre.

—No. No. He exagerado. Consiguió la caseína a un precio razonable. Ya había acordado en España un precio triple o cuádruple. Negocio redondo. Eso le dio los primeros millones, que empleó para poner en marcha todo lo demás. Poner en marcha es un decir, porque tuvo la habilidad de asociarse con gente emprendedora que compensaban su distancia crítica; podía decirse que era un empresario brechtiano, que son los que tienen más futuro. Un empresario alienado no tiene nada que hacer ante el futuro socialdemócrata que les espera.

—¿Qué socios?

—Básicamente dos: Planas y el marqués de Munt.

—Eso suena a mucho dinero.

—A mucho dinero y a muy buenos padrinos. Durante un tiempo se habló de que el alcalde estaba detrás de ellos. No sólo el alcalde: bancos, sectas religiosas y pararreligiosas. Stuart Pedrell ponía el dinero, dejaba hacer, dejaba pasar. Se comportaba esquizofrénicamente. Una cosa era el mundo de los negocios y otra sus vivencias intelectuales. Cuando ya tuvo la despensa bien llena y el futuro de cuatro generaciones asegurado, volvió a matricularse en la Universidad y estudió Filosofía, Políticas en Madrid, asistió a cursos de sociología en Harvard, Nueva York, la London School. Me consta que escribía versos que nunca publicó.

—Nunca publicó nada.

—Nunca. Decía de sí mismo que era un perfeccionista. Yo creo que carecía de lenguaje. Eso le pasa a mucha gente. Lo tiene todo para empezar a crear y descubren que carecen de lenguaje. Entonces trasladan la literatura a su vida o la pintura a su vestuario. Algunos ricos de ésos se compran periódicos o editoriales. Stuart Pedrell ayudaba a dos editoriales de mala muerte, pero no demasiado. Cubría los déficits anuales. Una miseria para él.

—¿Y su mujer? ¿Por qué se llama Mima?

—De Miriam. Todos se llaman así. Todos mis clientes se llaman Popó, Pulí, Pení, Chochó, Fifí. El cansancio es elegante y nada cansa tanto como pronunciar un nombre completo. Mima era una incógnita. Parecía un apéndice de Stuart Pedrell, conforme con su condición de esposa pija y culta de un hombre rico y culto. No desentonaba en los actos sociales ni cuando se sentaba ahí. Pero siempre silenciosa. Desde que desapareció su marido es otra. Ha desplegado una energía impresionante que preocupa incluso a los socios. Stuart Pedrell era más cómodo.

—Y Viladecans.

—Sólo le he visto cuando me ha pagado. El clásico abogado que se las sabe todas y permite que el jefe conserve las manos limpias.

—Amantes.

—Eso ya es muy delicado. ¿Qué quieres; pasado, presente o vino?

—Vino y el presente.

Trajo Artimbau otra botella.

—Es la última que me queda de esta clase. —Y derramó parte del líquido cuando llenó el vaso de Carvalho—. El presente se llama Adela Vilardell. Era la más estable. Pero hay algunas dispersas, ocasionales, últimamente más jóvenes de lo convencional. Stuart Pedrell había cumplido los cincuenta y practicaba el clásico vampirismo erótico. En la pista de Adela Vilardell puedo ponerte; en las de las muchachas ocasionales, no.

—¿Le conocías bien?

—No y sí. Un pintor puede conocer bastante bien a estos tipos, sobre todo si son clientes suyos. Desnudan el alma y el bolsillo. Es un doble ejercicio muy revelador.

—Los mares del Sur.

—Su obsesión. Creo que fue leyendo un poema sobre Gauguin. A partir de aquel momento persiguió el mito de Gauguin. Se compró incluso una copia de la película interpretada por George Sanders, *Soberbia* creo que se llamaba, y se la proyectaba en su casa.

Carvalho le tendió la nota con versos hallada entre los papeles de Stuart Pedrell. Tradujo los versos de *La tierra baldía*.

—¿Sabes de dónde pueden ser estos versos italianos? ¿Captas algún sentido extra? ¿Algo que te dijera Stuart Pedrell?

—Lo de «leer hasta entrada la noche y en invierno viajar hacia el sur» se lo he oído muchas veces. Era su estribillo etílico. Lo italiano no me suena.

STUART PEDRELL HABÍA VIVIDO en una casa del Putxet, una de las colinas que en otro tiempo dominaban Barcelona, como las colinas romanas dominan Roma, y aparecían cubiertas por un tapiz de viviendas vecinales para burguesía media, más algún ático dúplex para alta burguesía, en ocasiones vinculada con los antiguos moradores de las torres del Putxet. El dúplex para el *nen* o para la *nena* había constituido un buen y generalizado regalo al alcance de los propietarios de las torres supervivientes, tan buen y generalizado como el instituido en las zonas limítrofes de Pedralbes y Sarriá, últimas estribaciones donde la altísima burguesía resistía en sus viejas torres dignas y procuraba que sus polluelos se quedaran a vivir en las inmediaciones. La casa de Stuart Pedrell había sido herencia de una tía abuela sin hijos que le dejó aquella casa fin de siglo, obra de un arquitecto influido por la arquitectura férrica inglesa. Las verjas ya eran una declaración de principios y una cresta de hierros historiados, a manera de crin del dragón vidriado, recorría la espina dorsal del tejado cerámico. Ventanas gotizantes, fachadas ocultas por la hiedra, muebles de madera blanca con tapicerías azules en un jardín riguroso donde la elegancia de los altos setos de ciprés enmarca la controlada libertad de un pequeño bosque de pinos y la geometría exacta de un pequeño laberinto de seto de rododendros. En el suelo, grava y césped. Grava educada para apenas chirriar bajo las ruedas o los pies. Césped de casi cien años, bien cebado, cepillado, recortado, un viejo manto mullido en el que la casa parece flotar sobre una alfombra mágica. Servicio en seda y piqué, negro y blanco. Un jardinero rigurosamente disfrazado de payés, un mayordomo con las patillas homologables y un chaleco con listas de colchón fino. Echó de menos Carvalho las polainas en el chófer que se subía al Alfa Romeo para ir en busca de la señora de Stuart Pedrell, pero valoró la contención estilizada de su traje gris con solapas de terciopelo y el mucho mundo percibido entre los dedos vacíos de sus guantes de fina piel gris blanquecina en contraste con el volante negro.

Pidió Carvalho que le abrieran la casa de par en par y el mayordomo se la ofreció con una inclinación de cabeza que también podía ser una petición de baile. Y como si entrara en un baile fin de siglo, Carvalho recorrió la casa a ritmo de vals lento y tarareando mentalmente *El vals del emperador*, arriba y abajo de una escalera de mármol granate con baranda de hierro forjado hasta el delirio del encaje sobre el que se ensartaba un pasamanos de madera de palo santo. La escalera estaba bañada por las policromas luces de una vidriera que reproducía la escena de la muerte del dragón a cargo de san Jorge.

—¿El señor busca algo en concreto?

—Las dependencias del señor Stuart Pedrell.

—Si es tan amable el señor y quiere seguirme...

Siguió al mayordomo escalera arriba y desembocaron con la escalera en un distribuidor abalconado, idóneo para que la protagonista se asome ante la llegada del invitado predilecto, exclame ¡Richard! entre hervores de tirabuzones, se pellizque las largas faldas para izarlas y baje de puntillas la escalera que le lleva al abrazo-vals. Como si fuera ajeno a cualquier posible imaginería cinematográfica, el mayordomo le invitó a seguir a lo largo de un pasillo alfombrado y al final empujó con decisión una altísima puerta de madera de teca labrada.

—¡Valiosa puerta!

—Fue instalada por el tío abuelo del señor Stuart Pedrell. Tenía explotaciones de copra en Indonesia —recitó el mayordomo como si fuera un guía de museo.

Pasó Carvalho a un salón biblioteca con mesa de despacho que parecía un trono isabelino para los codos de un intelectual escribiente con pluma de ave. A la derecha se adivinaba la entrada al dormitorio pero Carvalho se quedó en el salón dando una vuelta sobre sí mismo para captar las dimensiones de la habitación, los trabajadísimos estucados del techo, la sustancia casi nutritiva de las maderas que cubrían todas las paredes, a veces respaldando a consistentes librerías llenas de ediciones encuadernadas, a veces como revestimientos murales sobre los que colgaban cuadros del XVIII y del XIX firmados por discípulos de Bayeu o de Goya cuando no era un Martí Alsina histórico romántico. Imposible que allí pudiera trabajar nadie a no ser en un diccionario comparado de arameo y aranés.

—¿Solía utilizar el señor Stuart Pedrell este despacho?

—Casi nunca. En invierno encendía el fuego en la chimenea y leía algunas veces al lado de la lumbre. Lo conservaba así por el valor que tiene cada una de las cosas que contiene. En la biblioteca sólo hay volúmenes antiguos. El más moderno es del año 1912.

—Está usted muy informado.

—Muchas gracias. El señor es muy amable.

—¿Ejerce alguna función en esta casa aparte de la de mayordomo?

—Lo de mayordomo es lo de menos. En realidad soy un conservador general de la mansión y administro la economía doméstica de la casa.

—¿Es usted contable?

—No. Soy profesor mercantil y estudio de noche Filosofía y Letras. Historia medieval.

La mirada de Carvalho aguantó la del mayordomo.

Era una mirada triunfal, gozosa por el desconcierto que adivinaba en el cerebro de Carvalho.

—Ya estaba en la casa cuando llegó el joven matrimonio Stuart Pedrell. Mis padres estuvieron al servicio de las señoritas Stuart durante cuarenta años. Yo nací en esta casa y fui algo así como el ahijado de las señoritas.

La habitación privada no tenía más detalle significativo que una excelente reproducción pintada del *¿Qué somos? ¿Adónde vamos? ¿De dónde venimos?*, de Gauguin.

—Este cuadro es nuevo.

—Sí. Este cuadro es nuevo.

Había una total falta de entusiasmo en la voz del mayordomo.

—Lo puso sobre la cabecera de su cama el señor Stuart Pedrell cuando decidió venirse a vivir solo en esta ala de la casa.

—¿Cuándo fue eso?

—Hace tres años.

El mayordomo procuró ver sin ver que Carvalho abría los cajones más pequeños, desplazaba la cama para ver detrás de la cabecera, repasaba en los armarios traje por traje, ranura por ranura.

—¿Tenía usted mucha relación con el señor Stuart Pedrell?

—La normal.

—¿Tenían temas de conversación personales, más allá de la rutina del trabajo diario?

—A veces.

—¿Qué temas?

—Comunes.

—¿Qué entiende usted por tema común?

—Política. Una película.

—¿Por quién votó el señor Stuart Pedrell en las elecciones de junio de 1977?

—Eso no me lo dijo.

—¿Por UCD?

—No. No creo. Algo más radical.

—¿Y usted?

—No veo el interés que pueda tener mi voto.

—Disculpe.

—Voté a Esquerra Republicana de Catalunya, si le interesa saberlo.

Habían dejado atrás la cripta de Stuart Pedrell y la realidad de la casa les trajo lejanos acordes de un piano bien tocado, con disciplina manual, pero sin demasiada emoción.

—¿Quién toca?

—La señorita Yes —contestó el mayordomo, sin tiempo de adelantarse a las rápidas zancadas con que Carvalho empezó a perseguir la música.

—¿Yes? ¿Se llama «sí»?

—Su nombre es Yésica.

—Jésica.

Abrió la puerta Carvalho. Una cintura con estrechez subrayada por un cinturón rojo dividía el dorso de la mujer. Las nalgas forradas de tejano reposaban su juventud redonda y tensa sobre el taburete. La espalda crecía desde el vértice de la cintura con una delicadeza construida hasta llegar a la melena rubia con mechas que caía desde la cúspide de una cabeza echada hacia atrás para seguir más lejos el viaje de las notas. Carraspeó el mayordomo. Preguntó la muchacha sin volverse y sin dejar de tocar.

—¿Qué quiere, Joanet?

—Lo siento, señorita Yes, pero este señor quiere hablar con usted.

Se volvió rápidamente auxiliada por el giro del taburete. Tenía los ojos grises, tez de esquiadora, una boca grande y tierna, pómulos de muchacha diseñada, unos brazos de mujer hecha sin prisas y sin pausas; quizá exageraban las cejas, demasiado pobladas, pero acentuaban su carácter fundamental de chica para anuncio americano de la chispa de la vida. Carvalho también se sintió estudiado, pero no porción a porción como él había hecho, sino globalmente. Pon un Gary Cooper en tu vida, chica, pensó Carvalho y le estrechó la mano que ella le tendió como sin querer.

—Pepe Carvalho. Soy investigador privado.

—¡Ah! Es por lo de papá. ¿No le pueden dejar descansar en paz?

Toda la impresión de anuncio publicitario quedó destruida. Le había temblado la voz y le brillaron los ojos, lacrimosos.

—Son cosas de mamá y de ese horrible Viladecans.

El ruido de la puerta al cerrar indicó que el mayordomo no quería oír más de lo que había oído.

—Los muertos ni se cansan ni descansan.

—Usted qué sabe.

—¿Sabe usted precisamente lo contrario?

—Mi padre está vivo, aquí, en esta casa. Lo siento alrededor. Hablo con él. Venga. Mire qué he encontrado.

Cogió de la mano a Carvalho y le llevó hacia un atril situado en un ángulo de la habitación. Sobre él aparecía un grueso álbum de fotografías abierto. La muchacha desplazó las páginas lentamente, una tras otra, como si fueran cosas frágiles propensas a la rotura, dejó ante Carvalho una lámina gris oscuro sobre la que estaba enganchada la fotografía de un Stuart Pedrell joven, moreno, en mangas de camisa, fingiendo el logro de un bíceps de Míster Universo.

—¿Verdad que es majo?

La habitación olía a marihuana y ella también. Había cerrado los ojos, sonreía como extasiada ante el espectáculo interior que sus ojos veían.

—¿Tenía mucha relación con su padre?

—Antes de morir, ninguna. Cuando él se fue de casa, yo estaba estudiando en Inglaterra hacía dos años. Nos habíamos visto durante los veranos. Muy poco. He descubierto a mi padre después de muerto. Fue una huida hermosa. Los mares del Sur.

—Nunca llegó a los mares del Sur.

—¿Usted qué sabe? ¿Dónde están los mares del Sur?

Había voluntad de pelea en sus ojos, feroces, en sus labios apretados, en todo el cuerpo replegado sobre sí misma.

—Mientras estuvo en los mares del Sur, para entendernos, ¿no trató de ponerse en comunicación con usted o con algún hermano suyo?

—Conmigo, no. Con los demás, no lo sé. No lo creo. Nené está en Bali desde hace meses. Los mellizos eran casi dos desconocidos para él. El pequeño tiene ocho años.

—Y van a echarle de los jesuitas.

—Peor para los jesuitas. Es imbécil llevar a los jesuitas a alguien a estas alturas del siglo. Tito es un niño demasiado imaginativo para ese sistema de enseñanza.

—Cuando su padre se le aparece, ¿le dice dónde estuvo durante todo este tiempo?

—No es necesario. Yo sé dónde estuvo. En los mares del Sur. En un lugar maravilloso donde pudo empezar de nuevo. Volver a ser aquel muchacho que se fue a Uruguay a hacer fortuna.

No era muy exacta la versión de la muchacha, pero Carvalho tenía cierta debilidad por los afectos míticos.

—Jésica...

—Jésica... Nadie me había llamado así nunca. Casi todos me llaman Yes. Algunos Yésica. Pero Jésica nadie. Suena muy bien, Mira. Mi padre esquiando en Saint-Moritz. Aquí está entregando un premio a alguien. Oye, ¿sabes que se te parece?

Carvalho borró con un gesto cualquier posibilidad de parecido. Cansado de la peregrinación sentimental por el álbum, se dejó caer en un sofá capitoné de cuero negro, donde quedó semihundido, en un forzado relax que le permitió contemplar tranquilamente a la muchacha afanada sobre el álbum. Los pantalones tejanos no podían ocultar las piernas rectas y fuertes de una deportista, ni el jersey de lanilla de manga corta impedía la evidencia de dos pechos breves con pezones inacabados. El cuello le servía de larga columna flexible para los continuados movimientos de la cabeza a derecha e izquierda, como si quisiera agitar continuamente la bandera de su melena rubia y espesa como una mermelada derramada lentamente desde un tarro prodigioso. Se contuvo la melena con una mano y volvió el rostro hacia Carvalho adivinando la contemplación. No retiró él la mirada. Ojo por ojo se observaron hasta que ella avanzó corriendo hacia el sofá, se sentó sobre las rodillas de Carvalho, le abrazó y refugió la cabeza contra su pecho llenándole la cara de serpentinas de cabellos rubios. Reaccionó el detective lentamente, consolidando la entrega filial de ella e insinuando después un abrazo que era algo más que protector de los secretos terrores de la muchacha.

—Dejadle dormir. Está dormido. Viajó hacia la purificación y ahora duerme. Le persiguen porque le envidian.

Modelo Ofelia, pensó Carvalho, y dudó entre zarandearla o compadecerla. La compadecía pasándole una mano sobre la cabeza, conteniendo las ganas de convertir la caricia en un insinuante sondeo de la nuca. Su propia indecisión le irritó y la apartó con una brusquedad controlada.

—Cuando se te esfume la marihuana de la cabeza quisiera volver a hablar contigo.

Ella sonreía, con los ojos cerrados, las manos unidas en un puño suavemente crispado entre sus piernas.

—Ahora estoy bien. ¡Si vieras lo que veo!

Carvalho anduvo hacia la puerta. Se volvió para despedirse. Seguía en la misma actitud extasiada. Una vez en su vida se había acostado con una muchacha así, en San Francisco, veinte años atrás. Era una puericultora a la que él estaba vigilando en relación con la infiltración de agentes soviéticos entre los primeros movimientos contraculturales norteamericanos. A la materia prima de la señorita Stuart le faltaba algo; un no sé qué de consistencia imperial que sólo puede emanar un cuerpo norteamericano. Llevaba a cuestas esa dosis de fragilidad, por pequeña que sea, que corresponde a cada meridional del mundo, sea cual sea su clase social. Sin recapacitarlo, garabateó su nombre, sus señas, su teléfono en un papel, y volvió sobre sus pasos para tendérselo a la muchacha.

—Ten.

—¿Para qué? ¿Para qué? ¿Por qué?

—Por si te viene a la memoria algo nuevo cuando estés en tus cabales.

Y casi escapó de la habitación a zancadas que fingían ser de avance.

PLANAS LE HABÍA CITADO en la Central Cervecera, uno de sus negocios, donde debía celebrar una reunión del Consejo de Administración. A la salida podía disponer de un cuarto de hora para él, veinte minutos a lo sumo. Luego tenía que retirarse a preparar el discurso como vicepresidente entrante de la Confederación de Empresarios.

—Las elecciones son esta tarde y voy a ganar. Seguro.

No necesitaba Carvalho la telefónica expresión de tanta seguridad en sí mismo, pero agradecía el dato y se dispuso a la entrevista con uno de los socios de Stuart Pedrell, como quien va a sostener un partido de tenis con un tenista que quiere ganar en dos sets, por seis a cero en los dos. La llegada de Carvalho truncó el proyecto de Planas de denunciar con el reloj el esperable retraso de Carvalho.

—Es usted puntual. Un milagro.

Y apuntó algo en una agenda que sacó del bolsillo trasero del pantalón.

—Cada vez que me encuentro con un hombre puntual, lo anoto en la agenda. ¿Lo ve? Pongo su nombre y la fecha. Es muy práctico. Así, si alguna vez necesito un detective privado, lo primero que tendré en cuenta es si le conozco, lo segundo si llegó puntual, lo demás es accesorio. ¿No le importa que charlemos mientras caminamos? Así hago un poco de ejercicio entre reunión y reunión. Me esperan unos spots publicitarios para mi Ciudad Jardín Alturas de Melmató.

Ni un gramo de grasa de más en aquel cuerpo de

romano con el cráneo casi rasurado para ganar la partida a una calvicie inapelable. Planas caminó junto a Carvalho con las manos unidas en la espalda y mirando fijamente el suelo mientras pensaba las respuestas. Ningún desengaño económico en la vida de Stuart Pedrell. Los negocios iban viento en popa. Nunca habían emprendido operaciones especulativas dramáticas, insistió; estaban perfectamente cubiertas y muy bien avaladas. La mayor parte del capital inicial no era ni de Stuart Pedrell ni de él, sino del marqués de Munt.

—¿No ha hablado todavía con él? Es un tipo singular, un gran hombre, Alfredo.

De hecho la obra de más envergadura era el barrio de San Magín, un barrio nuevo, de arriba abajo, hasta la última farola. Eran años en que se daban facilidades, no como ahora. Parece como si el capitalismo fuera pecado y el capitalista un enemigo público. ¿Por qué se había marchado Stuart Pedrell?

—No había sabido superar el trauma de los cincuenta. Y pasó el de los cuarenta y el de los cuarenta y cinco con dificultades. Pero al llegar a los cincuenta se rompió. Lo había literaturizado demasiado. También había convertido su trabajo en una parodia. Lo había distanciado demasiado de sí mismo. Era como dos hombres. El que trabajaba y el que pensaba. Un poco de distanciamiento está bien, pero no hasta el punto de despegarse del todo. Se acaba siendo un nihilista y un empresario nihilista no puede ser empresario. Un buen empresario ha de ser algo bruto, ha de saber tragarse las puñetas, si no, no llega él a ninguna parte ni lleva a los demás a parte alguna.

—Pero Stuart Pedrell era rico.

—Muy rico. Lo era de nacimiento. No tanto como Alfredo Munt, pero era rico. Un caso muy diferente del mío. Mi familia no estaba mal de dinero, pero mi padre se hundió a los cuarenta. Fue una quiebra sonada. Quiso montar un banco con los Busquets y se fueron a pique. Mi padre pagó setenta millones de pesetas a los acreedores, repito, setenta millones de los años cuarenta, imagínese, y se quedó sin un céntimo. Yo estaba entonces en la Universidad. Era perfectamente consciente de la ruina. ¿Cómo fue su infancia, señor Carvalho?

Se encogió de hombros el detective.

—La mía fue triste. Muy triste —confesó Planas contemplando el desigual asfalto del patio de la fábrica de cerveza por donde paseaba con Carvalho—. Stuart descansaba en nosotros: en la seguridad del respaldo económico de Munt y en mi capacidad de trabajo. Él ponía la «perspectiva»; jamás supe qué quería decir con eso de la «perspectiva», pero él estaba convencido de que aportaba algo fundamental. Tenía demasiado tiempo de contemplarse el ombligo e ir de aquí para allá detrás de las mujeres. Yo no hago vacaciones desde 1948. Tal como se lo digo. Alguna vez un viaje para contentar a mi esposa. ¡Ah, eso sí! Cada año, cuando llega el mes de mayo, me voy a una clínica alemana de Marbella. Una cura de desintoxicación. Para empezar, un día a régimen de fruta, luego un litro de purgante horroroso y a partir de ahí empieza el suplicio: ¡un ayuno casi total de quince días! Y día sí día no me ponen una lavativa que no se acaba nunca. Pero, amigo, cuando uno creía que iba a acabar hecho polvo ¡quia! Empiezan a nacerle energías de todas partes. Juega al tenis. Sube montañas. Uno se cree Supermán. Hace cinco años que voy y siempre salgo ingrávido, como si pudiera flotar en el aire.

Se acercó a Carvalho y le tocó con los dedos las ojeras.

—Esas ojeras, hinchadas. Tiene fastiado el hígado.

Le precedió hasta un despacho situado en un altillo del almacén. Pidió a una secretaria la dirección de la clínica Buchinger y se la dio a Carvalho. Con una enérgica consulta del reloj invitó a Carvalho a que le siguiera hasta el patio.

—Hay que tratar de envejecer con dignidad. Usted es más joven que yo, pero no mucho. No se conserva nada bien. Yo pensaba que los detectives privados hacían gimnasia, jiu-jitsu. Yo hago *footing* cada mañana por los alrededores de mi casa, en Pedralbes. Cojo un senderillo arriba y tris tras, tris tras, montaña arriba, hacia Vallvidrera.

—¿A qué hora?

—A las siete de la mañana.

—Yo a esa hora me levanto y me hago un par de huevos fritos con chorizo.

—No me diga. Pues, como le iba diciendo. Tris tras montaña arriba y luego tris tras montaña abajo. Dos veces a la semana masaje subacuático. ¿Lo ha probado? Sensacional. Es como una trituradora de agua que va golpeando todo el cuerpo. Un chorro así, a toda presión. Luego una buena ducha escocesa. Te pones así frente al masajista, como si te fuera a fusilar. Póngase usted así, como yo estaba ahora.

Se apartó Planas tres metros y apuntó a Carvalho con una hipotética manguera.

—Desde esta distancia envían un manguerazo de agua tibia, especialmente a aquellas partes del cuerpo que conviene reducir, y luego el mismo chorro de agua fría. Te queda una circulación de la sangre estupenda. Y la buena circulación de la sangre ayuda a fundir la grasa. Usted tiene una espléndida figura, pero se le ven los fondos de grasa que debería eliminar. Sobre los riñones y el estómago. Ahí. Ahí duele. Un buen chorro chiiiiiiiissss. Constancia. La clave del asunto. Luego no abusar de las bebidas. ¡Coño! Las dos... Me están esperando los publicitarios... ¿Alguna cosa más?

—¿Durante su extraño ocultamiento, nunca intentó Stuart Pedrell ponerse en contacto con usted?

—Nunca. Desde un punto de vista mercantil no era necesario. Lo dejó todo muy bien clarificado con Viladecans. Luego se puso a trabajar Mima y resultó excelente, mucho mejor que su marido.

—¿Y desde el punto de vista humano?

—Nunca tuvimos muchas cosas que decirnos. Quizá la única conversación larga que tuvimos fue la primera, hace veinticinco años, cuando decidimos ser socios. Luego nos hemos visto miles de veces, pero hablar, hablar, conversar, nunca. Munt tenía otra relación con él. Pregúntele.

Le dio la mano como si le fusilara el brazo y a la vez le diera el pésame.

—No olvide lo de la clínica. Nada hay tan sano como unas buenas lavativas.

«Adiós, Planas —pensó Carvalho—; que tengas una sana muerte.»

—DE ESA MARCA NO TENGO.

—¿Qué blanco frío tiene?

—Viña Paceta.

—Venga.

Pidió unos caracoles de mar para abrir boca. El dueño le ofreció la alternativa de unos entremeses de pescado y mariscos en el que incluiría los caracoles. Después le aconsejó una dorada al horno y Carvalho aceptó porque así podría seguir con el vino blanco y porque el pescado contribuiría a que le bajaran las ojeras y mejorase el estado de su hígado. De vez en cuando le gustaba comer en Casa Leopoldo, un restaurante recuperado de la mitología de su adolescencia. Su madre estaba aquel verano en Galicia y su padre le invitó a un restaurante, hecho insólito en un hombre que opinaba que en los restaurantes sólo roban y dan porquerías. Alguien le había hablado de un restaurante del barrio chino donde daban unas raciones estupendas y no era caro. Allí entraron Carvalho y su padre. Se hinchó de calamares a la romana, el plato más sofisticado que conocía, mientras su padre recurría a un repertorio convencional pero seguro.

—Bueno sí que es. Y cantidad. Veremos si es barato.

Tardó en volver a pisar un restaurante, pero siempre conservó el nombre de Casa Leopoldo como el de la iniciación a un ritual apasionante. Había vuelto muchos años después, cuando ya el restaurante no podía llevarlo el mismo hombre reflexivo y atento que les había preguntado lo que deseaban comer regalándoles la condición de clientes habituales y sapientes. Ahora era un buen restaurante especializado en pescados, en el que se mezclaba una clientela de pequeños burgueses del barrio y gentes llegadas del norte de la ciudad atraídas por algún comentario propicio. Carvalho se había puesto a régimen de pescado y vino blanco frío. Los estados de ansiedad que antes combatía metiéndose en tascas y restaurantes y pidiendo a tenor de una gula no exenta de buen gusto, los superaba consumiendo las reservas vinícolas del país en vino blanco.

Sorprendió al dueño por su sobriedad en el postre y por su abstención de tomar un licor después del café. Tengo prisa, pretextó. Pero ya en la puerta decidió que había obrado contra natura, contra su naturaleza. Volvió a sentarse, reclamó la presencia del dueño y le pidió una copa doble de marc de Champagne helado. Mientras la paladeaba tenía la sensación de que volvía a ser él mismo. El hígado. La madre que lo parió. El hígado es mío. Hará lo que yo quiera. Pidió otra copa doble de marc y decidió que por fin había conseguido la transfusión de sangre que necesitaba desde hacía días.

Salió y se metió por la calle Aurora en busca de paisajes perdidos de su infancia. Al pasar delante de un edificio milagrosamente moderno en el contexto de una calle anclada en los tiempos del asesinato del Noi del Sucre, Carvalho vio cierto movimiento de gente ante la puerta. Un cartel discreto anunciaba una serie de actos sobre la «novela negra». Con un aplomo etílico, Carvalho se mezcló con los que esperaban el comienzo de uno de los actos. Se los sabía de memoria. Tenían ese aspecto de huevos cocidos que tienen los intelectuales en todas partes, pero en este caso adaptados a la española: parecían huevos duros con menos densidad que los huevos duros de otras latitudes. Sobrellevaban el peso de los huevos sobre los hombros con el lógico exhibicionismo, pero también con esa inquietud subdesarrollada de que el huevo peligraba. Estaban divididos por tribus de crianza o de afinidad más alguna tribu de estado intelectual más elevado, adivinable porque todos la miraban de reojo y, aunque con cierta desgana, cada cual quería toparse con ella y verse en la obligación de saludar y ser reconocido.

Empezó por fin el acto y Carvalho se vio metido en un anfiteatro azul en compañía de unas cien personas dispuestas a demostrar que sabían más sobre novela negra que los siete u ocho que componían la mesa.

Se inició la intervención de la mesa con la operación «conquista de aplomo», consistente en un ejercicio de desentumecimiento cerebral basado en distanciar la función, el lugar y el tema, para luego comenzar la misma según el rito posconciliar. Dos miembros de la mesa se habían autoatribuido el papel decano y empezaron a jugar una partida privada de ping pong intelectual sobre si Dostoievski escribió novela negra o no. Luego pasaron a Henry James, sin olvidar la necesaria mención a Poe, y acabaron descubriendo que la novela negra era una invención de un maquetista francés que dio ese color a la serie de Gallimard sobre novela policiaca. Alguien de la mesa trató de romper el monopolio discursivo del barbas y del latinoamericano miope, pero era apartado por codazos invisibles que le lanzaban los *seniors*.

—Es que...
—Yo creo que...
—Si me permiten...

No le permitían nada. Trató de colar por un resquicio de tiempo la frase: La novela negra nace con la Gran Depresión... pero sólo lo oyeron los de la primera fila y algunos de la segunda, entre los que se encontraba Carvalho. Por los movimientos de la nuez de los dos solistas se adivinaba que estaban a punto de llegar a alguna conclusión o fórmula inapelable.

—Podríamos decir...

Silencio. Expectación.

—No sé si mi querido Juan Carlos estará de acuerdo.

—¿Cómo no voy a estar de acuerdo contigo, Carlos?

Carvalho dedujo que el predominio de las dos *vedettes* se debía a una complicidad onomástica.

—La novela negra es un subgénero al que excepcionalmente se han dedicado grandes novelistas, como Chandler, Hammett o McDonald.

—¿Y Chester Hymes?

Le había salido aflautada, por lo contenida, la voz al que trataba de meter lengua en el asunto. Lo que fue inicial defecto se convirtió en virtud, porque la rareza sonora provocó cierto sobresalto en los disertantes monopolizadores que se volvieron para adivinar la causa de aquel ruido.

—¿Decía usted? —dijo con cansada amabilidad el miope.

—Decía que a esos tres autores hay que añadir el nombre de Chester Hymes, el gran retratista del mundo de Harlem. Hymes ha hecho un esfuerzo equivalente al de Balzac.

Ya estaba dicho. Los dos protagonistas estaban algo cansados de su protagonismo y dejaron que el intruso se explayara. Allí salió de todo. Desde la novela de la *matière de Bretagne*, de Chrétien de Troyes, hasta la muerte de la novela después de los excesos epistemológicos de Proust y Joyce, sin olvidar el maccarthismo, la crisis de la sociedad capitalista, las condiciones de marginación social que fatalmente el capitalismo crea y que constituyen el caldo de cultivo propicio a la novela negra. El público estaba impaciente por intervenir. En cuanto pudo se levantó uno de sus representantes y dijo que Ross McDonald era fascista. Otro añadió que los autores de la novela negra siempre están bordeando las posiciones fascistas. Hammett fue exculpado porque militó en el partido comunista americano en unos tiempos en que los comunistas estaban por encima de cualquier sospecha y no habían recibido tratamiento descafeinante. No hay novela negra sin héroe singular, y eso es peligroso. Eso es simple neorromanticismo, terció otro del público dispuesto a salvar a la novela negra del infierno de la historia.

—Yo más bien hablaría de cierto neorromanticismo que potencia la novela negra, que la hace necesaria en los tiempos que corren.

Ambigüedad moral. Ambigüedad moral. He aquí la clave de la novela negra. Es esa ambigüedad en la que nadan los héroes como Marlowe o Archer o el agente de la Continental. Las dos *vedettes* iniciales estaban arrepentidas de haber perdido protagonismo y trataban de meter baza en el torrente verbal que se había desencadenado: universo cerrado... inmotivación... convenciones lingüísticas... la nueva retórica... es la antítesis del telquelismo por cuanto resucita la singularidad del autor y del héroe central... el punto de vista en *El asesinato de Rogelio Ackroyd*...

CARVALHO SALIÓ EN ESTE PUNTO, con la lengua y la cabeza espesas. Se acercó a la barra para pedir una cerveza y se vio acodado junto a una mujer castaña, con unos inmensos ojos verdes y el cuerpo cubierto bajo un poncho estrenado en alguna travesía de los Andes.

—¡Hola!

—Hola. Tú eres...

—Dashiell Hammett.

Se rió ella y le instó luego en serio a que le dijera su nombre.

—Nos presentó Horacio en la presentación del libro de Juan. ¿No es cierto? Yo he salido harta porque estaba cansada de macanas. A mí no me gusta nada todo ese rollo de la novela negra. Pienso lo mismo que Varese: Cuando la burguesía no puede conservar el control de la novela empieza a pintarla de colores. Te leo. Me gusta mucho lo que escribes.

Carvalho, desconcertado, se preguntó si Biscuter o Charo habrían publicado algo con su nombre. Pensó pedirles explicaciones en cuanto llegara a casa.

—Pues últimamente escribo con cierta desgana.

—Se te nota, se te nota. Pero eso nos pasa a todos. Pienso lo mismo que Cañedo Marras: los grandes cansancios presagian los grandes entusiasmos.

Carvalho tenía ganas de decirle, quítate el poncho, mi amor y vámonos a una cama negra, blanca, redonda, cuadrada, me da igual, porque cuando la burguesía no puede conservar el control de la cama empieza a adjetivarla.

—¿Vas a seguir aquí, o te vienes a beber seis botellas de vino blanco absolutamente sensacional?

—Sos rápido, forastero. ¿Qué insinuás?

—Que nos vayamos a la cama.

—No hay duda. Conoces a Juanito Marsé. Es su técnica. Dice que le han dado muchas bofetadas, pero que también ha levantado muchos planes.

—¿Qué saco yo? ¿La bofetada?

—No. Pero tampoco el plan. Espero a mi chica. La tengo aparcada allá dentro. Ya me entiendes. Lo nuestro es un amor imposible.

—No había hecho más que nacer.

—Son los mejores.

Se despidió Carvalho con una ligera reverencia. En la calle se concentró en el tema de los amores que acaban de nacer. Se vio a sí mismo de adolescente, impresionado por muchachas que pasaban, siguiéndolas, tomando el tranvía o el autobús que ellas tomaban, sin decirles nada, pendiente del milagro de un encuentro lleno de estética. De pronto ella se volvería, le cogería la mano y le llevaría más allá del misterio, donde se puede vivir eternamente en la contemplación del ser amado. Y otra veces, cuando se enamoraba de alguien concreto, de pronto tenía la sensación de que le estaba esperando en un punto exacto de la ciudad, generalmente en el puerto, y acudía allí con el reloj impaciente, convencido de que se cumpliría la cita telúrica. Tal vez necesitara enamorarme, una cierta dosis de auto-engaño, no se puede sobrevivir despellejado, sin posibilidad de meterte en ninguna iglesia, sin rezar no se puede vivir. Hoy ya no se puede creer en la liturgia del vino desde que algunos *gourmets* se han pronunciado contra el tinto *chambré* y defienden el tinto frío. ¿Dónde se ha visto eso? La raza degenera. Las civilizaciones se hunden el día en que empiezan a cuestionar lo incuestionable. El franquismo comenzó a hundirse el día en que Franco empezó a decir «... No es que yo...»; un dictador no puede empezar jamás a hablar con una negación que le afecte. No puedes salir a borrachera diaria. Ni sorprenderte de pronto con las mandíbulas apretadas, como si estuvieras haciendo un esfuerzo interior sobrehumano. ¿Qué esfuerzo interior sobrehumano estás haciendo? ¿Te parece poco? Amanecer. Un día tras otro. Con lo caros y mediocres que son por regla general los restaurantes en esta ciudad. Dos semanas atrás había cogido el coche y se había dejado deslizar hacia las carreteras del sur en busca de un restaurante murciano, El Rincón de Pepe. Dormir por el camino fue un pretexto para comer en Denia un arroz a banda, y nada más llegar a Murcia saltó del asiento del coche al asiento del restaurante para pedir al *maître* un menú que le dejó perplejo: un plato de embutidos de la región, berenjenas con gambas a la crema, perdices a la tía Josefa, leche frita. Bebió cuatro jarras del Jumilla de la casa, pidió la receta de las berenjenas para darse una vez más cuenta de que si la guerra de los Treinta Años no hubiera sentenciado la hegemonía de Francia en Europa, la cocina francesa a estas horas padecería la hegemonía de las cocinas de España. Su único patriotismo era gastronómico.

Sin darse cuenta había llegado a las Rondas. Repasó su destruida geografía. Le dolió cada violación de su paisaje infantil y cuando estaba a punto de tocar fondo en el pozo de la autocompasión se acercó a una cabina para llamar a su amigo, gestor y vecino de Vallvidrera, Enric Fuster.

—Tú que conoces a gente de la universidad, de literatura y eso, búscame alguien que pueda descifrarme el sentido de unos versos italianos. No. Si supiera el autor no te habría llamado.

Fuster aprovechó la llamada para montar una cena.

—Recurriré a mi paisano Sergio, es de Morella. De paso nos montará una cena de *collons*. No es que guise bien, pero siempre tiene materia prima de la tierra.

Si los caldeos creían que el mundo terminaba en las próximas montañas, Enric Fuster, como todos los del Maestrazgo, creía que lo que estaba más allá de sus horizontes era la Vía Láctea. Se sentó Carvalho a recuperar el pulso de la tarde. Se le disipaba la blanca y ácida borrachera. Tenía sed. Contemplaba el paso de las muchachas en flor y se las imaginaba veinte años después, cuando, como él, hubieran rebasado el ecuador de los cuarenta. Contemplaba el paso de las mujeres cuarentonas o cincuentonas y se las imaginaba niñas, jugando a ser reinas. Recordó un poema de Gabriela Mistral. A todo esto he de reconstruir un año en la vida de un muerto. Parece grotesco. ¿Qué le importa al muerto ese año? El muerto tampoco le importa a nadie. Cada asesinato revelaba la inexistencia del humanismo. A la sociedad le interesa el muerto en función de que pueda encontrar al asesino y hacer un castigo «ejemplar». Pero si no hay posibilidad de encontrar al asesino, el muerto deja de interesar tanto como el asesino mismo. Alguien que te llore en serio. Como lloran los niños cuando han perdido a sus padres entre la multitud. Aceleró las zancadas para recuperar el coche, pero se le hizo cuesta arriba el desaparcarlo, buscar la calle donde vivía el marqués de Munt, reaparcarlo, desaparcarlo. Se dejó caer en un taxi e inició la investigación de la ideología del taxista. Estaba la Virgen de Montserrat. Las fotografías de una familia bastante fea. No corras, papá. Un lacito con los colores del Barça. La leche. El taxista hablaba andaluz y a los dos minutos de conversación ya le había dicho que en las pasadas elecciones generales había votado por los comunistas del PSUC.

—¿Y la Virgen qué dice de su voto?

—Son cosas de mi mujer.

—¿Es religiosa?

—¡Qué va! ¿Religiosa mi mujer? ¿Cómo se come eso? Pero le gusta Montserrat, ya lo ve usted. Cada año tengo que alquilar unas celdas del monasterio, bueno, celdas, las llaman celdas, pero son habitaciones de hotel, sencillas, pero muy limpias. No les falta de nada. Pues cada año tengo que alquilarlas en mayo y subirme con ella y los niños tres días. Dirá usted que es una chaladura, porque ni ella ni yo meamos agua bendita. Pero le gusta la montaña.

Ésos leen a Marx hasta entrada la noche y en primavera viajan hacia la montaña sagrada.

—Y le diré a usted: ahora el que más disfruta soy yo. Porque hay una paz allí arriba, una paz. Me cogen ganas de meterme a fraile. Y qué preciosa es la montaña. Parece cosa de magia. Aquellas piedras cómo se aguantan. Y durante siglos, oiga, durante siglos. Antes de que naciese mi abuelo y el abuelo de mi abuelo.

—Y el abuelo del abuelo de su abuelo.

—La naturaleza nos enseña cada cosa. En cambio, mire, mire alrededor. Mierda. Mierda pura. ¡Si supiéramos lo que respiramos! A veces cojo alguna carrera al Tibidabo y desde Vallvidrera, madre, la mierda flotante que se ve en esta ciudad.

—Yo vivo en Vallvidrera.

—Choque.

Le tendió una mano mientras controlaba el volante con la otra.

—Eso es inteligencia. A usted también le van las alturas. Como a mí.

Le dejó el taxista en una de las calles de la antigua barriada de Tres Torres, barrio residencial de viviendas unifamiliares hoy arrasadas y sustituidas por lustrosos edificios públicos de poca altura, amablemente retirados de las aceras para dejar lugar a una zona ajardinada donde crecían cipreses enanos, mirtos, alguna platanera muy bien resguardada, palmeritas y adelfos. Un *hall* de proporciones aptas para el Hotel

Plaza de Nueva York se convertía en el inmenso escenario para las evoluciones de un portero de comedia musical. Recibió el nombre del marqués de Munt con mucho más respeto del que empleó Carvalho para pronunciarlo. A continuación abrió la puerta del ascensor, se introdujo dentro de él con Carvalho y mientras subían se limitó a musitar: el señor marqués le está esperando. El ascensor iba puerta a puerta de los cuatro inquilinos de aquel edificio de cuatro plantas. Le dejó en un recibidor de treinta metros cuadrados decorado según estilo japonés, japonés anterior a la desesperación de Madame Butterfly. En el recibidor se hizo cargo de su persona un criado mulato vestido de blanco y rosa, quien le introdujo en una escenografía de pesadilla blanca. Un inmenso espacio de ochenta metros cuadrados enmoquetados en blanco, sin más muebles que un piano de cola rosa claro y en la punta del salón una arquitectura completa de asientos construidos sobre el suelo y adosados a los tabiques, cubierto por el césped de moqueta blanca y sin más criatura extraña que un cono metálico terminado en una afilada punta de muerte que crecía del suelo y trataba de llegar al techo sin conseguirlo. Sobre los sofás reposaba, con la gravidez perfectamente estudiada, el marqués de Munt, setenta años de vida esnob reducidos a un anciano esquelético, blanco, pulcro, con los ojos convertidos en dos ranuras brillantes tras las que se insinuaba el baile continuo de unas pupilas malignas. Las venillas lilas en el rostro suavemente maquillado eran arañazos del vino que conservaba su frescor dentro de un cubo con hielo. En la mano derecha una copa, en la izquierda un libro, *La Grande Cuisine Minceur* de Michel Guérard, libro que le sirvió para indicarle a Carvalho que tomara asiento en cualquiera de los bultos que emergían de aquel casi uniforme paisaje lácteo.

—¿Merendará conmigo, señor Carvalho? Mi socio el señor Planas me ha dicho que usted desayuna huevos fritos con chorizo.

—Se lo he dicho para contrarrestar sus ataques dietéticos.

—Planas no ha descubierto el placer de comer. Es un placer que hay que descubrir a los treinta años. Es la edad en que el ser humano deja de ser un imbécil y a cambio paga el precio de empezar a envejecer. Esta tarde he decidido merendar «morteruelo» y beber Chablis. ¿Sabe usted qué es el morteruelo?

—Una especie de paté castellano.

—De Cuenca, para ser más exactos. Un impresionante paté hecho a base de liebre, codillo de cerdo, gallina, hígado de cerdo, nueces, clavo, canela, alcaravea... ¡alcaravea!... ¡qué hermosa palabra para una excelente merienda!

El mulato olía a perfume de semental homosexual, un perfume de madera olorosa sólida. Dejó ante Carvalho una bandejita con una hermosa copa alta de cristal de roca blanco.

—Apreciará usted conmigo que beber el vino blanco en copas verdes es una horterada incalificable. Yo no soy partidario de la pena de muerte salvo en casos de náusea, y esa costumbre de la copa verde es un caso de náusea. ¿Cómo se le puede negar al vino el derecho a ser visto? El vino debe ser visto y olido antes de pasar a ser gustado. Necesita cristal transparente, el más transparente de los cristales. La costumbre de la copa verde la inició algún *maître* francés cursi, se apropió de ella la aristocracia más cursi y de ahí fue bajando hasta llegar a las vitrinas a plazos y a las cristalerías de las listas de boda de la burguesía de medio pelo. No hay nada tan indignante como la incultura cuando hay medios para que no se produzca.

Carvalho diría que las venillas habían acentuado su color morado bajo la suave capa de maquillaje. La voz del marqués de Munt era hermosa, como la de un actor radiofónico catalán que trata continuamente de disimular su acento y logra una pronunciación castellana fuera de este mundo. El mulato trajo dos terrinas llenas de morteruelo, dos servicios y dos canastillas con pequeños panecillos.

—Beba. Beba, señor Carvalho, antes que el vino se acabe. Antes de que se acabe el mundo. Recuerde la sentencia de Stendhal: Nadie ha sabido lo que es vivir si no ha vivido antes de la revolución.

—¿Vivimos antes de la revolución?

—Sin duda. Pronto vendrá una revolución. Aún está por decidir el signo. Pero vendrá. Lo sé gracias a una larga dedicación a la Ciencia Política, pero además tengo a Richard, mi criado jamaicano. Es un gran especialista en la elaboración de cartas astrológicas. Se aproxima una gran revolución. ¿Le inquieta algo? ¿La escultura de Corberó?

La aguja amenazante era una escultura. Carvalho se sintió más seguro.

—Llevo años y años tratando de educar a mi clase predicando con el ejemplo. Se han defendido de mí acusándome de exhibicionista. Cuando me dediqué a las carreras de automóviles con bólidos de los de verdad, mis colegas de clase se dedicaban a mendigar en Madrid permisos de importación para Opels o Buicks. Cuando me separé de mi esposa y me fui a vivir al Sacromonte con unos gitanos, corrió la consigna de que jamás fuera recibido en una casa bien de esta ciudad.

—¿Dónde vivía en el Sacromonte?

Una sombra de molestia pasó ante los ojos del marqués, como si Carvalho tratase de salpicar de oscuras dudas la blanca evidencia de las cosas.

—En mi cueva.

Bebió vino y contempló complacido cómo Carvalho le secundaba.

—La aristocracia y la alta burguesía de esta ciudad buscan criados en Almuñécar o en Dos Hermanas. Yo los busco en Jamaica. Los ricos han de demostrar que lo son. Aquí todo el mundo tiene miedo de demostrarlo. Durante la guerra vinieron a buscarme los de la FAI y los recibí con mi mejor batín de seda. ¿No le da a usted vergüenza vivir así con lo que está pasando en el país?, me preguntó el jefe. Me daría vergüenza vivir disfrazado de obrero sin serlo. Quedó tan impresionado que me dio veinticuatro horas para marcharme. Me pasé a los nacionales y tuve la desgracia de vincularme al grupo catalán de Burgos. Una pandilla de advenedizos que habían cambiado de camisa para conseguir ser embajadores. Nada más entrar con los nacionales en Barcelona ya no me interesaba la cuestión y aproveché el estallido de la guerra mundial para hacer espionaje a favor de los aliados. Tengo la legión de Honor y cada año, el 14 de julio, voy a París y desfilo por los Campos Elíseos. Un estilo de vida como el mío merecería cierta atención por parte de esa clase dominante catalana cebona y aculada. Pues nada. Ahora han descubierto la oca con peras y el vino embotellado. No tienen nada que ver con sus abuelos. Los que hicieron la Barcelona modernista. Los grandes atunes en un país de sardinas. También eran unos zafios, pero la sangre se les movía a ritmo wagneriano. A éstos se les mueve a ritmo de música de telefilme. Usted es un plebeyo que bebe muy bien el Chablis; le he estado observando.

—¿Su cueva del Sacromonte era de renta limitada?

—Era la cueva más grande que encontré vacía. Me fui a una tienda de lujo de Granada y compré una cama metálica inglesa fin de siglo por un precio tres veces superior al que me costó la cueva. Metí la cama dentro y viví unos años muy feliz tratando de promocionar cantantes y bailarines gitanos. En cierta ocasión monté un grupo folklórico y me lo llevé a Londres vestidos con traje de faena. Imagíneselo: batas de cola, botas camperas, sombreros cordobeses, lunares postizos, claveles reventones en el pelo. Al llegar a Londres no nos dejaban pasar la Aduana. Con esa pinta no entran ustedes en el país. Pedí que me enseñaran leyes que prohibieran la entrada en el país en traje de trabajo. No tenían esas leyes, pero no nos dejaban pasar. Finalmente, llamé a Miguel Primo de Rivera, por entonces embajador en Londres, y le expliqué el caso. Nos enviaron varios coches de la embajada y así entramos en Inglaterra, bajo la protección del banderín del cuerpo diplomático.

—¿Ha sido también imaginativo en los negocios?

—No he necesitado serlo. Mientras vivió mi padre, todo fue viento en popa. Mi padre me respetaba. Sabía que yo era un creador y que necesitaba cambiar mi vida y la de los demás. Cuando murió yo tenía casi cincuenta años y recibí una herencia absolutamente apabullante. Coloqué una importante parte a interés fijo para vivir fabulosamente bien hasta mi muerte. Otra parte la empleé en indemnizar a mi esposa por haberle hecho cinco hijos, y a mis cinco hijos por haberlos hecho herederos. Con el resto me metí en negocios, pero siempre utilizando a chicos como Planas o Stuart Pedrell. Chicos con ganas, con rabia, con ambición de poder y sin posibilidades de llegar a otro poder que no fuera el económico. Planas es impresionante y peligroso, puede triplicar cualquier fortuna en cuatro años. Beba y coma, señor Carvalho. Antes de que llegue la revolución.

No DABA PIE a que la conversación fuera hacia otros derroteros. Le interesaban los de su propia vida y pasó a hablar de sus viajes.

—Sí, señor Carvalho, he cometido la horterada de dar tres veces la vuelta al mundo, sistemáticamente, en crucero, en avión, a ras de tierra. Conozco todos los mundos que hay en este mundo. Otro día, con más tiempo (hoy tengo Liceo: hay una *Norma* de la Caballé que no quiero perderme), le enseñaré mi museo privado. Lo tengo en mi casa señorial de Munt de Montornés.

»Me aterra que la posibilidad de gozar de la vida desaparezca. No sólo es cuestión de dinero, aunque lo es. Cuando era niño descubrí qué es la felicidad, qué es el gozo, gracias a un pedazo de calabaza y una rodaja de salchichón. ¿Ha leído usted *Cuore*, de D'Amicis? Hoy es un libro pedagógicamente impresentable, pero forma parte de la educación sentimental de mi generación y probablemente de la suya. Recuerdo una escena, una excursión campestre de Enrico, el chico protagonista, con otros compañeros de clase y entre

66

ellos Procusa, el hijo de un albañil. Es precisamente el padre de Procusa quien les lleva de excursión y en un momento se ponen a comer y les da una rodaja de calabaza con salami por encima. ¿Qué le parece? Es una maravilla. Es la alegría de la naturaleza y de la comida espontánea. Literariamente no hay otro acto de comer tan hermoso hasta Hemingway. En *Al otro lado del río y entre los árboles* cuenta simplemente la comida de un pescador consistente en una lata de judías con tocino que guisa en una hoguera al lado del río. Junto a la comida de *Cuore* y a la de Hemingway no puede situarse ninguno de los grandes banquetes descritos por la literatura barroca. Pues bien. Estas posibilidades de gozo desaparecerán. Los astros no mienten. Todo nos lleva a la muerte y a la extinción.

—Pero usted sigue enriqueciéndose.

—Es mi obligación.

—Estaría dispuesto a defender su patrimonio utilizando todos los instrumentos posibles. Incluso la guerra.

—No lo sé. Depende. Si es una guerra muy fea, no. Pero toda guerra puede embellecerse, es cierto. No. No creo que llegara a respaldar la violencia. Ya no tengo hijos. Los tengo, pero no los tengo. Eso quita agresividad.

—Entonces, ¿qué teme usted?

—Que una época en que la necesidad domine a la imaginación me prive de esta casa, de este criado, de este Chablis, de este morteruelo... aunque es posible que el morteruelo sobreviva, porque últimamente la izquierda está empeñada en recuperar las famosas «señas de identidad popular», y la cocina popular es una de ellas.

—Stuart Pedrell quería huir a su condición. Usted la asume gracias a la estética. Planas es el único que trabaja.

—Es el único alienado, aunque tampoco lo aseguraría. He tratado de desalienarle. Pero tiene el equilibrio del desequilibrado. El día en que se mire en un espejo y diga «estoy loco», se desmoronará.

—Su pesimismo nace del temor de que las fuerzas del mal, los comunistas, por ejemplo, se hagan dueños de lo que usted ama o posee.

—No sólo los comunistas. La horda marxista se ha complicado. Hay en ella hasta obispos y bailarines de flamenco. Luchan para cambiar el mundo, luchan para cambiar al hombre. Si la lucha entre comunismo y capitalismo continúa por la vía competitiva, pacífica, ganará el comunismo. La única posibilidad que le queda al capitalismo es la guerra, siempre y cuando se acordara que fuera una guerra convencional, sin armamento nuclear. Ese pacto es muy difícil de establecer. Por lo tanto, no hay salida. Más tarde o más temprano habrá una guerra. Los supervivientes serán muy felices. Habitarán un mundo poco poblado y dispondrán de un acervo tecnológico de milenios. Automatismo y poca población. Jauja. Bastará controlar la presión demográfica para que la felicidad sea cosa de este mundo.

»¿Qué régimen político predominará en ese futuro paradisiaco?, me preguntará usted. Y yo le responderé. Una socialdemocracia muy liberal. En el caso de que no haya guerra y continuemos por la vida coexistencial, llegaremos a un serio atasco del crecimiento dentro del sistema capitalista y es posible que incluso dentro del sistema socialista. ¿Ha leído usted *Comunismo sin crecimiento* de Wolfgang Harich? Acaba de editarse en España pero yo lo había leído en alemán. Harich es un comunista alemán que pronostica: «Si el ritmo actual de desarrollo mundial prosigue sin alteraciones, la Humanidad desaparecerá en dos o tres generaciones.» Propone un comunismo austero, es decir, un modelo de supervivencia económica frente a la tesis capitalista de crecimiento continuado y a la eurocomunista de desarrollo alternativo controlado, fiscalizado por la clase obrera y dirigido a conseguir su hegemonía como clase. Yo ya soy viejo y no viviré para verlo.

»No sufro por mi estirpe. No me importa lo que pueda ocurrir. Me entristece quizá que desaparezcan esta ciudad o los paisajes que amo. ¿Ha visto usted una puesta de sol en Mikonos? Tengo una casa en Mikonos, precisamente sobre rocas que dan al Poniente y a la isla de Delos. Amo los paisajes; en cambio, pocas personas me interesan, afectivamente se entiende. Tanto Stuart Pedrell como Planas eran como hijos míos. Casi podría ser su padre. Pero ellos tienen demasiadas ataduras con su siglo y con el que viene. Creen en la línea ascendente de la Historia, creen en el progreso humano, desde una óptica capitalista, pero creen. Planas se presenta a las elecciones de la CEOE, la Patronal como la llama la prensa. Ya jamás lo hubiera hecho.

—De las alternativas que ha dado para el futuro, ¿usted por cuál apostaría?

—No tengo edad para apostar. Todo eso ocurrirá después que yo haya muerto. Ya no me queda mucho.

Sirvió otra vez vino a Carvalho y colmó su copa.

—Aprendí a beber vino blanco entre las comidas gracias a una novela de Goytisolo, *Señas de identidad*. Luego el vino blanco fue sensacionalmente utilizado en una película de Resnais, *Providence*. Hasta entonces yo había permanecido aferrado a los oportos y jereces sólidos. Esto es una bendición. Además, es la bebida alcohólica con menos calorías, si exceptuamos la cerveza. ¿Qué vino blanco bebe usted?

—Blanc de blancs, marqués de Monistrol.

—No lo conozco. Yo soy un fanático del Chablis, de este Chablis. Y si no puede ser Chablis, un Albariño Fefiñanes. Es un vino bastardo impresionante. Raíces en Alsacia y tierras gallegas. Fue una de las mejores cosas que nos llegaron a través del camino de Santiago.

—¿Usted coincidía en muchas cosas con Stuart Pedrell?

—En nada. Fue un hombre que jamás le supo sacar partido a la vida. Era un sufridor narcisista. Sufría por sí mismo. Tenía una inquietud judaica. Pero en el terreno de los negocios era un chico listo, yo le conocía de adolescente, casi de niño. Fui buen amigo de su padre. Los Stuart están establecidos en Cataluña desde comienzos del siglo XIX en relación con el tráfico de la avellana entre Reus y Londres.

—¿Dónde pudo estar ese hombre durante un año entero sin dar señales de vida?

—Quizá se matriculara en alguna universidad extranjera. Últimamente estaba muy interesado por la ecología. Se interesaba por lo último que se llevaba. En cierta ocasión le dije: Tu gran ventaja sobre un noventa y nueve por ciento de la gente de este país es que lees el *New York Times* cada día. Si Planas hubiera tenido la misma curiosidad, a estas horas ya estaría planeando un negocio para importar maquinaria depuradora. ¿Qué le parece el morteruelo? Excelente. Envié a mi cocinera a Cuenca durante un mes para que aprendiera a hacerlo. Es el *paté* más agradable que existe y entronca con esas raíces de la cocina española en la que predominan los platos ligados. Fíjese, España no ha creado ninguna sopa caliente importante, prescindiendo de los cocidos. En cambio, tiene la cocina más importante del mundo en el terreno de las sopas frías. Hay tantas variedades de gazpachos como de arroces. El morteruelo es excelente a estas horas y con este pan que me hago traer de Palafrugell. Imagínese. Es la hora del té. ¿Puede compararse el té a este vino blanco frío y a este morteruelo? Lástima que no estemos en tiempo de uvas, porque acabar este piscolabis con unas uvas moscatel sería el colmo.

—¿Tiene usted algún indicio para sospechar que Stuart se matriculó en alguna universidad extranjera?

—Ninguno.

—¿Entonces?

—Quizá hiciese un viaje, pero no a los mares del Sur. El control de fronteras no es perfecto. Más bien diría lo contrario. Un hombre con ganas de desaparecer, desaparece. ¿Sabe qué llegó a decirse cuando yo me marché a las cuevas del Sacromonte? Que me había ido a la Antártida con una expedición financiada por mí. Salió un reportaje en la Prensa del Movimiento glosando el temple de la raza hispana que no se amilanaba ante los penúltimos secretos del mundo. Recuerdo una frase: «Nuestros santos exploraron los cielos con su ascética, nuestros héroes pueden explorar hasta el infierno.» Eso salió en la prensa, señor Carvalho, ya lo creo que salió.

LLAMÓ A BISCUTER por si hubiera habido alguna novedad en el despacho. «Ha llamado una chica que se llama Yes.» «¿Qué quería?» «Hablar con usted.» «Mañana será otro día.» Cogió Carvalho el coche y subió por las rampas del Tibidabo camino de su casa en Vallvidrera. Tiró al cubo de la basura toda la correspondencia comercial que halló en el buzón, encendió la chimenea con *La Filosofía y su Sombra*, de Eugenio Trías, calculando que debía dosificar un poco la lenta quema de su biblioteca. Le quedaban unos dos mil volúmenes: a libro diario tenía para unos seis años. Era preciso establecer alguna pausa entre libro y libro, o comprar más libros, simple posibilidad que le asqueaba. Tal vez si dividía en dos partes cada uno de los tomos de la Filosofía de Brehier y hacía lo propio con la colección de clásicos de la Pléyade, pudiera resistir más tiempo. Le dolía quemar los clásicos de la Pléyade por el tacto hermosísimo de los libros. A veces los sacaba para acariciarlos y volvía a meterlos en el infierno paralítico de las estanterías rehuyendo el recuerdo de pasadas lecturas que en su tiempo juzgó enriquecedoras. Arregló el desorden de la habitación cuidadoso de que la interina no refunfuñara más de la cuenta ante el aspecto de cubil de la casa. Se duchó lenta, largamente. Se hizo medio kilómetro de rebanadas de pan con tomate y se comió el jamón de Jabugo en un abrir y cerrar de boca. Vacilaba entre descorchar o no descorchar una botella de vino cuando sonó el timbre campana de la puerta del jardín. Se asomó a la ventana y vio una muchacha nocturna más allá de los barrotes. A medida que bajaba las escaleras hacia la puerta se concretó la figura de Jésica.

Le abrió la cancela. Pasó de largo, se encaminó hacia la casa y ya al pie de los escalones se volvió.

—¿Puedo entrar?

Carvalho le ofreció la casa con el brazo. *Bleda* salió al encuentro de Jésica y le limpió un zapato con dos lengüetazos totales y certeros.

—¿No muerde?

—Aún no sabe lo que es morder.

—Me encantan los perros —dijo con un mohín de incredulidad—. Pero me mordió uno cuando era pequeña y me dan miedo. ¡Qué confortable es tu casa! ¡Oh, qué chimenea tan bonita!

Se admiraba de todo lo que veía con una insinceridad protocolaria, la que practica la gente bien para demostrar que aún le queda capacidad de envidia y sorpresa. El continente de una fugitiva de clase y el contenido de clase, pensó Carvalho mientras se ajustaba la bata para que no le salieran las vergüenzas.

—¿Te habías puesto cómodo? ¿Estabas ya acostado?

—No. Acababa de cenar. ¿Quieres comer algo?

—No. Me da asco la comida.

Desparramó sobre un sofá sus exactas caderas y su melena quedó como un lecho de miel para las facciones apenumbradas.

—Esta mañana me he portado como una tonta y no te he sido de ninguna utilidad. Quería disculparme y ayudarte en lo posible.

—A estas horas descanso. No trabajo a destajo.

—Perdona.

—¿Tomamos una copa?

—No bebo. Soy macrobiótica.

Algo tenía que hacer con las manos. Carvalho buscó el humidor y sacó de él un puro filipino de La Flor de Isabela. Era suave y poco enjundioso.

—Tengo remordimientos. Desde que apareció el cadáver de mi padre. Yo pude evitarlo. Si hubiera estado aquí, no habría ocurrido. Mi padre se marchó porque estaba solo. Mi hermano mayor es un egoísta. Mi madre también es una egoísta. Mis otros hermanos son pedazos de carne bautizada. Sólo podía entenderse conmigo. Había llegado yo a la madurez suficiente para hablar con él, para cuidar de él. Siempre le había admirado a distancia. Tan guapo, tan listo, tan seguro de sí mismo, tan elegante. Era un hombre elegante, no en el vestir, elegante en sus maneras. Acogedor.

—¿Y tu madre?

—Una mala bestia.

—¿Te había escrito tu padre a Inglaterra algo revelador?

—No. Me escribía pequeñas tarjetas. Alguna frase, algún pensamiento. Algo que había leído y le parecía curioso. Dos veces fue a Londres por negocios y resultó maravilloso. Ahora creo que fue maravilloso. Cuando llegó, en cambio, me molestó, me parecía como si me quitara tiempo. Si todo se pudiera volver atrás. Mira, lee.

Sacó de un capazo de paja una cuartilla doblada:

Volverás del mundo de las sombras
en un caballo de ceniza,
me cogerás del talle
para llevarme al otro lado del horizonte,
te pediré perdón por no haber sabido
impedir que murieras de deseo.

—No está mal.

—No te pido una opinión literaria. Sé que es muy malo. Te lo doy para que veas mi obsesión. No puedo continuar así.

—Soy un detective privado, no un psiquiatra.

—¿Quieres que me vaya?

Se sostuvieron la mirada. A pesar de la distancia, Carvalho olía la vida contenida dentro de aquel cuerpo desparramado. No había sido una pregunta reto, sino una queja. Carvalho se relajó. Se dejó caer en un sofá enfrentado al de Jésica y recibió inmediatamente el acoso de *Bleda*, empeñada en apoderarse de su zapatilla.

—Pon música —pidió ella.

Carvalho se levantó. Escogió la cuarta sinfonía de Mahler y de reojo vio cómo Yes se disponía a un relax completo. Abría las piernas, apoyaba la nuca sobre el canto del respaldo, desperezaba los brazos.

—¡Qué bien se está aquí y así! Si vivieras en aquel mausoleo.

—No está mal el mausoleo.

—Las apariencias engañan. Todo es frío, encorsetado. Se ha impuesto el estilo de mamá. Seguro que a ella le importan un bledo el rito, el protocolo. Pero como ha tenido que fastidiarse y entrar dentro de él, fastidia a todo el mundo.

Abrió los ojos, los enfrentó a Carvalho, se dispuso a decirle algo trascendental.

—Quiero irme de casa.

—Creía que ya no se decían estas cosas. Que se hacían y no se decían. Lo que has dicho tiene cierto regusto *démodé*.

—Yo soy muy *démodée*. No tengo el menor interés en dejar de serlo.

—Sigo sin ver qué pinto yo en este asunto. Yo soy un empleado de tu madre, un empleado coyuntural, pero empleado. Investigo la muerte de tu padre. Eso es todo.

—Tienes los ojos humanos como él. No dejarás que me hunda.

—Tienes buenos flotadores.

Corrigió lo que parecía una impertinencia anatómica.

—Me refiero a que tienes recursos de todo tipo para aguantar. Y en cualquier caso no es de mi competencia. ¿Qué puedo hacer por ti?

Saltó la muchacha de su asiento y cayó de rodillas ante Carvalho apoyando la cabeza sobre su regazo, cortándole el pecho con un latigazo de cabellera.

—Déjame quedarme aquí.

—No.

—Esta noche.

Los dedos de Carvalho empezaron pellizcando la melena espesa y lenta. Acabaron buscando las sendas secretas que llevaban a la nuca.

QUEDÓ DESNUDA como si emergiera del mar de la noche. Indecisa y lenta se ajustaba nerviosamente la melena a uno y otro lado de las orejas y luego se decidió a rebuscar en su bolso, sacar un pequeñísimo envoltorio de kleenex y un espejito. Le tendió una mano como si le diera o le pidiera algo, pero ni le miraba. Salió de la habitación a saltitos como si temiera pisar cortantes o fuegos y volvió con un cuchillo. Carvalho se cubrió las partes con la sábana y la muchacha se sentó ante la mesa camilla, llena de papeles y objetos olvidados. Se hizo un espacio, depositó el espejo a modo de sagrada forma y luego abrió despacio el envoltorio de kleenex, del que sacó algo que parecía un pequeñísimo pedazo de tiza. Rayó la cocaína con el cuchillo hasta convertirla en polvo sobre el espejo.

—¿Tienes una pajita?

—No.

—¿Un bolígrafo?

Sin esperar respuesta, volvió a rebuscar en su propio bolso y sacó un bolígrafo barato de plástico transparente. Le quitó la carga y depositó el chasis cristalino junto al espejo. Fue corriendo hacia la cama, cogió a Carvalho de una mano y tiró de él sonriente, forzándole a salir de debajo de la sábana. Carvalho se encontró sentado, desnudo, junto a ella, también desnuda, bajo la luz centrada de una lámpara metálica que delimitaba el espejo donde se amontonaba brevemente la cocaína. Yes se apretó un orificio de la nariz con un dedo y encajó en el otro la canutilla del bolígrafo para aspirar la cocaína. Ofreció después el artefacto a Carvalho. Acogió con una sonrisa lenta el rechazo del hombre y volvió a aspirar cocaína. Carvalho se fue a buscar la botella de vino y un vaso. Bebió mientras ella terminaba la ración de polvo blanco con la grave concentración de un especialista en la materia.

—¿Tomas eso con frecuencia?

—No. Es muy caro. ¿Quieres? Me queda un poquito más.

—Tengo mis propias drogas.

—Dame un poco de vino.

—Te hará daño.

Cerraba los ojos y sonreía como si viviera un hermoso sueño, cogió las manos de Carvalho, tiró de él hasta ponerle en pie, pegó las puntas de su cuerpo a la piel sorprendida del hombre, frotó su mejilla contra un hombro, contra el pecho, luego la cabeza, el cuerpo entero, mientras sus manos seguían por la espalda de Carvalho un recorrido de palomas inciertas. Carvalho tuvo que imponerse el deseo y ella respondía con una obediencia drogada a las propuestas eróticas de su *partenaire*. Le besó con unas ganas reflejas ante la proximidad de la boca, siguió con los labios la senda del pecho, el vientre y el pene en cuanto Carvalho le inclinó levemente la cabeza hacia abajo. Cambiaba de postura al menor gesto de Carvalho, vencidas todas sus resistencias y todas sus pasiones, instrumental la piel y la voluntad. Hicieron el amor a una distancia de órbitas y sólo cuando recuperaron la visión del techo, ella pareció salir de su sueño para coger frenéticamente la mano de Carvalho y decirle que le amaba, que no quería marcharse. Carvalho pensaba que estaba en deuda y se sentía molesto consigo mismo.

—¿Cada vez que te acuestas con alguien has de drogarte?

—Estoy muy bien contigo. No me das miedo. Siempre me da miedo. Contigo no me ha dado miedo.

Carvalho le dio la vuelta, la puso a cuatro patas y se dispuso a sodomizarla. Ni una protesta salía de la cabeza oculta por cabellos dulces y vencidos. Con los brazos enlazados en su talle breve como un tronco joven desmayó Carvalho la cabeza sobre la espalda de Yes y sintió que le abandonaba el oscuro furor.

—Hazlo, si quieres. No me importa.

Carvalho saltó de la cama, buscó en la mesilla de noche la caja de Condal número 6, encendió el puro, se sentó en el borde de la cama y contempló como desde un balcón el espectáculo de su pene en retirada lenta. Adiós, muchacho, compañero de mi vida... El silencio de ella le hizo volverse. Dormía. La cubrió con la sábana y la manta. Recuperó el pijama, se lo puso, salió de la habitación, volvió a ponerse el disco de Mahler, activó el fuego en la chimenea y se tumbó en el sofá con el puro en una mano y el vino al alcance de la otra. *Bleda* dormía junto al fuego como si fuera el animal más confiado de este mundo y Yes dormía en la habitación hecha a la medida de una taciturna soledad de hombre que quema los días, los años, como vicios imprescindibles y desagradables. Saltó del sofá y *Bleda* despertó alterada de su sueño, moviendo las orejas y los ojos, rasgados y lectores, hacia el Carvalho que se dirigía hacia la cocina como si hubiera oído un tam-tam inexcusable. Multiplicó las manos para puertas y cajones multiplicados, hasta diponer sobre el mármol un ejército de programados ingredientes. Cortó tres berenjenas en rodajas de un centímetro, las saló. Puso en una sartén aceite y un ajo que sofrió hasta casi el tueste. Pasó en el mismo aceite unas cabezas de gambas mientras descascarillaba las colas y cortaba dados de jamón. Retiró las cabezas de gambas y las puso a hervir en un caldo corto mientras desalaba las berenjenas con agua y las secaba con un trapo, lámina a lámina. En el aceite de freír el ajo y las cabezas de las gambas fue friendo las berenjenas y luego las dejaba en un escurridor para que soltaran los aceites. Una vez fritas las berenjenas, en el mismo aceite sofrió cebolla rallada, una cucharada de harina y afrontó la bechamel con leche y caldo de las cabezas de gambas cocidas. Dispuso las berenjenas en capas en una cazuela de horno, dejó caer sobre ellas una lluvia de desnudas colas de gambas, dados de jamón y lo bañó todo con la bechamel. De sus dedos cayó la nieve del queso rallado cubriendo la blancura tostada de la bechamel y metió la cazuela en el horno para que se gratinara. Con los codos derribó todo lo que ocupaba la mesa de la cocina y sobre la tabla blanca dispuso dos servicios y una botella de clarete Jumilla que sacó del armario-alacena situado junto a la cocina. Volvió a la habitación. Yes dormía de cara a la pared, con los lomos al aire, Carvalho la zarandeó hasta despertarla, la hizo ponerse en pie, la condujo casi en brazos hasta la cocina y la sentó ante un plato en el que cayó una paletada de berenjenas al gratén con gambas y jamón.

—Reconozco que es muy poco ortodoxo. Normalmente se hace con bechamel químicamente pura y con menos sabor a gamba. Pero tengo un paladar primario.

Yes miraba el plato y a Carvalho sin decidir un comentario, o tal vez sin despertar aún del sueño. Sumergió el tenedor en el magma tostado y lo retiró lleno de algodón sucio y humeante. Se lo llevó a la boca. Masticó reflexiva.

—Está muy bueno. ¿Es de lata?

CARVALHO ESTABA DE SUERTE. Teresa Marsé había madrugado y fue sorprendida en pleno catacric catacrac de su caja registradora. La boutique olía a fresa. La cliente vestida de Irma Vila y su mariachi, recogió el cambio y salió dejando a Carvalho y a Teresa rodeados de fantasmales vestidos tercermundistas para fugitivos del *prêt-a-porter*.

—Has madrugado. Son las doce.
—He llegado hace un cuarto de hora. ¿Vives?
—¿Conocías a este tipo?

Teresa se quedó con la foto de Stuart Pedrell sin dejar de mirar a Carvalho.

—Te conozco de algo, forastero, y no sé de qué.

Hace dos años, o quizá tres, viniste a preguntarme por un cadáver. Siempre vuelves y me preguntas por cadáveres. Me invitas a cenar y te vas a buscar el cadáver. Ahora la misma historia. ¿Otro cadáver?

—Otro.

—Stuart Pedrell, por lo que veo. Era más guapo al natural.

—Recurro a ti porque era de los tuyos.

—Quizá, pero con mucho más dinero. Cuando yo era una mujer casada, había frecuentado a los Stuart Pedrell. Mi marido también se dedicaba a la construcción. ¿Dónde me invitas a comer hoy?

—Hoy no puedo.

—Gratis no trabajo y menos para un tipo como tú.

Colgó los brazos del cuello de Carvalho y le introdujo la lengua hasta la campanilla.

—Teresa, puede decirse que aún no he desayunado.

La mujer se pasó la mano por el peinado afro pelirrojo, y se apartó de Carvalho.

—La próxima vez ven desayunado.

Le hizo pasar a la trastienda. Carvalho se sentó sobre un taburete de piano y ella se entronizó en un sillón filipino de mimbre.

—¿Qué quieres saber?

—Todo lo que sepas sobre la vida sexual del señor Stuart Pedrell.

—Está visto que en tus casos siempre salgo de puta distinguida. Aunque últimamente no me abofeteas. La primera vez me abofeteaste. Y me hiciste cosas peores. Sexualmente del señor Stuart Pedrell pasaba. Cuando le conocí yo era una virtuosa esposa de honrado industrial, asistente a reuniones de matrimonios católicos dirigidos por un tal Jordi Pujol. ¿Te suena?

—¿El político?

—El político. Un día a la semana nos reuníamos jóvenes matrimonios de la buena sociedad barcelonesa en torno a Jordi Pujol, para hablar de moral. Los Stuart Pedrell asistían a veces. Eran mayores que nosotros, de la edad de Jordi, pero escuchaban devotamente nuestras charlas sobre la vida cristiana.

—¿Eran muy carcas los Stuart Pedrell?

—No. No creo. Pero las reuniones daban tono. Éramos jóvenes burgueses con inquietudes controladas, ni pocas ni muchas. También se hablaba de marxismo y de la guerra civil. En contra, claro. En contra del marxismo y de la guerra civil. Lo recuerdo muy bien. Los martes nos veíamos en el Liceo. Los miércoles en mi casa o en la que tocaba, para hablar de moral.

—¿Eso es todo lo que sabes de Stuart Pedrell?

—No. En cierta ocasión me persiguió sentado en una silla. Yo también estaba sentada en una silla.

—Jugabais a indios.

—No. Él acercaba su silla, su mano, sus palabras. Yo alejaba mi silla. Él volvía a acercarla.

—¿Delante de Jordi Pujol?

—No. Fue en un aparte.

—¿Y?

—Llegó mi marido. No quiso ver lo que era evidente. No volvió a ocurrir. Stuart Pedrell llevaba una doble o quíntuple vida. No todo lo arreglaba persiguiendo en silla a jóvenes casadas. Por la cara que pones veo que el relato empieza a interesarte.

—¿Alguna historia interesante?

—Nada del otro mundo. Un repertorio de casadas y problemas con maridos sin el don del lenguaje. Stuart Pedrell sabía hablar. Quizá lo más sonado fue lo de Cuca Muixons, pero nada: cuatro bofetadas.

—¿El marido?

—No. La mujer de Stuart Pedrell se las dio a Cuca Muixons en el Polo. Luego se civilizaron los dos. Cada cual iba por su lado. Sobre todo desde que Stuart Pedrell ligó con Lita Vilardell. Eso ha durado hasta nuestros días. Una pasión intensa y muy literaria. De pronto Stuart la citaba en Londres, en un parque determinado, y se presentaba allí vestido de inglés, con bombín y todo. Cuidaba mucho el vestuario. Otra vez la citó en Ciudad del Cabo. No sé de qué se disfrazó, pero acudió puntualmente.

—¿No viajaban juntos?

—No. Así la cosa tenía más emoción.

—¿Ella no podía costearse los viajes?

—Los Vilardell tienen tanto dinero o más que los Stuart Pedrell. Lita se casó muy joven con un marino mercante también riquísimo. Tuvo dos o tres hijas con él. Pero un día el marido la encontró en la cama con el defensa lateral izquierdo del Sabadell. Bueno, entonces jugaba en el Sabadell, pero provenía de clubs con más solera. El marino mercante le quitó las niñas y Lita se marchó a Córdoba con un guitarrista de flamenco. También se le conoce un plan cabra con un marsellés gángster que la marcó con una navaja y ella, cuando se emborracha, asegura que se ha tirado a Giscard d'Estaing. Pero nadie le hace caso. Es muy mitómana. Lo de Stuart Pedrell ha durado años. Era una relación estable. Como si Stuart estuviera casado con ella. Un doble matrimonio. Los hombres sois un asco, siempre queréis casaros con las tías con que os acostáis. Es para adquirir la propiedad vitalicia. No. No me voy a enrollar.

—¿Qué se cuenta por ahí de su muerte?

—No ejerzo. Apenas si me veo con gente del *milieu*. Alguna cliente. Se dice que todo fue cosa de faldas. Últimamente estaba muy ido. La edad no perdona y menos a esos tíos que descubren su propia bragueta a los cuarenta años. La generación de mi padre, por ejemplo, era muy diferente. Se casaban y montaban al mismo tiempo el piso legal y el ilegal para la peluquera o la manicura de su mujer. Mi padre se lo montó a Paquita, la modista de mi madre. Una mujer saladísima. A veces voy a verla a Pamplona. Utilizando influencias conseguí meterla en una residencia para viejos. Tuvo una hemiplejia. Volviendo a Stuart Pedrell, fue una víctima del puritanismo franquista. Como Jordi Pujol.

—¿Cómo estaban sus relaciones con la Vilardell antes de desaparecer?

—Regular. Cenaban una vez por semana y se matriculaban en cursillos sobre arte tántrico. Eso lo sé seguro porque coincidimos en uno.

—¿Le ha guardado luto?

—¿Quién? ¿La Vilardell?

Reía tanto Teresa Marsé que el sillón de mimbre gemía aterrorizado por su suerte.

—Seguro. Ha debido ponerse el esterilet a media asta.

—LA SEÑORITA ESTÁ en clase de música, pero me ha dicho que cuando llegase usted la esperara. No tardará mucho.

La asistenta siguió dándole a la moqueta con el aspirador. Carvalho recorrió el césped de lana verde hasta llegar a la terraza, desde la que se dominaba el barrio de Sarriá y, más allá de la Vía Augusta, la escenografía brumosa de una ciudad ahogada en mares de bióxido de carbono. Plantas subtropicales en jardineras de azulejos, dos tumbonas Giardino de madera lacada en blanco y lona azul ultramar, la una gastada, la otra propiedad exclusiva de una perra salchicha que levantó la cabeza para observar a Carvalho con cierta prevención, luego ladró, saltó agitando sus tetas colgantes y se puso a olisquearle los pantalones. Arrugó el hocico desagradablemente sorprendida por el olor a otra perra y arremetió a ladridos contra Carvalho. Trató el detective de acariciarle poniendo en el trance lo mejor de su recién adquirido *glamour* canino, pero el ruidoso artefacto salió corriendo y se refugió bajo su tumbona, desde donde se expresó su radical desacuerdo con el intruso.

—Está muy mimada —gritó la asistenta sobre el estruendo de la aspiradora—. Pero no muerde.

Carvalho acarició la platanera maltratada por la contaminación, una planta condenada a la condición de orangután botánico en el zoológico vegetal de un sobreático dúplex de barrio alto. Se acodó en la barandilla sobre el desfiladero angosto de la pulcra calleja de Sarriá en la que aún sobrevivían algunas torres ajardinadas.

—¡La señorita!

Anunció el heraldo y en el justo tiempo apareció ante Carvalho Adela Vilardell con el *Microcosmos* de Béla Bartók y un cuaderno pentagramado bajo el brazo.

—Vaya mañana. Voy escopeteada.

Treinta años de ojos azul grises contemplaban a Carvalho, unos ojos que habían heredado todos los Vilardell del fundador de la dinastía, un traficante de esclavos en los años en que ya casi nadie traficaba con esclavos, que volvió a su ciudad con el suficiente dinero para scr conde y que lo siguieran siendo sus hijos. Ojos azul grises del abuelo, cuerpo de gimnasta rumana impechada, facciones de sensible esposa de violinista sensible, manos que debían de asir el pene como si fuera la flauta mágica de Mozart.

—¿Le gusta lo que ve?

—Soy muy exigente.

Sin quitarse el abrigo se sentó Adela Vilardell en la tumbona para recibir inmediatamente a la perra como una rosquilla sobre su regazo. Carvalho trataba de no mirarla para evitarse otro comentario a la defensiva. Volvió a asomarse a la barandilla y desde allí se enfrentó a la mujer que le estudiaba como si calculase su peso y el esfuerzo necesario para volcarle hacia el vacío.

—¿Qué tal van los estudios?

—¿Qué estudios?

—Los de música. Me ha dicho su asistenta que estaba usted en clase de música.

—Me ha dado por ahí. Había llegado a cuarto de piano, pero lo dejé. Para mí entonces era un martirio impuesto por mi madre. Ahora, en cambio, es una delicia. Las mejores horas de la semana. No soy la única. Voy al Centro de Estudios Musicales, una cosa nueva que está llena de personas como yo.

—¿Cómo son las personas como usted?

—Gente mayor que quiere aprender algo que nunca aprendió por falta de tiempo, de dinero o de ganas.

—Usted fue por falta de ganas.

Asintió Adela Vilardell y quedó a la espera del interrogatorio.

—¿Cuándo fue la última vez que vio a Stuart Pedrell?

—No recuerdo el día exactamente. Fue hacia finales de 1977. Estaba preparando su viaje y tuvimos una pequeña discusión.

—¿No iba usted con él?

—No.

—¿No quería él, no quería usted?

—No se planteó. Últimamente se habían enfriado nuestras relaciones.

—¿Por qué o por quién?

—El tiempo. Lo nuestro duraba casi diez años y había pasado por fases de gran intensidad. Habíamos convivido meses enteros durante los veranos, aprovechando que su familia veraneaba. Éramos ya una pareja veterana. Nos teníamos muy vistos.

—Además, el señor Stuart Pedrell se dedicaba también a otras mujeres.

—A todas. Yo era la primera en darme cuenta. Bueno, la segunda, porque supongo que Mima, su mujer, me aventaja. No me importaba. Sólo me molestaba que se dedicara a ligar con niñas de párvulos.

—¿De párvulos?

—Hasta los veinte años, tanto los hombres como las mujeres tendrían que estar en parvularios.

—¿Se beneficiaba usted económicamente de la relación con Stuart Pedrell?

—No. No me mantenía. Bueno, a veces me mantenía: por ejemplo, cuando cenábamos juntos pagaba él las facturas de los restaurantes. Tal vez le parezca a usted excesivo.

—¿Ni siquiera hacía usted el ademán de pagar?

—Soy o he sido una señorita y me han educado en el principio de que las mujeres no pagan en los restaurantes.

—Según parece, usted vive de renta. De mucha renta.

—De mucha renta. Debo agradecérselo a mi tatarabuelo, un pastor de ovejas del Ampurdán que reunió el suficiente dinero para enviar a mi abuelo a lo que nos quedaba de las colonias americanas.

—Conozco la historia de su familia. La leí en un *Correo Catalán* no hace mucho. Algo dulcificada.

—Papá era accionista del *Correo*.

—¿Durante el tiempo en que duró la escapada de Stuart Pedrell, no se puso en contacto con usted?

Los ojos azul grises se abrieron más, trataban de demostrar la más absoluta transparencia del cuerpo y el alma de Adela Vilardell en el momento en que contestara.

—No.

Un no que se le había enganchado algo al subir el aire por el pecho intetado.

—Ya ve lo que son las cosas. Años y años de relación, y luego nada.

Esperó algún comentario de Carvalho, y como no llegaba, añadió:

—Nada de nada. A veces pensaba: ¿qué hará este hombre?... ¿Por qué no se pone en contacto conmigo?

—¿Por qué pensaba usted eso? ¿No creía que estaba en los mares del Sur?

—En cierta ocasión estuve por allí, o muy cerca de allí, y hay carteros. Vamos, yo misma eché al buzón del hotel docenas de postales.

—Sustituyó usted a Stuart Pedrell con mucha rapidez.

—¿Lo pregunta o lo afirma?

Se encogió de hombros Carvalho.

—¿Y a usted qué le importa mi vida privada?

—Normalmente nada, absolutamente nada, menos que nada. Pero ahora puede tener que ver con mi trabajo. Se la ha visto recientemente disfrazada de motorista negro sobre una poderosa Harley Davidson y en compañía de otro motorista negro sobre otra poderosa Harley Davidson.

—Me encanta trotar en moto por los caminos.

—¿Quién es el jinete negro que le acompaña?

—¿Y usted cómo se ha enterado de todo eso?

—Aunque le parezca increíble, carecen de vida privada. Se sabe todo sobre ustedes.

—¿Quiénes somos ustedes?

—Ya me entiende. Llamo a cualquier puerta de cualquier persona que usted conoce levemente y lo sabe todo sobre usted. Por ejemplo, ¿es cierto lo del bombín?

—¿Qué pasa con el bombín?

—¿Es cierto que Stuart Pedrell la citó hace algunos años en un parque de Londres y se presentó disfrazado de inglés de la City con bombín incluido?

Una risa liberadora campanilleó en la garganta, larga y anillada, de la mujer.

—Completamente cierto.

—¿Me dirá el nombre del jinete negro?

—Ya debe de saberlo usted.

—Sí.

—¿Entonces?

BISCUTER PERMANECÍA SENTADITO en el canto de una silla arrinconada, y en cuanto vio entrar a Carvalho dio un salto y exclamó:

—Le espera esta chica, jefe.

—Ya lo veo.

Carvalho resbaló la mirada sobre Yes sin atender que acudía a su encuentro. Misión cumplida, Biscuter desapareció tras la cortina. Carvalho se sentó en el sillón giratorio y contempló. a Yes detenida a medio gesto en el centro de la habitación.

—¿Te molesta que haya venido?

—Molestar no es la palabra.

—Cuando te has ido me puse a pensar. No quiero volver a casa.

—Es tu problema.

—¿Puedo quedarme en la tuya?

—No.

—Dos o tres días.

—No.

—¿Por qué?

—Mis obligaciones como empleado de tu madre y como compañero de cama tuyo tienen un límite.

—¿Por qué tienes que hablar siempre como un detective privado? No puedes decir cosas normales, excusas normales: espero parientes, no tengo sitio.

—Lo tomas o lo dejas. Lo siento. Por otra parte, vernos con tanta frecuencia me parece excesivo. Ahora voy a comer aquí tranquilamente y no pienso invitarte.

—Estoy sola.

—Yo también. Jésica, por favor. No me gastes en seguida. Utilízame sólo cuando te sea estrictamente necesario. Tengo trabajo. Vete.

Ella no sabía cómo irse. Sus manos divagaban como si buscara dónde apoyarlas, pero sus piernas retrocedían en busca de la puerta.

—Me mataré.

—Será una lástima. No evito suicidios. Sólo los investigo.

Carvalho abrió y cerró cajones, reordenó los papeles de la mesa e inició una llamada telefónica. Yes cerró la puerta tras sí con suavidad. Su retirada coincidió con la reaparición de Biscuter con una espumadera en la mano.

—Demasiado duro, jefe. Parece una buena chica. Una buena chica algo tonta. ¿Sabe qué me ha preguntado? Si había matado alguna vez a alguien. También me ha preguntado si usted lo había hecho.

—¿Qué le contestaste?

—¡I ara! Y ella seguía preguntando. No ha parado de preguntar. Yo no he dicho ni mu, jefe. ¿Es peligrosa?

—Para sí misma.

Carvalho colgó el teléfono bruscamente, se puso en pie y avanzó precipitadamente hacia la puerta.

—¿Se va? ¿No se queda a comer?

—No lo sé.

—Le había hecho unas patatas con chistorra a la riojana.

Carvalho se detuvo con un pie más allá del umbral. Patatas con chistorra a la riojana.

—Están calentitas —insistió Biscuter al verle vacilar.

—Después.

Bajó los escalones de dos en dos y saltó a las Ramblas con el cuello tieso y los ojos picoteando en las cabezas lejanas en busca de los cabellos mielados de Yes. Creyó verlos cerca de las arcadas de la Plaza Real y corrió hacia allí. No era ella. Tal vez hubiera ido hacia el norte en busca de su ciudad o quizá hacia el sur, hacia el puerto para ensimismarse en las aguas y el trajín de las *golondrinas* hacia el rompeolas. Carvalho fue hacia el sur a largas zancadas con los brazos subrayando el esfuerzo del cuerpo y los ojos vigilantes, repitiéndose mentalmente que era un imbécil. Se lanzó a la calzada rodeante del monumento a Colón entre miradas aviesas y algún insulto de los automovilistas. La Puerta de la Paz aparecía despoblada por la primavera fría aunque el sol calentaba a algunos ancianos en los bancos, y los fotógrafos ambulantes perseguían con su salmodia a los escasos turistas desganados. Junto a la garita donde vendían los tickets para las *golondrinas,* yacía una desastrada y sucia muchacha con niño mamante y semidormido. Un cartón a su lado contaba la historia de un marido canceroso y de una situación de extrema necesidad que exigía la limosna del paseante. Pedigüeños, parados, seguidores del Niño Jesús y de la santísima madre que lo parió. La ciudad parecía inundada de fugitivos de todo y de todos. Pasó lenta una barca, abriendo estelas pesadas en las aguas grasientas, Carvalho se quedó embobado contemplando la dignidad de un viejo jubilado con chaqueta demasiado grande, pantalón demasiado pequeño y un sombrero de fieltro tan hondo como el de un policía montado del Canadá. Uno de esos viejos pulcros que avanzan con decisión terrible hacia una sepultura pagada durante cuarenta años, primer domingo de mes a primer domingo de mes. ¿Quién llama? Di, ¿se ahorca a un inocente en esta casa? Aquí se ahorca simplemente. ¿Dónde había leído esto? ¿Quién es? El seguro de entierro. ¿Quién es? Los muertos. ¡Ah, bueno! ¿Para qué buscar a Jésica? ¿Qué responsabilidad tengo sobre ella? Se tirará a quince tíos en un mes y volverá a centrarse. Desanduvo lo andado en retorno a su despacho, pero aún buscaba con los ojos la posibilidad de Yes Rambla arriba. Se metió en una taberna junto al Amaya, en la que sólo se podía tomar vino del Sur. Bebió con sed tres manzanillas frías. Le dio un duro a una de las cinco gitanillas que entraron con suficiencia parando la mano a la altura de los ojos de los que tomaban copas y hablaban de fútbol, toros, maricones, mujeres, política y negocios menores de extrañas partidas de plomo viejo o de piezas de tela liquidadas a precio de saldo en almacenes en quiebra de la calle Trafalgar. Siempre le habían parecido almacenes quebrables o agonizantes en poder de dueños, dependientes y mozos viejos que medían viejas piezas de tejidos con viejos metros de madera, producto de una primera emisión conmemorativa de la instalación del sistema métrico decimal. Y sin embargo habían sobrevivido década a década desde la memoria infantil de Carvalho hasta ahora, en el momento real de la vejez y la muerte. Aquellos metros de color marrón. ¿También se venden los metros? Animales flexibles en hule amarillo, rígidas serpientes maderificadas, restallantes látigos de metal enrollados, plegables metros conscientes de su concentrado poder de medir el mundo. Los niños juegan con los metros hasta matarlos. Los metros en las manos de los niños son animales de medir apresados que se debaten manipulados por sus verdugos y van siendo conscientes poco a poco de que nunca más medirán nada. Con un metro plegable se podía hacer un pentágono o esta cara de la luna. Salió a la calle. La muchacha llevaba una frágil rebeca azul, falda diríase que falda-pantalón, aunque no tuvo tiempo de aseverarse, y zapatones que la elevaban veinte centímetros sobre el nivel del mar. Tenía a la vez fealdad y belleza, y cuando le dijo: «Perdone, ¿le apetecería acostarse conmigo? Son mil pesetas y la cama», Carvalho le vio un ojo morado y un pequeño arañazo en la piel transparente y venada de la sien. Siguió acera abajo y repitió su demanda a otro transeúnte que la esquivó marcando un semicírculo, como si quisiera rodearla de la cuarentena de la sospecha. Ejerce la prostitución como si preguntara la hora. Tal vez sea una nueva técnica de márketing puteril. He de preguntárselo a *Bromuro* o a Charo. Dudó entre regresar a la patria de patatas a la navarra, o ir a ver a Charo, recién levantada, malhumorada por sus olvidos y desdenes, preparando el cuerpo para la clientela del atardecer apalabrada por teléfono, clientes fijos en su mayoría que le consultaban problemas familiares y en ocasiones hasta la ruta del aborto para sus hijas precoces o sus propias mujeres, preñadas después de cinco o seis copas de champaña L'Aixartell, el que anuncian Marsillach y Núria Espert. Preparando el cuerpo o preparando reproches para un Carvalho cada vez más distante.

—En un momento se las caliento, jefe. Parecen puré. Bueno es que se deshagan, pero no tanto. El chorizo ha quedado deshecho; deshecho y está buenísimo. He procurado no pasarme de *bitxo* como otras veces.

Carvalho empezó a apalear patatas con chorizo hacia una boca sumisa. Pero poco a poco el paladar le fue indicando que debía prestar más atención a lo que comía.

—Buenísimo, Biscuter.

—Se hace lo que se puede, jefe. Hay días en que a uno le salen bien las cosas, y en cambio otros... Sin ir más lejos...

Las explicaciones autocomplacientes de Biscuter le sonaban a lluvia en los cristales, y allí buscó la salpicadura de las palabras. Llovía. Llovía duramente sobre la Rambla de Santa Mónica y sintió en la espina dorsal un escalofrío nostálgico de sábanas y mantas, nostálgico de gripes suaves y trajines domésticos en sordina. Pepe, Pepe, ¿te hago una limonada? En las manos *La isla misteriosa* y en la radio *Las aventuras del inspector Nichols*, en la voz de Fernando Forga.

—PODEMOS CENAR ESTA NOCHE con Beser, mi amigo, en su piso de San Cugat. Pasaré a buscarte por tu casa. Prepárate. Tú este año no has querido venir a mi casa para la matanza. Si Mahoma no va al Maestrazgo, el Maestrazgo va a Mahoma.

La llamada de Fuster le puso de buen humor. Consultó las notas que había tomado durante su conversación con Teresa Marsé. Había dibujado un círculo en torno al nombre de Nisa Pascual, la última *teenager* en la vida conocida de Stuart Pedrell. Iba a clase por las tardes en una escuela de arte situada a medio camino de Vallvidrera. A veces los caminos eran propicios. La escuela ocupaba una torre modernista que emergía en plena vegetación exuberante de vaguada húmeda, un asomo de artificio entre verdores pulcros y controlados de viejos árboles partidarios de la primavera a pesar de su edad. Algunos alumnos paseaban discutiendo entre silencios, empapándose de la humedad bienoliente que la lluvia había arrancado del paraíso podado. Las primeras luces se habían encendido en algunas clases acondicionadas en las que habían sido habitaciones de la mansión construida por un vicioso del modernismo. Colores de retina de pintor primitivo se habían adueñado de marcos, puertas y ventanas, subrayando el aspecto de vivienda lúdica para una vida y una cultura imaginarias. Nisa estaba en la clase de Meditación Artística. Los alumnos parecían guardar un minuto de silencio por algo o por alguien. Pero el minuto se prolongó. Cuatro. Cinco. Diez. Tras los cristales, Carvalho asistía a tanta meditación y a tanto silencio dudando sobre la orientación que les habían dado. Por fin los cuerpos recuperaron la animación. Una profesora semidisfrazada de maharaní movía los labios y los brazos como si remachara salmódicamente las últimas recomendaciones. Hubo turno de preguntas, y por fin los cuerpos se encaminaron hacia la salida. Nisa salió con otras dos chicas tan altas y rubias como ella. Era delgada y pecosa, con una larga trenza que le llegaba hasta las raíces del culo y un candor de virgen en los ojos grandes y azules rodeados de tantas pecas que eran pura mancha. Carvalho le hizo una seña y ella se le acercó curiosa.

—¿Podría hablar con usted?

—¡Claro!

—Soy detective privado.

—¿Le han contratado aquí? Es lo único que falta.

Reía contentísima por el hallazgo. Rió tanto que se acercaron sus dos compañeras a la espera de que les desvelara la causa de su risa.

—Ya voy. Ya voy. Ya os lo contaré. Hoy es mi día.

Carvalho devolvió con una mirada de impertinencia crítica las miradas curiosas que le dedicaban las muchachas.

—¿Han robado un collar muy valioso y usted lo está buscando?

—Mataron a Carlos Stuart Pedrell y yo estoy meditando sobre el caso. Por cierto, ¿qué meditaban hace un rato? En la clase.

—Es un método nuevo. Tan importante como pintar es pensar sobre la pintura. Cada clase nos pasamos media hora pensando sobre pintura. ¿Usted sabe pensar?

—Nadie me ha enseñado.

—Uno mismo debe aprender. ¿Qué me decía de Carlos?

Seguía la sonrisa rubia en sus labios, hechos a la medida del biberón.

—Que ha muerto.

—Ya lo sabía.

—Que me han hablado de usted como muy amiga suya.

—Lo fuimos. Pero ha pasado mucho tiempo. Se marchó de viaje y luego apareció muerto. Eso ya es viejo.

—¿No se puso en contacto con usted durante su desaparición?

—No. La verdad es que estaba muy enfadado conmigo. Me propuso que le acompañara y me negué. Si hubiera sido un viaje corto, de dos meses, yo habría ido. Pero era un viaje por tiempo indefinido. Yo le quería mucho. Era tierno, desvalido. Pero no entraba en mis planes buscar el paraíso perdido.

—Cuando usted no quiso acompañarle, ¿varió el proyecto?

—Llegó a decir que no se iba. Pero de pronto desapareció y supuse que finalmente se había decidido. Necesitaba aquel viaje. Era una obsesión. Había días en que era inaguantable. Fue un compañero maravilloso. Una de las personas que más han influido en mi vida. Me enseñó muchas cosas, era un hombre lleno de inquietud y de curiosidad.

—Por fin alguien me habla bien de Stuart Pedrell.

—¿Le han hablado todos mal?

—A medias. Digamos que no se lo tomaban en serio.

—Él era muy consciente de eso y sufría.

—¿Durante su larga ausencia no se puso nunca en contacto con usted?

—Le habría sido difícil. Me conmovió mucho lo que había ocurrido. Me costaba creer que todo había terminado. Que había dejado atrás una etapa en mi vida. Pedí una beca para estudiar arte en Italia y he pasado allí casi un año: Siena, Peruggia, Venecia...

—¿Sola?

—No.

—A rey muerto rey puesto.

—Nunca he tenido rey. ¿Es usted un moralista?

—Es mi papel. He de desconfiar siempre de la moralidad de la gente.

—Ah, si es así... Es fascinante. Nunca había hablado con un detective privado. Una vez vi hablar a uno por televisión y no era como usted. Se pasó toda la emisión hablando de lo que no podían hacer según la legislación vigente.

—Según la legislación, no podríamos hacer nada.

—He de ir a clase de Proyectos.

—¿Proyectan algo, o piensan en lo que pueden proyectar?

—Yo aquí me divierto mucho. ¿Por qué no se matricula? Podría introducir un poco de misterio en este caserón. ¿Qué tal si proyectamos un crimen y usted lo investiga?

—¿A quién le gustaría asesinar?

—A nadie. Pero podríamos convencer a la víctima. La gente aquí es muy imaginativa.

—Usted dejó a un Stuart Pedrell muy frustrado por su negativa.

—Muy frustrado. Casi desesperado.

—Y, sin embargo...

—Sin embargo, ¿qué?

—Le dejó.

—Era una relación ya muerta. Si él necesitaba marcharse es porque en el fondo ya no necesitaba nada de ninguno de nosotros: ni de su familia, ni de nadie. Mi viaje con él habría durado semanas y al final habría descubierto mi equivocación, nuestra equivocación.

—Ya ha empezado la clase —le advirtió una de las amigas al pasar a su lado.

Carvalho entretuvo los ojos en su talle pequeño, en la melena rubia rizada que le caía sobre la espalda fugitiva.

—Un día me llama y me cuenta cosas del oficio. Si quiere, invito a mi amiga. Veo que la mira mucho.

—Es mi tipo.

—¿La llamo y se lo digo?

—Me espera una reunión de ex combatientes.

—¿Ex combatientes de qué?

—De una guerra secreta. No ha salido en los libros. Si he de volver a hablar con usted, vendré a buscarla aquí.

Minutos después comprobaba que desde su casa no

se divisaba la escuela de los meditadores de arte, pero seguramente podría verse desde la estación del funicular de Vallvidrera. Con unos prismáticos podría buscar cada día a la muchacha de pequeño talle y cabellos rizados. Al menos hasta que acabara los estudios y montase una tienda de marcos y cornucopias.

—¿Qué haces con los prismáticos? —le gritó Fuster asomando la cabeza por la ventanilla del coche.

—Quiero ver a una mujer.

Fuster miró hacia la Barcelona lejana.

—¿En qué calle? ¿En la Plaza del Pino?

—No. En el pie del Funicular.

—*Cherchez la femme*. ¿A quién ha matado?

—Estaba muy buena.

Por la cuesta, una mujer samoyeda subía su peso y el de una cesta. Se quedó escuchando mientras recuperaba el aliento.

—Nos espera mi paisano. Tráete sal de frutas.

Cuando subió al coche, *Bleda* se puso a ladrar tras la puerta enrejada.

—¿Qué es eso? ¿Te has comprado un perro? ¿Estás en crisis?

—Mi crisis no puede compararse con la tuya. ¿Dónde fue a parar tu barba de chivo?

Fuster se acarició la barbilla lascivamente desnuda.

—Como dice Baudelaire, el *dandy* debe aspirar a ser sublime siempre. Debe vivir y dormir delante del espejo.

BESER VIVÍA EN UN PISO de San Cugat en el que sólo había libros y una cocina. Parecía un Mefistófeles pelirrojo con acento valenciano. Riñó a Fuster por un retraso que ponía en peligro la paella.

—Hoy tomarás una paella valenciana de verdad —le informó Fuster.

—¿Has hecho lo que te dije?

Beser juró que había seguido todas las instrucciones del gestor. Inició Fuster la marcha hacia la cocina a través de un pasillo lleno de libros. Carvalho pensaba que con la mitad de aquellas existencias tenía asegurado el fuego en su chimenea hasta que muriera. Como si adivinara sus pensamientos, Fuster exclamó sin volver la espalda:

—Cuidado, Sergio, que éste es un quemalibros. Los utiliza para encender la chimenea.

Beser se enfrentó a Carvalho con los ojos iluminados.

—¿Es cierto?

—Completamente cierto.

—Ha de producir un placer extraordinario.

—Incomparable.

—Mañana empezaré a quemar aquella estantería. Sin mirar qué libros son.

—Produce mucho más placer escogerlos.

—Soy un sentimental y los indultaría.

En la cocina, Fuster inspeccionó como un sargento de intendencia la labor de Beser. Había trinchado poco los componentes del sofrito. Rugió como herido por una invisible saeta.

—¿Qué es eso?

—Cebolla.

—¿Cebolla en la paella? ¿De dónde has sacado eso? La cebolla ablanda el grano.

—Eso es una majadería. En mi pueblo siempre ponen cebolla.

—En tu pueblo hacéis cualquier cosa para significaros. Se puede poner cebolla a un arroz de pescado o de bacalao y hecho a la cazuela, a la cazuela, ¿entiendes?

Beser salió de estampida y volvió con tres libros bajo el brazo: *Diccionario gastrosófico valenciano*, *Gastronomía de la provincia de Valencia* y *Cien recetas de arroz típicas de la región valenciana*.

—No me vengas con libros de gente que no es de Villores. Morellano de mierda. Yo me guío sólo por la memoria popular.

Fuster alzó los ojos hacia el techo de la cocina y declamó:

¡Oh insigne sinfonía de todos los colores!
¡Oh ilustre paella
por fuera con su blusa de colores,
quemadita por dentro con ansias de doncella!
¡Oh policromo plato colorista
que antes que con el gusto se come con la vista!
Concentración de glorias donde nada se deja.
Compromiso de Caspe entre el pollo y la almeja.
¡Oh plato decisivo:
gremial y colectivo!
¡Oh plato delicioso
donde todo es hermoso
y todo se distingue, pero nada está roto!
¡Oh plato liberal donde un grano es un grano
como un hombre es un voto!

Beser buscaba en los libros sin hacer caso al estallido poético de Fuster. Finalmente, cerró los libros.

—¿Qué?

—Tenías razón. En la paella de los pueblos de Castellón no se pone cebolla. Ha sido un lapsus. Un catalanismo. He de volver a Morella urgentemente para un reciclaje.

—¡Ajá! —exclamó Fuster mientras precipitaba la cebolla en el cubo de la basura.

—Te lo dije bien claro. Medio kilo de arroz, medio conejo, medio pollo, un cuarto de kilo de costillas de cerdo, un cuarto de kilo de *bajocons*, dos pimientos, dos tomates, perejil, ajos, azafrán, sal y nada más. Todo lo demás son extranjerismos.

Se puso Fuster a la tarea mientras Beser les daba a picar migas de pan fritas con chorizo y butifarras de sangre de Morella. Sacó una garrafa de vino de Aragón, y los vasos parecían una cadena de cubos de agua en el trance de apagar un incendio. Fuster había traído del coche una caja de cartón aceitosa a la que trataba como si guardara un tesoro. Curioseó Beser el contenido y gritó entusiasmado:

—¡*Flaons*! ¿Tú has hecho esto por mí, Enric?

Se abrazaron como dos paisanos que se encuentran en el Polo y explicaron al avinado Carvalho que los *flaons* son el escalón superior del *pastisset*, de todos los *pastissets dels Països Catalans*. En todo el Maestrazgo se hacen con harina amasada con aceite, anís y azúcar y se rellenan de requesón, almendra molida, huevo, canela y raspaduras de limón.

—Mi hermana me los trajo ayer. El requesón es una cosa muy jodida y se estropea en seguida.

Beser y Fuster cogían imaginarios puñados del aroma que salía de la paella y se los llevaban a la nariz.

—Demasiado pimiento —opinó Beser.

—¡Esperad a comerla, *collons*! —rechazaba Fuster concentrado como un alquimista sobre las retortas.

—Unos caracoles finales para dar el toque. Eso es lo que falta. Pepe, hoy vas a probar la paella real, la del país auténtico, la que se hacía antes de que la corrompieran los pescadores ahogando peces en sofrito.

—Bien te la comes tú.

—Es que hago antropología, *collons*.

Dispusieron la paella sobre la misma mesa de la cocina y Carvalho estuvo dispuesto a comerla a lo rural, es decir, sin platos, seleccionando una parcela de territorio dentro del propio recipiente. En teoría era una paella para cinco personas que se comieron sin otro esfuerzo que envinarla continuamente para que llegase bien recocida al estómago. Terminaron la garrafa de seis litros y empezaron otra. Luego Beser sacó una botella de mistela de Alcalá de Chisvert para los *flaons*.

—Antes de que no sepas distinguir un soneto de un fragmento de la guía telefónica, soluciona el problema que quiere consultarte mi amigo el detective. Por cierto, no os he presentado. A mi derecha Sergio Beser, setenta y ocho kilos de mala leche pelirroja, y a mi izquierda, Pepe Carvalho. ¿Cuánto pesas? Éste es el hombre que más sabe sobre Clarín, sabe tanto que si Clarín resucitase le mataría. Nada de la literatura le es ajeno. Lo que no sepa él, lo sé yo. «Robustos esclavos, sudorosos por el fuego de las cocinas, dejaban sobre la mesa los manjares del primer servicio en grandes platos de arcilla roja saguntina.» ¿De quién es esto?

—De *Sónnica la cortesana*, de Blasco Ibáñez —adivinó Beser, displicente.

—¿Cómo lo sabes?

—Porque cuando te vas a emborrachar recitas la oda a la paella, de Pemán, y cuando estás borracho declamas la escena del banquete que Sónnica le organiza en Sagunto a Acteón de Atenas.

—«Cada comensal tenía detrás un esclavo para su servicio y todos ellos llenaron en la crátera los vasos para la primera libación» —prosiguió Fuster en solitario la recitación mientras Carvalho sacaba el papel donde había escrito a máquina el jeroglífico literario de Stuart Pedrell. Beser adquirió de pronto una gravedad de perista de diamantes y sus diabólicas cejas rojas se erizaron ante el desafío. Fuster dejó de declamar para llenarse la boca con el último *flaon* que quedaba. Beser se puso en pie y dio dos vueltas alrededor de los contertulios. Se bebió otro vaso de mistela y Fuster repuso el líquido para que no fuera cuestión de falta de gasolina mental. Recitaba el profesor en voz baja como si tratara de retener los versos de memoria. Recuperó su silla y dejó el papel sobre la mesa. Su voz salió fría como si en toda la noche no hubiera bebido otra cosa que agua helada, y mientras hablaba liaba un cigarrillo de «caldo de gallina».

—Los primeros versos no tienen problema. Pertenecen al primer poema de *The waste land (La tierra baldía),* de Eliot. Un poeta de la primera mitad de este siglo. *I will show you fear in a handful of dust.* Es el verso que más me gusta de todo el poema: *Te enseñaré la angustia en un puñado de ceniza.* Pero no viene a cuento, veamos lo del sur. No quisiera ponerme pesado, pero el mito del sur como símbolo del calor y de la luz, de la vida, del renacer del tiempo, aparece continuamente en literatura, sobre todo desde que los americanos descubrieron lo barato que les resultaba veranear con dólares. El segundo fragmento también está chupado. Pertenece a *Los mares del Sur,* el primer poema publicado por Pavese, un poeta italiano muy influido por la literatura americana. Nunca estuvo en los mares del Sur y seguro que ese poema lo escribió bajo la influencia de las lecturas de Melville. ¿Has leído a Melville? No pongas esa cara de incendiario. Leer es un vicio solitario e inocente. Pavese, en el poema, habla de la fascinación que ejerce sobre un adolescente el recuerdo de un pariente marino que ha recorrido medio mundo. Cuando el pariente vuelve, el muchacho le interroga sobre sus viajes por los mares del Sur y él contesta desencantadamente. Para el muchacho los mares del Sur son el paraíso; para el marino, un paisaje marcado por el trabajo cotidiano y rutinario. Estos poetas son la leche. Son como las mujeres: te hacen trempar y luego te dejan in albis. Son unos *escalfabraguetes.* En cuanto al tercer fragmento, es difícil saber de dónde lo ha sacado. Es un endecasílabo perfecto y puede pertenecer a cualquier poeta italiano desde el siglo XVI, pero la añoranza del sur es moderna. O bien se trata de un poeta meridional y al hablar del sur habla del Sur, es decir de Sicilia o de Nápoles. *Più nessuno mi porterà nel sud.* Y algo me dice que lo sé. *Più nessuno mi porterà nel sud.* En cualquier caso, los tres fragmentos marcan todo un ciclo de desencanto: la esperanza intelectualizada de leer hasta entrada la noche y en invierno ir hacia el sur, burlando el frío y la muerte. El temor de que tal vez ese sur mítico sea otra propuesta de rutina y desencanto. Y finalmente la desilusión total... Ya nadie le llevará al sur...

—Pero reúne los tres fragmentos cuando sí va al sur. Cuando tiene hasta los billetes comprados y los hoteles apalabrados.

—¿A qué sur? Tal vez había descubierto que aúnque fuera al sur nunca llegaría al sur. *Aunque sepa los caminos, nunca llegaré a Córdoba,* escribe García Lorca. ¿Comprendes? A los poetas les gusta joderse y jodernos. ¿Has oído, Enric? El mariconazo sabe los caminos y no va a Córdoba. Son la leche. Como el otro paisano, el Alberti. Dice que nunca entrará en Granada. Ha castigado a la ciudad. Yo tengo otra concepción de la poesía. Ha de ser didáctica e histórica. ¿Conoces mi poema escénico sobre la campaña del Cid por el reino de Valencia? Te lo representaremos Enric y yo cuando bebamos un par de botellas de más y Enric esté dispuesto a hacer de caballo. *Più nessuno mi porterà nel sud.* Voy a leer los lomos de todos los libros de poesía que tengo, y seguro que saldrá.

Se subió a una escalerilla de tres peldaños y fue mirando estantería por estantería. A veces sacaba un libro, lo hojeaba y se quedaba leyéndolo entre exclamaciones de sorpresa. *¡Ni sabía que tenía este libro aquí!* Fuster escuchaba melancólicamente un disco de canto gregoriano que se había dedicado a sí mismo. *¡Caliente! ¡Caliente!,* gritaba Sergio Beser encaramado directamente sobre las estanterías como un pirata en pleno abordaje. *¿No oléis a mares del Sur? Oigo el oleaje.* Desencajó un delgado libro lleno de erosiones. Primero lo husmeó más que leyó para caer en picado sobre una de sus páginas.

—¡Aquí está! ¡Aquí está!

Fuster y Carvalho se habían puesto en pie excitados por la próxima revelación. Todo el calor de la comida y el alcohol subió con ellos y entre nubes de emoción veían a Sergio envuelto desde el mástil, con el misal entre las manos y el gesto grave del que va a comunicar el desenlace.

—*Lamento per il sud* de Salvatore Quasimodo. *La luna rossa, il vento, il tuo colore di donna del Nord, la distessa di neve...* Es como *L'emigrant* de Vendrell o *El emigrante* de Juanito Valderrama, pero con premio Nobel. Y aquí está su verso: *Ma l'oumo grida dovunque la sorte d'una patria. Più nessuno mi porterà nel sud.*

Saltó desde la estantería y previo crujido de maltratadas rodillas quedó ante Carvalho tendiéndole el librillo: *La vita non é sogno*, de Salvatore Quasimodo. Carvalho leyó el poema. El lamento de un meridional que reconoce su impotencia para volver al sur. Su corazón ya se ha quedado en los prados y en las aguas nuboladas de Lombardía.

—Es casi un poema social. Muy poco ambiguo. Poco polisémico, como diría cualquier pedante con media hora de lecturas de *Tel Quel*. Son poemas publicados en la posguerra, en pleno neorrealismo crítico. Fíjate: «El sur está cansado de trajinar cadáveres... cansado de soledad, de cadenas, cansado en su boca de las blasfemias de todas las razas, que han gritado muerte con el eco de sus pozos, que han bebido la sangre de su corazón.» Hay un contrapunto amoroso, es decir, desvela su tristeza de desarraigado a la mujer que ama... ¿Te sirve de algo?

Carvalho releía la nota de Stuart Pedrell.

—Literatura.

Se le escapó salivilla despectiva:

—Me parece que sí, me parece que sólo es literatura. Vaya perra ha pillado la gente con lo del sur. Tal vez tuviera sentido antes de los vuelos *charter* y de los *tour operators*, pero ahora ha dejado de existir. El sur no existe. Los americanos construyeron una mitología literaria de la nada y el sur se debe exclusivamente a ellos. La palabra sur tiene un sentido previo para todo norteamericano, es su lugar maldito, su lugar vencido en un país de triunfadores, la única civilización blanca muerta que hay en Estados Unidos, la del «profundo sur». De ahí viene todo lo demás. Estoy seguro. ¿De verdad no conoces nuestro ciclo teatral valenciano? En un momento te lo representamos Enric y yo. Compara la auténtica literatura popular con toda esa literatura de quejicas. Yo seré el Cid y tú, Enric, el rey moro.

—Siempre abusas.

—No hay más que hablar. Voy a introducir en la situación. Está el Cid, aunque hay quien duda que sea el Cid. En fin, está el señor de Morella en las puertas de la villa y ve llegar la tropa mora. Se dirige al moro que manda y dice:

CID: ¿Quién sois vos que desde encima del caballo me miráis?

MORO: El rey de los moros que vengo a conquistar esta plaza.

CID: Pues no lo conseguiréis.

MORO: *Pos vos futarem les dones!*

CID: *Pos hi hauria guerra!*

MORO: *Pos que n'hi hasgue!*

CID: *Corneta, porta la trompeta!*

A coro, Beser y Fuster empezaron a cantar mientras bailaban cada cual por su lado:

> *Caguera de bou*
> *que quan plou*
> *s'escampa.*
> *La de vaca sí*
> *la de burro no.* (*)

Quedaron satisfechos ante Carvalho y el detective aplaudió hasta que le dolieron las manos. Se inclinaron el profesor y el gestor.

—Esta primera pieza podría titularse: Defensa de

(*) Mierda de buey / que cuando llueve / se esparce. / La de vaca sí, / la de burro no.

Morella. Ahora otra pieza que transcurre ante los muros de Valencia.

Se puso Fuster a cuatro patas y se sentó Beser sobre él.

—Yo soy el Cid sobre *Babieca*, y un moro, al que debes imaginarte, exclama:

MORO: Che, *collons*, lo Cid!

OTRO MORO: Che, la puta!

PRIMER MORO: La puta, no, la Ximena.

—Ya está —dijo Beser descabalgando.

—El teatro popular siempre es breve. ¿Conoces *David y el arpa*?

A Carvalho le salió el no al mismo tiempo que un resoplido ardiente que le subía del hígado. Beser volvía a liar un «caldo de gallina». Fuster dormitaba con la cara apoyada sobre el tablero de la mesa de la cocina.

—Has de imaginarte el palacio de Jerusalén. David está cabreado con Salomón por motivos que no vienen al caso, pero es evidente que está cabreado. Imagina todo el lujo asiático que quieras y el arpa que quieras. ¿Has visto alguna vez un arpa?

—La he visto. La he visto. Es así.

Dibujó con las manos Carvalho un arpa en el aire. Beser la examinó con ojo crítico.

—Más o menos. Pues David está cabreado con Salomón por motivos que no vienen a cuento. Salomón le dice: *David, toca el arpa*. David se lo mira y arruga el ceño. Coge el arpa y la tira al río. Ya está. ¿Qué te parece?

Carvalho se puso en pie para aplaudir. Beser semisonreía como un torero triunfador que quiere fingir modestia. Fuster se incorporó y trató de aplaudir aunque no consiguió siempre que las palmas de las manos se encontraran.

Luego se apagó la pequeña luz que aún quedaba en la cabeza de Carvalho y se sintió trajinado, transportado a un coche y entre falsas imágenes y recuerdos se vio asimismo amontonado con Enric Fuster en el asiento trasero de un coche que no era el suyo ni el del gestor. El perfil rojizo del profesor se prolongaba en un «caldo de gallina» encendido que le ayudaba a ver la carretera por la que el coche descubría que la línea recta es la distancia más corta entre dos puntos.

Se imaginó a su propio hígado como un animal corroído por el vitriolo. Como un puré de mierda y sangre que en su agonía le clavaría todo su dolor en el costado. Pero aún no le dolía. Tenía la cabeza y las piernas pesadas y una sed de desierto, una sed de agua desbordando la boca y precipitándose por el pecho. Mientras caminaba a oscuras hacia la nevera, se daba palmaditas en el hígado para calmar sus furias o agradecerle su paciencia. Nunca más. Nunca más. ¿Para qué? Se bebe esperando el clic que abre la puerta siempre cerrada. Levantó la botella de agua mineral helada, se llenó la boca, esperó a que las aguas de aguja le empapasen la pechera del pijama. Luego buscó una copa de cristal *modern style* que sólo utilizaba para botellas de champaña de más de quinientas pesetas, y la llenó de la misma agua mineral con la que se había duchado más que bebido. Decidió convertir aquella agua picante y helada en un alto champaña de alta madrugada.

—Pareces un duque jubilado y con hemorroides. Mañana mismo buscas un pasaje para los mares del Sur. Camarero, encargue a mi paisano, el valenciano, que me haga un cisne de hielo y que me lo llene de lichis frescos. ¿Qué coño pinta un camarero valenciano en esta historia?

Lo había leído en alguna parte. O tal vez hacer un velero a la medida de sus compañeros de naufragio. Leer hasta entrada la noche y en invierno viajar todos hacia el sur. ¿Qué sabéis vosotros dónde está el sur? Pero cuando le digo que él está entre los afortunados que han visto amanecer sobre las islas más hermosas de la tierra, al recuerdo sonríe y responde que cuando el sol se alzaba el día ya era viejo para ellos.

—El sur es la otra cara de la luna.

Gritó a la luna más que dijo, mientras agradecía el frío relente que le calmaba el calor interior del alcohol y el disgusto contra sí mismo. La otra cara de la luna. La ducha, primero caliente, después fría, le cambió la piel del cerebro. Las seis de la madrugada. Quería clarear. Los árboles ya eran bultos imponiéndose sobre el telón del horizonte.

—La otra cara de la luna.

Se estaba diciendo algo a sí mismo. Se sorprendió buscando un plano de la ciudad que guardaba para persecuciones sórdidas. Su esposa entró en el *meublé* de la avenida del Hospital Militar a las 4.30 de la tarde. Una hora sorprendente, porque en general las mujeres adúlteras prefieren entrar en los *meublés* cuando ya ha anochecido. En efecto, es una tontería que usted me pregunte si iba acompañada. La ruina de mapa quedó desplegada ante él como una piel de animal demasiado usado, con las junturas cansadas, casi rotas. Con un dedo señaló la zona donde habían encontrado el cadáver de Stuart Pedrell. La mirada viajó hacia el otro extremo de la ciudad. El barrio de San Magín. Un hombre muere apuñalado y a sus asesinos se les ocurre descontextualizarlo. Hay que llevarlo a la otra punta de la ciudad, pero también a un marco en el que su muerte tenga sentido, tenga paisaje humano y urbano adecuado.

—¿Fuiste a los mares del Sur en metro?

Como Stuart Pedrell no contestaba, Carvalho concentró su interés en la barriada de San Magín. Abrió el libro que le había prestado el morellense. A Stuart Pedrell se atribuían un buen puñado de especulaciones, pero sobre todo la de *San Magín, barrio de.* «A fines de los años cincuenta, y dentro de la política de expansión especulativa del alcalde Porcioles, la sociedad Construcciones Iberisa (ver Munt, marqués de, Planas Ruberola, Stuart Pedrell) compra a bajo precio descampados, solares donde se ubicaba alguna industria venida a menos y huertos familiares del llamado *camp de Sant Magí,* zona dependiente del municipio de Hospitalet. Entre el *camp de Sant Magí* y los límites urbanos de Hospitalet quedaba una amplia zona de terreno libre con lo que se demuestra una vez más la tendencia anular de la especulación del suelo. Se compra terreno urbanizable situado bastante más allá de los límites urbanos para revaluar la zona que queda entre las nuevas urbanizaciones y el anterior límite urbano. Construcciones Iberisa construyó un barrio entero en Sant Magí y al mismo tiempo adquirió también a bajo precio los terrenos que quedaban entre el nuevo barrio y la ciudad de Hospitalet. En un segundo plan de construcciones, esa tierra de nadie también fue urbanizada y multiplicó por mil la inversión inicial de la Constructora...» San Magín fue mayoritariamente poblado por proletariado inmigrante. El alcantarillado no quedó totalmente instalado hasta cinco años después del funcionamiento del barrio. Falta total de servicios asistenciales. Reivindicación de un ambulatorio del seguro de enfermedad. De diez a doce mil habitantes. Menuda pieza estabas hecho, Stuart Pedrell. ¿Iglesia? Sí. Se hizo una iglesia moderna al lado de la antigua ermita de San Magín. Todo el barrio sufre inundaciones cuando se desbordan las canalizaciones del Llobregat. El criminal vuelve al lugar del crimen, Stuart Pedrell. Tú te fuiste a San Magín a ver tu obra de cerca, a ver cómo vivían tus canacos en las cabañas que les habías preparado. ¿Un viaje de exploración? ¿Tal vez de búsqueda de la autenticidad popular? ¿Investigabas usos y costumbres charnegas? ¿La caída de la de en posición intervocálica? Stuart Pedrell, ¿qué coño fuiste a buscar a San Magín? En taxi. O en autobús. No. En metro. Seguramente fuiste en metro para una mayor identidad entre forma y fondo del largo viaje a los mares del Sur. Y luego dicen que la poesía es imposible en el siglo veinte. Y la aventura. Basta coger el metro y puedes ir de safari emocional por un módico precio. Alguien te mató, te hizo cruzar de nuevo la frontera y te dejó abandonado en lo que para él era la otra cara de la luna. El alcohol se le convirtió en un ramaje de plomo que ocupó todas sus venas y se quedó dormido sobre el sofá, con el mapa de la ciudad definitivamente sesgado bajo el peso del cuerpo. Le despertaron el frío y los lengüetazos de *Bleda* en la cara. Recuperó lentamente el viaje lógico que había emprendido en plena madrugada. Intentó devolver la vida al plano despiezado y finalmente lo acabó de romper quedándose sólo con el pedazo que delimitaba San Magín. Tenía un borroso recuerdo de casas de campo y albercas de cemento. Su madre caminaba ante él con la cesta llena de arroz y aceite comprados de estraperlo en alguna de aquellas casas. Cruzaban las vías del tren. A lo lejos, hacia ellos, venía la ciudad mellada de la posguerra, una ciudad delgada llena de palos grises y huecos. ¿Por qué había tantos palos grises sobre los tejados? Sacaron el aceite de un odre rancio. Cayó en el interior de la botella como un mercurio verde y lento. Esto sí que es aceite de verdad y no el de racionamiento. Él caminaba detrás. En su bolsa de hule había cinco barras, cinco de pan blanco, blanquísimo, como de yeso. Campos y campos, caminos pedregosos por los que pasaban ciclistas amalvados por el crepúsculo o carros movidos por percherones lentos y pesados como su mierda rotunda. Luego la ciudad empezaba insinuándose en un barrio de barracas en coexistencia con antiguas torrecillas y casas apresadas por la posguerra, cumpliendo condena de perdedoras de la guerra civil. Calles de tierra, luego adoquinadas, finalmente heridas por la espina de las vías de los tranvías al que subían cansados por la caminata, con la aventura en la cesta y en los ojos la promesa del hambre saciada.

—Llenaré un plato de aceite, pimentón rojo y sal, y untaremos el pan.

—Prefiero el pan con aceite y azúcar.

—Eso va muy mal para los cucos.

Pero su madre no dejó que la desilusión ensombreciera sus ojos.

—Bueno. Si te salen cucos te daré una cucharadita de azúcar del doctor Sastre y Marqués.

EL METRO, CUALQUIER METRO, es un animal resignado a su esclavitud de subsuelo. Parte de esa resignación impregna los rostros aplazados de los viajeros, teñidos por una luz utilitaria, removidos levemente por el vaivén circular de la máquina aburrida. Recuperar el metro fue recuperar la sensación de joven fugitivo que contempla con menosprecio la ganadería vencida, mientras él utiliza el metro como un instrumento para llegar al esplendor en la hierba y la promoción. Recordaba su cotidiana sorpresa joven ante tanta derrota recién amanecida. Recordaba la conciencia de su propia singularidad y excelencia rechazando la náusea que parecía envolver la mediocre vida de los viajeros. Los veía como molestos compañeros de un viaje que para él era de ida y para ellos de vuelta. Veinte o veinticinco años después sólo era capaz de sentir solidaridad y miedo. Solidaridad con el viejo barbado de tres días y vestido con traje bicolor, con una mano enganchada al skay pringoso de un portafolios lleno de letras protestadas. Solidaridad con las cúbicas mujeres samoyedas que amurcianaban una incoherente conversación sobre el cumpleaños de tía Encarnación. Solidaridad con tanto niño pobre y pulcro llegado tarde al obsoleto tren emancipador de la cultura. *Ejercicios del lenguaje. Diccionario Anaya.* Muchachas disfrazadas de Olivia Newton-John, en el supuesto caso de que Olivia se vistiera aprovechando las liquidaciones fin de temporada de grandes almacenes de extrarradio. Muchachos con máscara de chulos de discoteca y músculos de condenados al paro. Y a veces la reconfortante osamenta de un subejecutivo de inmobiliaria con el coche averiado y el propósito de utilizar transportes públicos para adelgazar y ahorrar para medios whiskies de mediana calidad, servidos por un insuficiente camarero con caspa y uñas negras sin otro encanto que saber llamarle a tiempo don Roberto o señor Ventura. El miedo a ser todos víctimas de un mediocre y fatal viaje de la pobreza a la nada. El mundo era un paisaje de estaciones semejantes a retretes sucios recubiertos por azulejos tiznados por la invisible suciedad de la electricidad subterránea y de los alientos agrios de las masas. La gente que subía y bajaba parecía cumplir el ritual de un relevo previamente acordado para justificar el rutinario ajetreo de la máquina. Carvalho subió de dos en dos los escalones de metal mellado y cariado para salir a una encrucijada de anchas calles embutidoras de camiones prepotentes y autobuses deshormados. *Que se note tu fuerza. Vota comunista. Vota PSUC. El socialismo sí tiene soluciones. Contra el reformismo. Vota al Partido del Trabajo.* Los carteles ocultaban insuficientemente muros de ladrillos prematuramente envejecidos y de rebozados apedazados. Sobre las vallas publicitarias la pulcritud rica de la propaganda gubernamental: *El Centro cumple,* como una propuesta de vacaciones pagadas. Y por encima de la artesanal propaganda militante, de la sofisticada propaganda de un gobierno de jóvenes leones con el pelo cortado a la navaja por un barbero de firma, cerca ya del cielo color de barato metal fundido, rótulos triunfales comunicaban: *Está usted entrando en San Magín.*

Y no era del todo cierto. San Magín crecía al fondo de una calle desfiladero entre acantilados de edificios diferenciables, donde coexistía el erosionado funcionalismo arquitectónico para pobres de los años cincuenta con la colmena prefabricada de los últimos años. San Magín sí era un horizonte regularizado de bloques iguales que avanzaban hacia Carvalho como una promesa de laberinto. *Está usted entrando en San Magín.* Proclamaban los cielos y añadían: *Una ciudad nueva para una nueva vida. La ciudad satélite de San Magín fue inaugurada por Su Excelencia el Jefe del Estado el 24 de junio de 1966.* Constaba en una lápida centrada sobre el obelisco que entorpecía la desembocadura de la urbanización de doce manzanas iguales, diríase que colocadas por el prodigio de una grúa omnipotente. Las aristas de hormigón cortante dolían en los ojos y no compensaban el intento de humanización de las mujeres vestidas con batas de nailon acolchadas, ni el sordo rumor de humanidad que salía de cada nicho, un rumor que olía a sofrito y a humedad guardada en armarios empotrados. Repartidores de butano, mujeres en seguimiento de una cotidiana senda de supermercados, pescaderías llenas de peces con ojos grises y tristes, Bar el Zamorano, El Cachelo, Tintorería Turolense, Ocasión: hay blancos murcianos, Libertad para Carrillo, Vosotros, fascistas, sois los terroristas, Clases particulares para niños atrasados, Parvulario Hamelín. Cada una de estas palabras era un milagro de supervivencia, como si fueran vegetación crecida del hormigón. Cada fachada era un rostro lleno de cuadrados ojos despupilados condenados a ir oscureciendo sobre una lepra granulada.

—¿Ha visto usted a este hombre?

La mujer había retrocedido, miraba a Carvalho, pero no la fotografía que éste le tendía.

—¿Cómo dice?

—¿Ha visto usted a este hombre?

—No tengo hora.

No le dio tiempo a aclararse, recuperó la marcha con las ganas y la facilidad de un helicóptero y Carvalho se quedó con la foto de Stuart Pedrell en la mano, recriminándose haber empezado tan mal una búsqueda en la que estaba dispuesto a meterse nicho por nicho en pos del aroma Paco Rabanne de Stuart Pedrell. Como si contemplase a otro, Carvalho asistió al espectáculo de sí mismo enseñando mil veces la foto, tienda por tienda. Sólo en dos ocasiones miraron la foto como si recibieran el reclamo de un recuerdo. Las más veces ni la miraban y sí en cambio escrutaban a Carvalho mientras sus narices se defendían del olor de policía.

—Es un pariente y voy buscándolo. ¿No ha oído la llamada de socorro por Radio Nacional?

No. No habían oído la llamada de socorro por Radio Nacional. Carvalho recorrió varias veces las calles con nombres regionales que trataban de arterir la ilusión de una micro-España inmigrada, reunida gracias al im-

pulso creador de los programadores de la ciudad satélite de San Magín. Siguió la senda abierta por unos
albañiles con casco en busca de algo que comer, y entró en un bar-restaurante donde se acodaban casi un
centenar de trabajadores ante el menú de lentejas es-
tofadas y ternera a la jardinera. Carvalho se comió el
menú con hambre y aprovechó el impacto de sus diez
duros de propina para establecer cierta complicidad
con el joven camarero tímido que le contestaba sin
mirarle a la cara. Era un adolescente gallego con dos
rosetones en las mejillas y las manos llenas de sabaño-
nes abiertos y supurantes. Llevaba dos años en el barrio. Era sobrino de la señora que hacía la limpieza en
el bar. Le había mandado llamar del pueblo. Comía y
dormía en el bar. Dormía detrás, en el cuarto donde
guardan los cajones vacíos de bebida.

—No. No he visto a este señor nunca.

—¿Hay otro restaurante de más postín en el barrio?

—De más postín lo hay, pero no crea que va a comer mejor. Aquí se guisa con sencillez, pero sano. Es
una comida sana.

—No lo dudo. Es por si mi pariente frecuentaba el
otro restaurante. A la gente le gusta variar.

El aire olía a carajillo de Fundador. Los jóvenes
trabajadores reían, hablaban en voz alta, se empujaban,
hacían amago de amasarse los cojones o se desafiaban
a demostrarse quién es mejor extremo: Carrasco o Juanito. Los más veteranos removían el azúcar del carajillo con lentitud de *connaisseurs*. La velocidad de los
jóvenes parecía quedar apresada en las pupilas lentas
de los viejos. Cogían la foto, la distanciaban para con-
templarla con ojos cargados de cementos, la manosea-
ban un poco como si el tacto les sirviera de ayuda. Era
un no constante, emitido por un rostro colectivo. El
dueño del bar-restaurante no quiso perder el tiempo
que necesitaba para meter en la caja registradora otras
doscientas cincuenta pesetas producto de dos menús.
Por encima del hombro paseó los ojos por la foto y
también negó. Su mujer pelaba patatas con una mano,
con la otra hacía carajillos y con la lengua llamaba as-

querosa a su hija, una muchachita con granos y sombras de sudor en los sobacos, reacia a levantar las mesas a la velocidad que le pedía su madre. A poca distancia, el heredero del negocio, un Travolta con nariz de patata, se cortaba las uñas con parsimonia, las piernas tejanas cruzadas, el culillo apenas apoyado sobre la heladera y los ojos concentrados en la extirpación de una pielecilla del meñique izquierdo.

«Vinos de Jumilla.»

Carvalho se metió en la bodega, estructuralmente igual a cualquier restaurante, farmacia o tintorería del barrio, y pidió una botella de Jumilla blanco. El bodeguero tenía ciento cincuenta kilos de humanidad blanquísima sólo adornada con los moretones de unas ojeras pura arruga. Carvalho y él estaban solos en la tienda, donde reinaba una inmensa cámara frigorífica de madera y herrajes cromados cuyo ruido al abrirse y cerrarse recordaba a Carvalho las viejas neveras de los bares y tabernas de su barrio. Aquélla era una gigantesca reproducción hecha a la escala del dueño, forrada por dentro con azulejos verdes. El hombre quiso invadir el territorio de silencio que rodeaba a Carvalho.

—Un desastre. Todo es un desastre. A pico y pala los pondría yo. Y los demás, al paredón. Sobramos dieciséis millones. Ni uno más ni uno menos. Esto sólo lo arregla una guerra.

Carvalho se bebió otro vaso y asintió sin demasiadas ganas, pero con las suficientes para que los ciento cincuenta kilos rodaran hasta él y se desparramaran en la silla de enfrente.

—¿Usted cree que hay derecho? Claro que no. A mí se me ha de estudiar. Se ha de saber tratarme. Encontrar el fondo. Pero ¿a las malas? Nada. Lo dicho. Sobramos dieciséis millones de españoles. No tenemos solución. Él sí sabía meternos en cintura y al que se movía ¡zas!, la guillotina. Yo no me canso de decirlo: prefiero que me digan las cosas. Prefiero enterarme. Que si quieres arroz, Catalina. Luego me lo traen todo cocido y no es eso, no es eso. Por mí ya se puede hundir el mundo. Lo he dicho con todas las letras, con las mismas con que ahora se lo digo a usted. Por eso ya no paso. ¿Usted me entiende?

Carvalho asintió:

—El otro día sin ir más lejos. Ya habíamos hablado de lo que había que hablar. Tú esto, yo aquello. Bien. Nada más que añadir. ¿Pues querría usted creer que una hora después ya estaba otra vez todo en danza? Y luego aún se ríe. Se ríe hasta que a mí se me hinchan los cojones y le pego una patada donde hay que pegársela. ¿Me entiende?

Carvalho se acabó la botella, dejó los veinte duros que le pidió al lado de diez kilos de antebrazo

—Siga firme, amigo. Si no le van a tomar por el pito del sereno.

—No saben con quién se la juegan.

Dijo el hombre sin apartar la mirada del círculo de vino dejado por el vaso de Carvalho sobre el tablero de fórmica. Salió Carvalho a la calle y se metió en la barbería más sofisticada que encontró. Había fotos de cabezas de maniquíes de peluquería y sobrevivía el anuncio de «se esculpe el cabello». Pidió que le cortaran el pelo y le afeitaran. Estudió con prevención las manos del barbero, una costumbre adquirida en la cárcel, donde lo máximo que se podía exigir era un grado de suciedad no escandaloso y donde siempre ocupaba el puesto de barbero algún asesino hipocondríaco. Carvalho contó la historia del pariente desaparecido, enseñó la foto. El barbero la vio más que contempló, como si fuera un horizonte que rebanara con la navaja que sostenía con la otra mano. Corrió la fotografía de mano en mano entre los clientes de la barbería y volvió al barbero, que la estudió con mayor atención.

—A mí esta cara me dice algo... Pero no sé qué —añadió segundos después mientras se la devolvía a Carvalho.

—Quédesela y la va mirando de vez en cuando, por favor. Mañana volveré.

—Es una cara que la tengo vista. Ya ve usted.

Pasó Carvalho ante la bodega de vinos de Jumilla. El propietario estaba en la puerta, apuntalado sobre sus piernas, cortas y cónicas, y diciéndose algo a sí mismo en voz baja.

—¿Sigue todo igual?

—Peor.

—No ceje.

—Antes muerto.

Siguió Carvalho su camino y el hombre en sus cavilaciones. Tampoco el único dentista de San Magín había visto nunca ni la cara ni la dentadura de Stuart Pedrell. Ni los dos médicos con la consulta llena de viejos desdentados, masticadores de palabras blandas. Desde la *boutique* donde coexistía la corbata de seda con los calzoncillos de felpa, hasta las tintorerías, sin descuidar farmacias y puestos de periódicos. En algunos lugares la fotografía pareció remover un poso de recuerdo. Pero sólo eso. Tampoco en las dos academias nocturnas, regentadas por sendos hermanos, maestros cartageneros, habían conocido a Stuart Pedrell. La corazonada se le iba empequeñeciendo en el pecho y sólo la inversión en palabras y andaduras le forzaba a continuar una encuesta suicida.

—¡Esta noche gran mitin de Socialistas de Cataluña! ¡Trabajador, por un San Magín hecho a tu medida y no a la de los especuladores, asiste al mitin socialista en el Polideportivo La Creueta! Hablarán Martín Toval, José Ignacio Urenda, Joan Reventós, Francisco Ramos. ¡Los socialistas sí tienen soluciones!

La voz salía de los altavoces de una furgoneta circulante a poca velocidad. Las gentes acogían la proclama sin gran entusiasmo, conscientes de que debían votar a comunistas o socialistas, como una consecuencia biourbanística, pero sin fogosidad. Sólo algunos niños se asomaban a la ventanilla del vehículo para pedir «papeles» y volvían desencantados a sus juegos comentando: son más bonitos los de ucedé. Un mayorista de jamones le puso la foto debajo de la punta grasienta de un jamón colgante y una gota pesada de aceite de jamón de Trevélez cayó sobre el rostro de Stuart Pedrell. Corrigió el almacenista el desaguisado pasando la manga sobre la fotografía y la dejó barnizada y oscurecida, como si hubieran caído de pronto sobre ella veinte años de álbum. Abandonó la tienda y empezó a preguntar en las porterías de las casas que no habían incorporado el sistema de portero automático. Viejos porteros blanqueados por las penumbras salían del fondo de pozos iluminados por las pantallas del televisor para decirle que no, que nunca habían visto a aquel hombre. Una manzana. Dos. Aunque me cueste dos semanas de búsqueda, se decía, pero pensaba que en cuanto llegara la noche huiría de San Magín y volvería a coger el hilo lógico en busca de otra salida. Le parecía repetir siempre la misma portería, el mismo portero, como si entrara y saliera continuamente por la misma puerta. De pronto se dio cuenta de que las aceras estaban llenas de niños y la tarde oscurecida parecía preparada para recibir sus risas, gritos y carreras. También alguien había dado la orden de salida a las mujeres preñadas y picoteaban las aceras como patitos inseguros. Subió hasta la iglesia situada en la suave coronilla que remataba la pendiente sobre la que habían construido San Magín. Era una iglesia funcional hecha con materiales podridos sobre los que se habían ensañado el viento, la lluvia, los soles despóticos en aquella desarbolada loma y la peste sólida de los humos industriales que llegaban desde más allá de los cañaverales que insistían en avisar la antigua existencia de un riachuelo hoy muerto. El cura tenía la sacristía llena de carteles petitorios de ya inutilizadas y superadas amnistías. También un cartel en italiano anunciando *Cristo se detuvo en Éboli*. Llevaba barba y un jersey Marcelino Camacho modelo 1975.

—Esta cara la tengo vista. Pero no ahora. Hace algún tiempo. Pero no sé. No sé decir de quién es ni cuándo. ¿Es un pariente de usted?

Tenía toda la sospecha revolucionaria centelleando en el ojo que abría más que el otro. Salió Carvalho seguido por aquel ojo perspicaz y tuvo que escoger entre volver a meterse en el laberinto de la ciudad satélite o ir hacia unas barracas iluminadas de las que salía música. Sobre el dintel de la puerta, un rótulo decía: *Comisiones Obreras de San Magín* y del interior emanaba una canción sentimental de Víctor Manuel dedicada al amor entre dos subnormales. Tendió la fotografía a un recepcionista que trataba de encender una estufa de virutas situada en el centro de un local donde anochecían dos docenas de sillas de diferentes padres, una pequeña nevera de hielo, una pizarra, una librería, murales llenos de convocatorias y carteles políticos.

—Claro que le conozco. Venía con frecuencia por aquí hace meses, recién inaugurado el local.

—¿Cómo se llamaba?

—¿No era pariente de usted? Eso lo sabrá mejor usted. Aquí todo el mundo le llamaba El Contable. No. No llegó a estar afiliado. Pero venía con frecuencia. Luego, de pronto, dejó de venir.

—¿Era muy activo? ¿Trabajaba mucho?

—Yo qué sé. No sé qué hacía en su trabajo.

—Aquí. Pregunto si trabajaba aquí.

—No. Venía a reuniones. Discutía poco. A veces intervenía en público.

—¿Era muy lanzado?

—No. No. Moderado. Por aquí hay cada elemento que quiere hacer la revolución en un día. Él era de los moderados. Ya en su modo de ser lo era. ¿No? Así, un hombre muy educado. Muy prudente. No hablaba por no ofender.

—¿No sabían ustedes su nombre, ni su apellido?

—Antonio. Se llamaba Antonio aunque todos le llamaban El Contable, porque trabajaba de contable.

—¿Dónde?

—No lo sé.

—¿No hizo amistades? ¿No venía con acompañantes habituales?

—Pues sí.

Se le había escapado una sonrisa.

—¿Con chicas?

—Con una chica. Una del metal que trabaja en la SEAT: Ana Briongos.

—¿Ella sigue viniendo?

—No. A veces. Pero es muy, muy radical. Fue de los que se cabrearon cuando lo del Pacto de la Moncloa y aún no se les ha quitado el cabreo. Hay quien se cree que las cosas cambian de la noche al día porque uno quiere que cambien. Les faltan años y una experiencia como la guerra. Pasar una guerra civil les haría falta. El hombre es el único animal que tropieza dos y tres veces en la misma piedra. Una chica muy maja la Briongos. Con un par de cojones así. Lanzada. Pero impaciente. Aquí donde me ve, yo estoy en la brecha desde 1934 y he pasado por todo, oiga, por todo. Palo que se ha escapado, palo que se ha recibido. ¿Y qué? ¿Voy a ir por ahí quemando buzones? ¿Usted cree que hay que quemar buzones? ¿Ha oído hablar alguna vez a Solé Tura? Pues una vez le escuché yo una cosa que me hizo reflexionar. A ver si me acuerdo. La burguesía tardó cuatro siglos en llegar al poder y la clase obrera sólo tiene cien años de existencia histórica como movimiento organizado. Palabra por palabra. Se lo cito de memoria. Tiene cojones el asunto, ¿no? Pues hay quien se cree que llega con el carné de comisiones al palacio del gobierno y dice: Venga, a casa, que ahora mando yo. ¿Me explico? Gente así a montones. Hay que tener paciencia. Con paciencia no hay quien nos venza. Ahora bien, si empezamos a dar palos de ciego, pues nos las van a dar todas aquí, porque ellos de ciego no tienen nada. Tienen más vista que un sapo.

—¿Dónde puedo encontrar a la Briongos?

—Eso no es cosa mía, y aquí no le darán la dirección. Hable con el responsable si quiere, pero aquí no se dan nunca direcciones. Es una responsabilidad, a ver si me entiende.

—¿Tampoco sabe dónde trabajaba el Contable?

—Seguro no. Me parece que trabajaba a horas llevando la contabilidad de unos almacenes de vidrio, de botellas y aparatos. Por el bloque nueve o por allí, porque a veces le había visto andar por allí. Siempre muy tieso. Andaba· así. Tieso. Tieso. Primero no confiábamos en él. Parecía un extraño y nadie sabía de dónde había salido. Pero el ir acompañado de la Briongos fue una garantía. Ésa ya estaba en la Modelo cuando aún llevaba calcetines. Su padre venga darle estopa y ella dale que dale. Una luchadora. Es una lástima que gente así se canse y tire por la ventana el esfuerzo de tantos años. Ahora va diciendo por ahí que pasa de todo y que todo lo controla la burguesía. Todo esto. Fíjese. A mí. A mí me controla la burguesía. Y uno oye y oye, y traga y traga, hasta que un día no pueda más. ¿Qué coño me ha dado a mí la burguesía, óigame usted?

—¡No te cabrees, Cifuentes! —le gritó un muchacho y se echó a reír como sus compañeros.

—Menos cachondeo. Un poco más de educación. También vosotros estáis hechos unos pasotas.

—¿Quieres un porro, Cifuentes?

—¿Prefieres medio kilo de goma-dos?

—¿Los oye? Mucha juerga, pero eso lo oye un enemigo de clase y la que arma. Es la inconsciencia de la juventud. Hay que ir por el mundo con prudencia y esperar que se den las mejores condiciones.

«Las mejores condiciones...» un eco de ideología en el recuerdo de Carvalho. Las condiciones. Podían ser las mejores, o bien objetivas o subjetivas. Las condiciones.

—De pronto, el Contable desapareció y nadie se extrañó.

—No. Tal como había venido se fue y no estamos como para preocuparnos por esas cosas. Si tuviéramos que preocuparnos por la gente que entra y sale del movimiento obrero, estaríamos todos en el manicomio. Y más en estos tiempos. A lo primero todo eran ingresos y euforia. Y ahora se mantiene cierta disciplina en los sitios de trabajo, pero aquí cuatro gatos. Sólo se anima esto cuando vienen los laboralistas y despachan consultas. El franquismo nos ha maleducado a todos. Cuando leo eso de que el pueblo español está maduro para la democracia, me subo por las paredes. ¡Qué madurez ni qué leche!

—¡No te cabrees, Cifuentes!

—¡Me cabreo si me pasa por los huevos, leche con el niño! ¡Que le aguante su padre! Yo estoy hablando con este señor y no contigo.

Le acompañó hasta la puerta.

—Son buenos chicos, pero les gusta cabrearme. Luego me dan todo lo que tienen, pero disfrutan jodiéndome, ya ve lo que son las cosas. Y yo aguanto porque estoy jubilado, vengo aquí y ahorro un jornal a Comisiones. Aquí donde me ve, yo he estado seis veces en la cárcel. La primera en el 34, luego en la caída Núñez del 58. Cuando montamos Comisiones otra vez y cada vez que había lío en Artés Gráficas, Cifuentes a Vía Layetana. Un día le dije al comisario Creix: si quiere me vengo a vivir aquí, y el cínico se reía. Qué gente más mala, oiga. Me han dicho que se ha jubilado.

—¿Quién?

—Creix. Puede ser cierto. Debe de ser de mi edad. Y usted no sabe lo bueno. —Le cogió el brazo, le llevó hasta la calle y le dijo en voz baja—: Creix y yo somos colegas.

Se retiró para captar toda la inmensidad de la sorpresa que sin duda reflejaría el rostro de Carvalho.

—¿No lo entiende? Pues ahora lo entenderá. Yo hice los cursos para mandos en la escuela del partido en Pins del Vallés, durante la guerra. Había quien salía comisario político para el frente y quien salía para la policía. Me dijeron que me metiera en la policía de la República. Me lo aconsejó el propio Comorera; tal como oye. «Mira, Cifuentes, comisarios políticos tenemos los que queremos, pero nos hacen falta policías adictos, porque la policía está llena de quintacolumnistas.» Pues bien, me meto en la policía. Luego pasé lo que pasé. Porque yo estaba en una comisaría de

Hospitalet y mi jefe era un tal Gil Llamas. ¿Le suena? Ése ya debía ser entonces de la quinta columna porque después de la guerra, tan pimpante siguió en el cuerpo.

»Es más, cuando salí de la cárcel en el 46 me lo encontré en la Ronda, no sé cómo se llama aquel trozo de Ronda, donde estaba el Olimpia, e hizo ver como si no me conociera. Pues bien. Luego las he pasado canutas, y hace meses me llega la carta de un gestor en la que me dice que puedo reclamar mis derechos como policía de la República. Voy a verle, un señor muy atento, muy profesional. Se queda con una comisión, y en paz. Pues bueno. Tire adelante. Aunque sea por vacilar. Y tira adelante. ¡Madre mía! ¡Mire!

Sacó de un billetero de plástico una circular redoblada y resobada: «... se le reconocen los derechos como funcionario de policía jubilado con el grado de subcomisario».

—Subcomisario. Yo. Y una pensión de treinta mil pesetas al mes. ¿Qué tiene usted que decir? Mi jubilación como mozo de almacén de primera era de quince mil pesetas y ahora treinta mil. Me siento rico, como si fuera rico y además, mire, subcomisario. Ya era hora que me saliera algo bien. Mi mujer no se lo quiere creer. Está algo delicada con tantos disgustos. Yo le enseño la carta. Le enseño cada mes las treinta mil pesetas, y ella tozuda que tozuda, «Evaristo —yo me llamo Evaristo—, eso no puede acabar bien.» ¿A usted qué le parece?

Era una consulta hecha a un hombre de mundo que llegaba del más allá de la ciudad de que había sido expulsado.

—Cifuentes, cuando a uno le reconocen la categoría de funcionario ya no hay quien se la quite. Viva tranquilo.

—A mí el dinero no me importa. Es por el puntillo. Un día voy a buscar la dirección de Creix y de tantos como él que me despellejaron vivo, y les pasaré este papel por las narices.

Trastienda de botica de gigante, botellones para cincuenta litros de quién sabe qué inconfesables pócimas, matraces, alambiques, probetas, cristal turbado por polvos pajizos de virutas, estanterías de maderas blancas hervidas por la humedad y la penumbra, tapices, alfombras de serrines, gatos saltarines como de metal nervioso, bombillas desnudas, un viejo atleta con bigote cano realiza juegos malabares con cajas de cartón, un perro lobo triste olisquea al recién llegado, al fondo de un pasillo entre cristalerías gigantescas muertas, un hombre recio y grave utiliza una calculadora en la punta de una gran mesa, a su lado un muchacho comprueba el esmerilado de jeringuillas, por un altavoz colgado de las penumbras del techo canta Alfredo Kraus *Los pescadores de perlas*; resuenan sobre las cabezas tacones femeninos sobre el entarimado del altillo. El hombre de la calculadora dice: ¿Dígame? sin volver la cabeza y sólo lo hace cuando Carvalho le pone la foto de Stuart Pedrell ante los ojos nerviosos y una nariz que se mueve con una inquietud caballar. Termina la operación con la calculadora, da un par de órdenes sobre cosas que deben hacerse antes del cierre y empieza a caminar con los hombros altos y los brazos separados del cuerpo. Sube la escalera de madera que lleva al altillo y tras él Carvalho descubre una pequeña oficina donde una muchacha escribe a máquina y una mujer poderosa, con los ojos empequeñecidos y tristes tras las dioptrías, ha interrumpido su trabajo para telefonear.

—*Tieta, m'ha preguntat la mare si pujaràs aquest diumenge que ve a La Garriga.*

Se interrumpe a la vista de Carvalho y sigue hablando en voz más baja. El dueño aleja a la muchacha con una demanda y se sienta sobre una mesa de oficina, respaldado por la batería de archivadores de metal gris. Un gato come un pedacito de hígado junto a la papelera. Un perro bretón contempla al recién llegado con la imperturbabilidad de Buster Keaton.

Otro bretón más joven, que se parece a Lauren Bacall, le huele impertinente y trata de marcarle el tobillo con sus dientes hasta que un restallido de lengua del dueño le expulsa bajo una de las mesas. En una jaula bailan la danza de la esclavitud dos canarios locos. El dueño pulsa una tecla y la voz de Kraus se esfuma, recuperando el aire el semisilencio de almacén sumergido bajo uno de los bloques de ciento setenta y dos pisos de la barriada de San Magín.

—*La mare farà verdureta i carn a la planxa...*

—¿Trabajó aquí este hombre?

—Sí. Durante casi un año. Como eventual. Nos resolvía la contabilidad durante unas horas al día.

—Se llamaba Antonio ¿qué más?

—Porqueres, creo.

—¿Sólo lo cree?

—Se llamaba Porqueres, porque siempre le llamé señor Porqueres. Él hacía su trabajo, yo le pagaba y en paz.

—¿Lo hacía bien?

—Muy bien.

—¿Cómo llegó aquí?

—Puse un anuncio en la puerta y se presentó.

—¿Y así, sin más, metió usted en su negocio a un contable?

—Traía una carta. No recuerdo bien de quién. Josefina, *¿te'n recordes de qui era la carta de recomanació del senyor Porqueres?*

Se encogió de hombros la mujer sin soltar el teléfono.

—Me parece que era del señor Vila, el contratista o el encargado de obras de todo el barrio.

Asumió el dueño.

—¿Porqueres se marchó sin despedirse? ¿A la francesa?

—Sí.

—¿Y no les extrañó?

—Un poco. Lo revisamos todo y estaba en orden. Tal como vino se fue. Un día u otro tenía que ocurrir. No era hombre para este trabajo ni para este barrio.

—¿Por qué?

—¿Usted qué creería de un hombre que se sabe de memoria los discos grabados por Plácido Domingo y que describe tan bien la escena final de la *Salomé* de Strauss, cantada por la Caballé? Yo soy muy aficionado a la ópera y pocas veces tengo el gusto de toparme con un auténtico entendido. Él lo era.

—¿Sólo hablaron de ópera?

—De ópera y del negocio. De hecho nos veíamos poco. Yo dirijo el almacén desde abajo y mi esposa es la que lleva la oficina aquí arriba.

—*Vindrà també el noviet de la Míriam. Escolta, Inès. ¿No has rebut pas carta de l'oncle de l'Argentina?*

—¿Dónde vivía?

—En el barrio. Muy cerca de aquí, pero no sé decírselo con seguridad. ¿Le ha pasado algo?

—Es un pariente y le busco. Ha desaparecido.

—Ya me pareció todo muy misterioso. Pero no me gusta meterme en la vida de la gente. Con que cumplan con su trabajo me basta. Hola, buenos días. Adiós, hasta mañana. Ésa es la relación ideal.

—¿En general?

—En general con todo el mundo y, en particular, sobre todo, con los empleados.

—¿La dirección del señor Vila, del que le recomendó?

—No la sé. Vive en el límite de la ciudad satélite. En una torrecita antigua. Es inconfundible porque tiene un huerto detrás. ¿Puede haber lío? Le repito que era un trabajador eventual, a horas, que aquí rindió muy bien y sanseacabó.

Lauren Bacall había salido de su escondrijo y contemplaba con impertinentes ojos verdes al desconocido. Carvalho hizo medio gesto para demostrar la solidaridad de propietario de perro a otro perro. Pero *Lauren Bacall* ladró indignada y sólo otro restallido de lengua de su dueño la devolvió a su vigilante refugio.

—Veo que tienen un zoo completo.

—Se empieza aceptando el cachorrillo de un amigo y se termina en plena arca de Noé. En casa además hay un hamster.

—*Inès ¿saps que a lo millor la Piula està prenyada? Passi-ho bé.*

Le despide la mujer sin separarse del teléfono. El dueño le acompaña hasta la puerta y se queda allí enmarcado, observando la marcha de Carvalho. Ha debido de pulsar de nuevo la tecla porque la voz de Kraus sale a la calle sin asfaltar y caracolea por las paredes del desfiladero habitado, repica contra las ventanas cerradas, remueve el polvo de los geranios melancólicos y levanta como un suave vientecillo algunos toldos hibernados en sus terracitas de tres metros cuadrados. Farolas palmeras de mercurio marcan una progresiva lejanía de círculos luminosos que aíslan aún más la oscuridad progresiva en la que se sumerge San Magín, mientras un frío húmedo sube desde el Prat y mete en la cabeza de Carvalho un horizonte de mantas y chimenea encendida. Pero sus pasos le hacen saltar de charco en charco de luz en busca de los límites denunciados por un lejano rótulo celestial, especialmente iluminado en el que consta la advertencia de la finitud del paraíso: «Está usted saliendo de San Magín. Hasta siempre.»

TENÍA EL ASPECTO de un chalé de padre arquitecto desconocido, construido fin de semana tras fin de semana por alguna cuadrilla de inmigrantes contratados a destajo por un pequeño estraperlista años cuarenta dispuesto a gastarse el excedente económico en una casa con huerto lejos, muy lejos de la ciudad, donde descansar algún día de los trajines de una posguerra dura. Le recibió en la puerta un hombre cuadrado y canoso, con batín acolchado y pantuflas de ante forradas con piel de conejo. La casa olía a bechamel. Sonaba a niños quejándose y a mujeres airadas.

Vila le hizo subir a su estudio, un pequeño despacho en el que todo estaba dispuesto como si jamás se hubiera utilizado. Se dejaron engullir por los dos sofás de skay marrón y, ante la foto que Carvalho le tendió, Vila comentó sorprendido:

—El señor Stuart Pedrell.

—¿Le conocía?

—¿Cómo no voy a conocerle? Yo supervisé las obras de todo el barrio, primero como capataz de un bloque y luego todas, porque merecí la confianza del señor Planas. En cambio, al señor Stuart Pedrell no le traté nunca. Ni se acercó por las obras. ¡Qué muerte tan horrible! Me enteré por los periódicos.

—¿Le dice algo el nombre de Antonio Porqueres?

—No.

—Según parece, usted recomendó a este señor a un almacenista del barrio para que le diera trabajo.

—Ah, sí. Pero no llegué a conocerle. A mí me lo recomendó el señor Stuart Pedrell. Me llamó un día y me dijo que necesitaba trabajo y alojamiento para un amigo suyo de la infancia. Me pidió que llevara el asunto con mucha discreción. Yo nunca llegué a ver al señor Porqueres.

—¿Alojamiento?

—Sí.

—¿Se lo proporcionó?

—Sí.

—¿Dónde?

—La empresa se reservó cinco o seis pisos en el barrio. A veces son útiles para gente que trabaja en la empresa. Uno de esos pisos lo cedí al señor Porqueres.

—Sin verle.

—Sin verle. Para mí una petición del señor Stuart era una orden. Le dejé las llaves en la portería. No sé siquiera si ese señor sigue viviendo en el piso. El señor Stuart Pedrell me dijo que resolvería lo del alquiler directamente con la oficina central.

—Cuando pasó lo de Stuart Pedrell, ¿no se le ocurrió interesarse por el señor Porqueres?

—¿Por qué? ¿Qué relación hay entre una cosa y la otra? Además, yo había olvidado ya el asunto. Tengo en la cabeza los problemas de miles de viviendas. ¿Sabe cuántas cañerías se estropean al día? ¿Cuántos retretes hay que desatascar en una semana? Estas casas parecen hechas de papel.

—¿No las hizo usted?

—Yo ponía lo que me daban.

—Me envía el abogado Viladecans y la señora Stuart y es imprescindible que yo vea el piso donde vivió Porqueres.

—Puede ir de mi parte al portero, o si quiere me visto en un momento y le acompaño.

—No es necesario.

—Le haré una nota para que le facilite las cosas.

Empezó varias redacciones y ninguna le convencía. Rompió tres o cuatro papeles: *Señor García: Haga lo que le pida este señor. Es como si fuera yo mismo.*

—Cualquier cosa que necesite, ya sabe dónde me tiene. ¿Qué tal el señor Viladecans? Siempre por los juzgados removiendo asuntos. Yo no sé cómo aguanta en aquellos juzgados. Cada vez que voy por algún lío de por aquí, me deprimo. Aquello es inhumano, diría yo, ¿no encuentra? ¿Y la señora Stuart? ¡Qué desgracia! ¡Qué desgracia más grande! Yo con quien tuve tratos fue con el señor Planas, era el que venía más por la obra. Oiga. Es un cerebro. Parecía que no se enteraba de nada y tenía toda la obra en la cabeza, de la primera rachola al último saco de cemento. Esto es una gran obra. Se la podrá criticar todo lo que se quiera ¿eh?, pero esta gente antes vivía en barracas o realquilada, de mala manera, y ahora al menos tienen un techo. Y los pisos se han estropeado antes debido a que esta gente no sabe vivir en ellos. Se piensan que son como las barracas en las que vivían antes. Todos los ascensores se caen porque los tratan a patadas. No hay ni un pedazo sano. Todo son remiendos. Con el tiempo esta gente se va civilizando, pero les cuesta, les cuesta, es otra manera de vivir, ya comprende.

—Han tenido suerte que no vinieran zulúes.

—Pues no lo diga en broma. Hay negros. Guineanos y de otras partes. Lo que no se puede controlar ya es el lío de los realquilados. Hay viviendas pensadas para cuatro personas y muy justitas, en las que están viviendo diez. Dicen que es para pagar los plazos, pero también por dejadez. Donde caben cinco, caben veinte. Adelante, y no es manera. Ahora tengo una carpeta llena de anónimos sobre realquilados chilenos y argentinos que no tienen los papeles en regla. ¿De dónde ha salido toda esa gente? Lo he puesto en manos del señor Viladecans. Vienen huidos de su tierra y se meten donde pueden. Y si huyen será porque algo habrán hecho. A nadie le persiguen porque sí. Créame. Esto es una fuente continua de problemas. Y luego las protestas. Siempre les parece todo poco. Yo les digo: Barcelona no se hizo en ocho años, ni en un siglo, y esto con el tiempo será como otra ciudad. Paciencia. Paciencia es una palabra que desconocen.

En cambio, el portero García tenía toda la paciencia de que carecían los demás. Salió del fondo de su portería como si procurara acostumbrarse al aire y la luz del exterior. Cogió la nota con lentitud. La leyó como si fuera un tratado sobre gastroenteritis y aun comentó:

—Es decir...

—Es decir, que quiero ver el piso donde vivía el señor Antonio Porqueres. ¿Está ocupado?

—Está tal como él lo dejó. A mí nadie me ha dicho lo contrario. Yo aquí soy ciego, mudo y sordo si no me lo dicen desde arriba. Pase.

Sobre la mesa de comedor, cubierta por un cristal, un niño hacía los deberes con las manos y veía la televisión con los ojos. El portero se inclinó sobre el cajón del bufet como si tuviera que pedir permiso a los riñones. Los riñones le respondieron lentamente. También sus brazos secundaron la gimnasia lenta con la que se movía por el mundo.

—Ésta es la llave del piso.

—Quiero la de la escalera.

—¿Va a quedarse esta noche?

—No lo sé.

Tardó también en comprender que la respuesta de Carvalho no le dejaba otra opción que darle la llave, pero se la dio receloso, reteniéndola entre los dedos hasta que Carvalho se la arrancó.

—Estará todo muy sucio. Mi hija repasó el piso hace un mes, pero como a mí nadie me ha dicho nada... Las cosas de don Antonio están en su habitación y en el lavabo. Todo lo demás estaba ya en el apartamento cuando él lo alquiló. Usted mismo. Yo no le acompaño. Apenas si puedo moverme.

—Ya lo veo.

—Un aire. Hay muchas corrientes de aire en esta portería.

Parecía imposible que el aire pudiera meterse en aquella cripta. El niño gritó de pronto: ocho por cuatro treinta y dos, y lo escribió rápidamente sobre el papel como si le fuera la vida. El señor García cabeceó y bisbiseó:

—Siempre haciendo ruido. No soporto el ruido.

EL ASCENSOR estaba remendado con trozos de contrachapado. Su suelo parecía una cama elástica dispuesta a lanzarle contra el techo o dejarle caer al abismo. Carvalho se agarró a las paredes. Salió a un pasillo crema oscurecido por un polvillo grasiento, condenado a la penumbra por bombillas de veinte watios encarceladas tras las rejas de portalámparas de sótano. Ocho puertas grises de madera enferma cerraban los ocho apartamentos de cada rellano. Se detuvo ante el 7-H. Alguien había escrito rascando con una llave sobre la pintura el nombre de Lola. La puerta se abrió como se vence la hoja de un libro. Encendió una cerilla para localizar los contadores, pero estaban allí, a la vista, como un enjundioso panel cibernético. Se hizo la luz en el recibidor. En una nada de paredes desnudas y manchadas. Luego la luz descubrió un comedor-sala de estar con un tresillo de metal y tapicería de cuadros escoceses, metal pintado de negro y descascarillado, cuadros escoceses de irregulares descoloridos. Una lámpara de pie de madera torneada y papel encerado. Una herradura en una pared. En otra una valenciana tapándose los pechos con un abanico. Un banderín de Bultaco. Una caja de cerillas semivacía. Un cenicero en el que no se había eliminado del todo la ceniza sobre una mesita de centro. En una vitrina, cuatro copas de jerez y dos libros: *El sentido del éxtasis*, de Alan Watts, y *Los felices cuarenta*, de Barbara Probst Salomon. Luego aparecieron más libros dentro de una caja de embalaje situada junto a una cama plegable: *Ciudadanos y locos. Historia social de la Psiquiatría*, de Klaus Dörner; *Francis Scott Fitzgerald*, de Robert Sklar; *Les paradis artificiels*, de Baudelaire; *El hombre de yeso*, de Joseph Kessel; *Diálogo en el infierno entre Maquiavelo y Montesquieu*, de Maurice Joly; manualillos sobre *Qué es el socialismo...*, *el imperialismo...*, *el comunismo...*, y así hasta doce o trece, un libro del cura Xirinacs en catalán, *Poesías completas* de Cernuda. *Estructura de la lírica moderna*, de Friedrich. Al abrir la cama aparecieron sábanas y mantas plegadas con peste de humedades y meses. En la pared del dormitorio, un mapa del Pacífico y las costas de América y Asia, la boca de Asia a punto de morderle el culo a América. De nuevo los recortes de periódicos aquí y allá, pinchados en la pared por chinchetas, amarillentos, casi ilegibles. Notas políticas en torno al Pacto de la Moncloa, noticias muertas a fines de 1977 o durante 1978, aunque en menor cantidad, como si Stuart Pedrell hubiera pasado la primera fiebre de crear puntos de referencia en aquellas paredes extrañadas. En un armario un traje gris oscuro comprado en una sastrería de Hospitalet, un conjunto de chaqueta y pantalón de la misma sastrería, ropa interior, una corbata, un par de zapatos veraniegos de tela y esparto. La cocina era un desierto habitado por media docena de platos sobre el escurridor, una cafetera, dos tazas para café, un bote con azúcar convertida en una bola compacta y otro con café molido descolorido. En la nevera, desconectada, se había producido el milagro de la rodaja de jamón dulce momificada e incorrupta. Un tarro de pepinillos franceses, conservados en vinagre blanco y granos de pimienta, daba la nota exótica arrinconado en el fondo de un estante de la nevera, junto a media pastilla de mantequilla jabonosa envuelta en papel de estaño. En la alacena encristalada, un paquete de arroz americano «Uncle Ben», un tarro de sopa juliana deshidratada, un paquete de café sin abrir, dos cervezas, doce botellas de agua mineral con gas, una botella mediada de jerez seco barato, una botella de coñac Fundador y otra de anís Marie Brizard. En la última, pequeña, habitación del apartamento, encontró un caja con cremas y cepillos para el calzado y otra de cartón con productos fundamentales de botiquín: aspirinas, mercromina, tiritas, agua oxigenada, alcohol, una lima de callos. En el cuarto de baño, un juego completo de toallas, una botella de gel de baño Moussel, Moussel, Moussel, de Legrain, París, piedra pómez, un albornoz blanco, pantuflas diríase que árabes, un fregasuelos muy usado. Recorrió otras tres veces la casa inventariando todo lo que veía.

Luego salió sin desconectar el contador. Ya en la calle buscó una cabina telefónica. Ninguna de las dos inmediatas funcionaba. Entró en la bodega de vinos Jumilla. El dueño blanco estaba solo, sentado ante una copa llena de cazalla. No miró a Carvalho, pero le dijo que sí cuando le pidió permiso para telefonear. Llamó a Biscuter para que subiera a Vallvidrera a darle de comer a *Bleda*.

—No tengo nada para un perro.

—En Vallvidrera hay cosas. ¿Qué habías hecho para mí?

—Una merluza a la sidra.

—¿De dónde has sacado la sidra?

—El dueño del colmado de la esquina es asturiano.

—Dale merluza a la sidra. Pero quítale bien las espinas.

—¿Al perro? ¿Merluza a la sidra al perro?

—Conviene educarle el paladar. ¿Ha preguntado alguien por mí?

—La de siempre.

—¿La chica?

—La chica.

—Pasaré temprano por el despacho.

—¿Se lo digo si vuelve a llamar?

—No. Ten cuidado con las espinas. No vaya a clavarse el perro una en la garganta.

—¿Insiste en lo de la merluza a la sidra?

—Haz lo que quieras.

—¿No le puedo localizar en ninguna parte?

—No me he llevado la brújula para darte la latitud y la longitud.

Cortó la pregunta de Biscuter sobre la merluza a la sidra y *Bleda*. Que te aproveche, *Bleda*. Asómate al mundo de los hombres civilizados a través de una cocina digna y cuando me muera recuerda que un día te di de cenar lo que Biscuter había hecho con amor para mí.

—¿Qué le debo?

—A mí nadie me debe nada. Soy yo el que debo a todo el mundo —le contestó el hombre desde su ensimismamiento.

Carvalho recorrió el barrio hasta encontrar un bar abierto. Le prepararon un bocadillo de atún en aceite y se comió una ración de tortilla de patatas. Compró una botella de vino blanco frío sin *pedigree*. Regresó al piso de Stuart Pedrell, conectó el calentador. Se duchó, se jabonó con el gel Moussel, Moussel, Moussel de Legrain, París, se enfundó el albornoz, que olía a humedad. Recorrió el piso hasta sentir su frío maloliente de tumba sin cadáver. Inspeccionó la limpieza de las sábanas y mantas. Se hizo la cama. Se acabó el vino mientras miraba hoja por hoja todos los libros que Stuart Pedrell había salvado de su naufragio. Más que seleccionados, parecían muestras de una sed intelectual que a Carvalho le parecía enfermiza. Sólo encontró un papelito, a manera de punto, en una página de las *Poesías completas* de Cernuda.

Recuerdo que tocamos el puerto tras larga travesía,
y dejando el navío y el muelle, por callejas
(entre el polvo mezclados pétalos y escamas),
llegué a la plaza, donde estaban los bazares.
Era grande el calor, la sombra poca.

El poema se titulaba *Las islas* y relataba la aventura de un hombre que llega a una isla, se lo tira una mujer y después reflexiona sobre el recuerdo y el deseo. «¿No es el recuerdo la impotencia del deseo?» Carvalho cerró el libro y apagó la luz. Se tumbó en la cama. De la oscuridad le caían olores de aire muerto, lejanos ruidos de coches, alguna voz, un goteo en el cuarto de baño del piso de al lado. Stuart Pedrell pasó en esa habitación las noches de un largo año. Le bastaba recorrer unos kilómetros para recuperar todo lo que había sido durante cincuenta años y en cambio permaneció en aquella oscuridad, noche tras noche, interpretando el papel de un Gauguin manipulado por un autor fanático del realismo socialista, un autor cabrón dispuesto a castigarlo por todos los pecados de clase dominante que había cometido. Y ese autor era él mismo. Incapaz de sacar el lenguaje de sí, él mismo se había convertido en lenguaje. Vivía la novela que no podía escribir o la película que no podía dirigir. Pero ¿para qué público? ¿Quién tenía que aplaudir o silbar al final de la interpretación? Él mismo. Es un sufrido narcisista, había dicho el marqués de Munt. Mucha capacidad de desprecio se necesitaba para aguantar noches y noches esa soledad anónima, una soledad de amnésico. A Carvalho le había costado mucho convencerse de que valía la pena cocinar para uno mismo. Le costaba comprender cómo un hombre puede falsificar su papel sólo para sí, sin la posibilidad de comunicarse. ¿Te mirabas al menos en el espejo, Stuart Pedrell? Saltó de la cama. Fue al cuarto de baño, encendió la luz, se miró en un espejo corroído por salpicaduras de aguas y dentífricos. «¡Qué viejo estás, Carvalho!» Arrancó una tira de papel higiénico. Volvió a la cama. Pensó en la viuda de Stuart y se masturbó furtivamente, como si lo hiciera en el retrete del colegio o detrás de un árbol. Se limpió con el papel higiénico y dejó caer la bola de papel en el suelo. Se durmió tras asumir la sorpresa de lo mucho que se parecen el olor de semen y el de las tumbas vacías.

SE DESPERTÓ A LAS DOS HORAS de dormir. Tardó en adquirir conciencia del lugar. Trató de volver a dormirse, pero le molestaban el olor y la consistencia de unas sábanas demasiado tiempo abandonadas. Se hizo café. ¿Qué se puede hacer en San Magín a las cinco de la mañana? Coger el autobús para ir a trabajar. A media taza de café tuvo la idea de que Ana Briongos no tardaría en coger el autobús que la llevaría a la SEAT. Acabó el café. Lo pensó y lo repensó, pero finalmente abrió el tarro de pepinillos. Probó uno. Repugnante. El ascensor subió lentamente a buscarle como un gusano sube por la gusanera en que está aprisionado para siempre. Aceras solitarias, pero más allá de la esquina límite de la manzana se vislumbraban regueros humanos desperdigados obsesivamente orientados hacia la entrada del barrio. Aceleró los pasos para sumarse a los madrugadores. Un muchacho que llevaba subidas las solapas de una cazadora de napa negra le informó que los autobuses de la SEAT paraban en la plaza de entrada, al lado mismo del obelisco donde rezaba la leyenda *Una ciudad nueva para una vida nueva*. Permanecían allí dos autobuses azules, sus luces interiores perfilaban a los primeros ocupantes, los abrigaban con un calor hogareño en contraste con la fría hostilidad de la madrugada.

—Siempre coge el de detrás —le dijo el conductor del primer autobús. No, aún no había llegado.

—Esa chica es del turno siguiente. No saldrá hasta dentro de una hora.

—¿No saben dónde vive?

—No. Pero viene simpre por ahí, de esa dirección.

Se llenaron los autobuses en silencio y Carvalho les vio partir, como si fuera el dueño de San Magín despidiendo las expediciones de sus argonautas en busca del vellocino de oro. Entre deambular por un barrio al amanecer o volver al piso de Stuart Pedrell eligió quedarse donde estaba. Pero el frío le echó en busca de algún bar abierto para los madrugadores. La inútil búsqueda le ocupó media hora y le permitió un nuevo recorrido por parte del barrio. Los acantilados de cemento empezaron a salpicarse de ventanas iluminadas. El sol reventaba más allá de los bloques y su resplandor marcaba un aura de apoteosis sobre las espaldas y la coronilla del paquidermo gris. Regresó al punto de partida por si tenía la suerte de que Ana Briongos llegara con tiempo suficiente para conversar. Los autobuses vacíos esperaban. Llegaban ahora los trabajadores en grupos más compactos; envalentonados por la mayor luminosidad hablaban y algunos reían. Ana Briongos fue acercándose y creciendo hasta configurarse como una muchacha baja y robusta, de facciones grandes y morenas, el pelo maltratado por una peluquería de barrio, sobre la solapa de su tabardo de ante acolchado una pegatina vieja en defensa de la libertad de expresión y una insignia con un lema contra las centrales nucleares. Aguantó firmemente la mirada del hombre que a las seis de la madrugada le preguntaba si era Ana Briongos.

—Sí. ¿Y usted quién es?

—Estoy buscando a un pariente desaparecido. He removido media ciudad y finalmente parece que vino a vivir aquí. ¿Lo reconoce?

Con un ojo en la foto y el otro en Carvalho, la muchacha hizo ademán de proseguir su marcha:

—Lo siento. Va a marcharse el autobús.

—Aún esperará diez minutos. Comprendo que no son horas. Quisiera hablar con usted en otro momento. A la hora de comer, por ejemplo.

—Como en la fábrica cuando acabo el turno.

—¿Y después?

—Tengo que hacer.

—¿Todo el día?

—Todo el día.

—La iré a esperar a la salida del turno.

—Ya le he dicho que no conozco a ese señor.

—Tal vez no haya mirado bien la fotografía. Me han dicho que ustedes dos se conocían, que salieron juntos, y me lo ha dicho un veterano sindicalista y comunista, de los que no mienten, a no ser que lo mande Moscú, o así me lo enseñaron de pequeñito.

—No se enrolle. Vale. Le conozco. Cuanto antes acabemos esta historia, mejor.

—Se le irá el autobús.

—Para lo que tengo que decir hay tiempo de sobra. Ese señor se llama Antonio. Vivió en el barrio. Nos conocimos. Nos vimos algunas veces. Un buen día desapareció y eso es todo.

—Desapareció del barrio, pero apareció muerto en un solar. Muerto a navajazos.

Apartó ella el rostro para ocultar el sollozo y se quedó de espaldas a Carvalho llorando ya sin contención. Se le acercó la compañera rápidamente.

—¿Te pasa algo?

—No. Ya voy.

Se había vuelto y sostenía la mirada de Carvalho. Cuatro lágrimas habían bastado para enrojecerle la nariz. Le temblaban los carnosos labios cuando dijo:

—A las siete de la tarde aquí mismo.

Se sentó en el autobús junto a su amiga y le dio alguna explicación sobre Carvalho, porque la otra chica escuchaba, asentía y observaba a Carvalho preocupada. El detective les volvió la espalda, cruzó la plaza avanzando hacia la boca del metro, se dejó llevar por un borbotón de gente que dejaba caer las piernas por las escaleras de metal erosionado por millones de pisadas cansadas, pisadas cargadas con el peso extra de la evidencia de que cada día es igual al anterior, de que cada escalón de subida será mañana escalón de bajada.

—Tenías que haberte metido en un banco cuando eras jovencito. Ahora tendrías cuatro o cinco quinquenios.

Se lo dijo su padre días antes de morir, repitiendo por última vez la queja que le había acompañado como una obsesión desde que Carvalho le demostró que saldría de la universidad, de la cárcel, del país, de la vida con las sienes libres de coronas de laurel.

—Y si hubiera podido ser la Caja de Ahorros, mucho mejor. Tienen ocho pagas al año.

Carvalho escuchó estas recomendaciones con indignación hasta los treinta años, con indiferencia después y con ternura en los últimos años. Su padre quería dejarle un testamento de seguridades. La seguridad significa coger el metro dos veces al día o utilizar un utilitario dos veces al día, para ir y venir del trabajo. El metro le fue acercando al corazón de la ciudad. Salió en el Paralelo, cruzó la destartalada vía entre soledades y se metió por la calle Conde del Asalto en busca de las Ramblas. Recuperó rincones habituales como si volviera de un larguísimo viaje. La fea pobreza del Barrio Chino tenía pátina de historia. No se parecía en nada a la fea pobreza prefabricada por especuladores prefabricados prefabricadores de barrios prefabricados. Es preferible que la pobreza sea sórdida y no mediocre. En San Magín no había borrachos derrumbados ante los portales, sorbiendo el hilillo de pequeño calor que salía de escaleras terribles. Pero no era un logro del progreso, sino todo lo contrario. Los habitantes de San Magín no podían autodestruirse hasta que no pagaran todas las letras que debían para comprar su agujero en aquella ciudad nueva para una vida nueva. En la portada de un periódico recién cocido se decía: Estados Unidos experimentará un crecimiento cero en 1980. El presidente Carter lo corroboraba con su presencia en la portada, presencia de director de sucursal de Caja de Ahorros cotidianamente sorprendido ante la evidencia de que entre sus atribuciones estaba la de bombardear Moscú o ponerse morado de tarta de manzana a todas las horas del día. ¿Qué harías tú si fueras presidente de Estados Unidos? Te tirabas a la Faye Dunaway. Eso para empezar. En el caso de que se dejara. Le advierto a usted que soy el presidente. Faye le miraría con sus ojos salvajes, fingiría el beso para morderle traicioneramente la nariz hasta arrancársela. Le advierto que acaba usted de comerse la nariz del presidente de los Estados Unidos. Carvalho entró en su despacho sin hacer ruido. Los ronquidos de Biscuter llegaban desde el catre plegable que el fetillo se abría todas las noches después de dejar hechas las bases de las comidas con que al día siguiente quería sorprender a Carvalho. Dormía encogido y con un ojo abierto. Las guedejas de pelo lacio y rubio le salían de los parietales como cuernos mal nacidos, desconocedores de su verdadero sitio.

—¿Es usted, jefe? —le dijo el ojo abierto, más que la boca, que acababa de roncar.

—El mismo. Vaya concierto. ¡Qué manera de roncar!

—Si estoy despierto, jefe —y siguió roncando.

Carvalho saltó por encima del catre y se dispuso a hacer café. Pero ya Biscuter abandonaba la cama frotándose los ojillos despestañados y saltones. Le sonrió recién llegado desde el más allá, como un ángel feo enfundado en un squijama amarillo.

—¿De juerga toda la noche? Las tiene así, jefe. Volvió a llamar la chalada esa y Charo y una señora, tenía voz de señora... Apunté el apellido en el bloc de notas.

Carvalho comprobó que la voz de señora correspondía a la viuda.

La señora Stuart Pedrell le invitaba a un aperitivo en Vía Véneto.

—¿Qué se celebra?

—La victoria del señor Planas como vicepresidente de la CEOE. Es el único momento libre de que dispone la señora Stuart. No olvide llevar corbata. En Vía Véneto son muy estrictos.

La secretaria volvió a recordarle que la cita era a la una.

—¿Tienes alguna corbata, Biscuter?

—Tengo una que me regaló mi madre hace veinte años.

—Servirá.

Biscuter volvió con una alargada caja de cartón. Estaba llena de bolas de naftalina y bajo ellas dormía la bella corbata del bosque, azul con topos blancos.

—Apesta.

—Le tengo mucho cariño. Es un recuerdo.

—Cuelga tu recuerdo en la ventana para que se vaya un poco la peste. Si salgo a la calle con esa corbata tal como huele ahora, me llevan al hospital de infecciosos.

—Estas cosas se conservan en naftalina.

Biscuter entreabrió la ventana, tendió un hilo de una puerta a otra y en el centro colgó la corbata acariciándola más que aprisionándola con unas pinzas de tender la ropa. Carvalho llamó a casa de los Stuart Pedrell.

—No, no despierte a la señorita Yes. Dígale que he llamado. La espero a las dos en el restaurante Río Azul, de la calle Santaló.

Nada más colgar sonó el teléfono. Una voz de hombre tenor lírico.

—¿Ahí hay un detective privado?

—Lo hay.

—Quisiera consultarle un caso confidencial.

—¿Se ha escapado su mujer?

—¿Cómo lo sabe?

—Intuición.

—No es un asunto para hablarlo por teléfono. Es muy delicado.

—Pásese por aquí. Ahora.

—En un cuarto de hora estoy ahí.

La mirada sorprendida de Biscuter le esperaba cuando colgó el teléfono.

—¿Cómo lo ha adivinado?

—Por la voz. Un noventa por ciento de estas voces

corresponden a maridos a los que se les ha escapado la mujer. Supongo que hartas de oírlas.

Biscuter se fue a la compra; Carvalho se entretuvo dibujando monstruos floreados sobre un papel. Llamó el hombre casi furtivamente, llevaba un traje arrugado sobre un cuerpo no menos arrugado. Tenía calva de primera fila de revista y voz límite entre tenor lírico y tiple. Hay quien nace para parecer un marido abandonado, pensó Carvalho, aunque quizá lo lamentable sea nacer para marido. Se le echó a llorar tras la primera oración compuesta. Cuando consiguió decirle que su mujer era rubia y se llamaba Nuria, se rompió.

—Beba un trago. Es orujo.

—No bebo en ayunas.

—No hay que estar en ayunas a estas horas. ¿Quiere un bocadillo de algo? Tal vez quede un poco de merluza a la sidra.

El hombre había visto la corbata puesta a airear y no le quitaba el ojo izquierdo mientras con el derecho vigilaba a Carvalho.

—Yo soy un modesto industrial panadero. Tengo una fabriquita de pan.

Absolutamente odioso, ¿cómo se puede tener una fábrica de pan?

—Ha sido el oficio de toda mi vida. Mis padres tenían una panadería con horno en Sants y yo siempre me he movido en este ambiente. ¡Qué quiere que le diga! Es mi vida.

—¿Su mujer también es panadera?

—Echa una mano en las cuentas. Pero ella es de otro ambiente. Su padre era juez.

—¿Sabe usted dónde está?

—Lo sospecho.

—¿Dónde?

—Es muy vergonzoso para mí.

—No sólo sabe dónde está, sino con quién está.

—Sí. Comprenda, es muy vergonzoso para mí. Está en alguna de estas calles de por aquí. Se ha ido con el señor Iparaguirre, un pelotari vasco que presume de cosas, no sé de qué cosas presume.

—¿De qué cosas?

—¡Huy! No quiera usted saber. Excentricidades. No sé qué ven las mujeres en tipos así.

—Pero, ¿de qué presume? Dígamelo.

—De ser de esos de la ETA. Ya sabe usted. Vivía realquilado en un piso del inmueble donde tengo la central de mi pequeña industria y siempre pegaba la hebra conmigo o con mi mujer. Que si los vascos tienen muchos cojones, que si esto, que si lo otro. Ponen cuatro bombas, matan a cuatro infelices y ya se creen quién sabe qué, Kirk Douglas o Tarzán.

Rió llorosamente su propio chiste.

—Ha tenido usted suerte, podía haberse ido con uno del Grapo.

—¿Por qué he tenido suerte?

—Porque la ETA es otra cosa. Es un valor más sólido. Últimamente ya es el segundo caso de marido burlado por uno que dice ser de la ETA.

—¿Y no lo son?

—No.

—¡Qué cara más dura!

—Ligar justifica cualquier medio. En mis tiempos tenías media docena de octavillas y bajabas la voz para hablar de política: había alguna posibilidad. Hoy las mujeres son más exigentes. Quieren emociones más fuertes.

—Pero mi Nuria no se había metido nunca en política. Oiga, y su padre de derechas, pero muy de derechas, fue uno de esos jueces que vinieron con los nacionales y, madre mía, las que llegaron a hacer. ¿De qué le viene a ella ahora esto? Y yo tampoco. La política no me interesa. No me ha de dar de comer.

—Bueno, usted sabe dónde está su mujer y con quién está. ¿Qué quiere que haga?

—Que la vea y le haga ver lo malo de su proceder. Ha abandonado a las criaturas. Dos niñas.

Más lágrimas.

—No puedo hacer nada por usted hasta dentro de unos días. Hay que darles confianza...

—Pero si tardamos mucho...

—¿Qué?

—Es inmoral.

—Lo más inmoral ya ha pasado. Hay que dar tiempo al asunto para moralizarlo.

—Yo pagaré lo que sea.

—Eso espero.

—Aquí tiene mi tarjeta y en mí tiene usted no a un cliente, sino a un amigo. ¿Y qué les digo yo a mis niñas?

—¿Qué les ha dicho hasta ahora?

—Que su madre se ha ido a Zaragoza.

—¿Por qué a Zaragoza?

—Porque a veces va allí.

—¿Qué hace en Zaragoza?

—Tenemos almacenistas de harinas y nos tratamos mucho con ellos. No sé. No sé. Ya pensaba incluso en decirles... En momentos así, se le ocurren a uno tantas barbaridades...

—¿Qué quería decirles?

—Que había muerto.

Le miraba con los ojos encharcados, decidido, casi heroico, como enseñándole el puñal con que había matado a la adúltera.

—Un día u otro volverá y menudo susto se llevarían las criaturas. A los pelotaris, los ligues les duran poco.

—No es un pelotari de temporada. Me parece que tiene un contrato fijo en un frontón de Barcelona.

—Son gente inconstante. ¿Dice que están por este barrio?

—Sí.

—¿Cómo lo sabe?

—Hace dos meses el vasco se mudó y Nuria siempre llegaba tarde al despacho o a casa. Un día no pude más y la seguí. Se encontró con ese hombre muy cerca de aquí. En esa plaza donde está el monumento. Fueron a una pensión de mala muerte de una de estas calles. Subieron. Pregunté al portero si allí vivía el vasco. Allí vivía. Supongo que ahora están los dos juntos. Aquí le dejo la dirección. Pongo el asunto en sus manos. Al precio que sea. Sé el valor del buen trabajo. ¿Quiere un cheque? ¿Diez mil? ¿Veinte mil?

142

—Son cincuenta mil.

—Cincuenta mil —repitió el hombre, digiriendo la cantidad y haciendo amago de llevarse la mano a la cartera.

—No me pague ahora. Dentro de una semana, cuando Nuria vuelva a casa; entonces me pagará.

Su cortesía era tan excesiva ahora como su depresión anterior. Cuando Carvalho cerró la puerta tras él se dijo: Nuria, te doy unos días más para que te desahogues. Te convienen unas vacaciones matrimoniales. Apuntó en la agenda el día en que debía liberar a la malcasada de los brazos del terrorista. Liberó la corbata de su horca, la olió, la peste había disminuido. Biscuter llegó en el momento en que Carvalho braceaba con la corbata como una serpiente en torno a su cuello.

—Biscuter, no me sale.

—Con cuidado, jefe. Con cuidado, que me la destroza.

Le hizo Biscuter el nudo con dedos de violinista.

—Mírese en el espejo, jefe. Le sienta de puta madre.

No ESTABA EL ZAR, aunque el local lo habían decorado para complacer los gustos del zar de casi todas las Rusias. Doscientos o trescientos hombres pulcros, encorbatados, con las facciones recién moldeadas por un escultor especializado en dirigentes de empresa. Cincuenta mujeres en lucha cotidiana e implacable contra la celulitis, las varices y los guardias de tráfico. Casi treinta camareros con bandejas aeroplanos cargadas de canapés, cucharas llenas de papillas que se acercan brumm brumm brumm a la boquita de niños inapetentes. Dedos inapetentes, pero mandíbulas implacables engullendo pedacitos de paraíso a doscientas pesetas el milímetro cuadrado: caviar ruso, salmón asturiano, dátiles encuadernados en piel de *bacon*, tortilla de patalas con gamba rampante sobre campo de mayonesa, picadillo de cangrejo ruso con salsa francesa, aceitunas de Kalamata, tacos de jamón Cumbres Mayores. Sin alcohol, recomendaba la mayoría, mientras con una mano se palpaban las cinturas maltratadas por masajistas con odio de clase. Cerveza sin alcohol, vermut sin alcohol, vino sin alcohol, jerez sin alcohol, whisky sin alcohol.

—Un whisky con alcohol —pidió Carvalho y el camarero eligió una botella de whisky con alcohol.

—Esto es un whisky con alcohol —le dijo a la viuda a manera de presentación. Llevaba un turbante de seda malva que subrayaba el parecido compartido por Maria Montez y Jeanne Moreau.

—Necesitaba hablar con usted y no había otra ocasión.

—De paso podré felicitar al señor Planas.

—Es su problema. El mío es que espero su llamada para decirme cómo van las cosas, y esa llamada no llega.

—Las cosas están casi donde estaban. En unas horas no puedo resolver un misterio que dura más de un año.

—¿Con quién ha hablado?

Se calló todo lo relacionado con San Magín. Ella no se alteró cuando mencionó los nombres de Lita Vilardell o Nisa Pascual.

—¿Sergio Beser? ¿Quién es Sergio Beser?

—Un especialista en *La Regenta*, novela de Clarín. Pero también domina la literatura italiana.

—¿Por qué ha consultado con él?

—No puedo saberlo todo. La poesía no es mi fuerte, y su marido era muy aficionado a los versos.

—En resumen, ¿qué ha adelantado?

—Nada y mucho.

—¿Cuándo sabré algo? Supongo que seré la primera informada. Descarte a los otros candidatos o candidatas. Por ejemplo, mi hija. Yes no le ha contratado. Le he contratado yo.

—Siempre el criminal vuelve al lugar del crimen.

144

Así se introdujo Planas en la conversación.

—¿El señor Carvalho espera encontrar entre nosotros lo que busca?

—Le he hecho venir yo. No había otra manera de hablar con él.

—No le he felicitado todavía.

—Gracias. Como dije durante la toma de posesión en el Fomento, éste es un cargo al que servir y no del que servirse.

—Ahora no estás haciendo un discurso.

—Conviene que lo repita hasta que llegue a creérmelo.

Se marchó por donde había venido, con una copa de zumo de frutas en la mano. Recibió un abrazo lento y lleno del marqués de Munt, vestido de almirante de la armada de un país sin barcos. El marqués hizo un aparte con Planas para hablar sonrientes y susurrantes, las manos del alto y viejo marqués sobre los hombros del elegido. En un momento de la conversación, Planas miró por encima de su hombro hacia Carvalho y la mirada del marqués adquirió cierta dureza crítica al ponerse sobre el detective.

—Nos están mirando.

—¿Y qué?

—Cuando en las películas el protagonista le dice a la protagonista: Nos están mirando, ella ha de lanzar una risita ruborosa, ha de cogerle las manos y tirar de él hacia el jardín.

—Aquí todo el mundo mira a todo el mundo.

—Sí, pero disimuladamente. En cambio, el marqués de Munt y Planas, sus dos socios, nos están mirando y vienen hacia aquí.

—Carvalho, no bebe vino blanco. ¿No tienen aquí su marca?

—Tampoco lo bebe usted.

—No. Bebo algo heterodoxo que descubrí en Portugal. Un oporto con un cubito de hielo y una rodaja de limón. Es mejor que el mejor de los vermuts. Su Alteza Real el Conde de Barcelona, al que tuve el honor de servir en su Consejo, me recomendó la fórmula en una de aquellas interminables sesiones en Estoril, y Motrico estuvo de acuerdo en que era excelente. Isidro, tendrías que abandonar tu régimen, aunque fuera por un instante, y probarlo. Señor Carvalho, este hombre es imposible, cuando hace régimen hace régimen, cuando hace gimnasia, hace gimnasia.

Acarició el marqués con el dorso de la mano la mejilla de Planas y la mejilla se apartó con tanta naturalidad como rapidez.

—Mima, estás estupenda y cada día más joven. Cuando te he visto a lo lejos he pensado: ¿Quién será aquella mujer tan radiante? Quién iba a ser.

—Señor Planas, le reclama el señor Ferrer Salat.

Siseos urgentes acallaron, los rumores. El presidente de la Patronal habló para congratularse de tener a su lado un hombre tan eficaz, tenaz e inteligente como Isidro Planas. Planas escuchaba en posición de firmes, con las manos entrelazadas sobre los riñones, los hombros salidos, la cabeza ora erguida, ora bruscamente caída sobre el pecho; sobre todo, cuando sonreía ante alguna de las ironías o de los halagos de Ferrer Salat. Los aplausos al primer orador fueron breves pero intensos, como perfectamente hechos a la medida del local y de la circunstancia. Planas salió al escenario con la cabeza basculante, como si las palabras le subieran por una bomba hidráulica interior.

—No voy a pedir perdón por haber nacido. Los empresarios hemos de dejar de pedir perdón por haber nacido. Gran parte de la prosperidad en que hemos vivido se debe a nuestro esfuerzo y, sin embargo, ¡qué tiempos estos en que ser empresario o haberlo sido parece una vergüenza! Repito. No voy a pedir perdón por haber nacido y yo nací empresario.

Aplausos. Munt aprovechó la ocasión para inclinarse hacia Carvalho y musitar a su oído:

—¡Qué demagogo!

—Y no sólo no voy a pedir perdón por haber nacido, sino que voy a contribuir a que todos nosotros recuperemos la moral que se nos quiere arrebatar. Hay mucho suicida en el seno de esta sociedad que no sabe de esta misa la mitad. No sabe que hundiendo al empresariado se hunde el país y se hunde la clase obrera. Una sociedad libre corre parejas con una sociedad donde la economía de mercado y la libre iniciativa dicten su ley. Ésta es nuestra ley porque nosotros creemos en una sociedad libre. La libertad sólo merece ser sacrificada a la supervivencia, pero mientras una y otra puedan ir unidas, es preferible que lo vayan. Sabéis que en el pasado nunca pujé por ningún puesto. ¿Incomodidad política? Mi amigo, el marqués de Munt, diría que fue una incomodidad estética. Yo ni digo ni dejo de decir. Pero creo que nosotros fuimos, somos y seremos empresarios en cualquier régimen político y que nuestra función es conseguir una prosperidad general que beneficie a todos, que garantice la paz y la libertad. Me pongo incondicionalmente a las órdenes de nuestro presidente y al darle un abrazo de supeditación, le digo *¡Carles, si tu no afluixes, nosaltres no afluixarem, jo no afluixaré!*

Los aplausos impidieron captar la sorna con que el marqués dc Munt gritaba contenidamente: *¡No afluixis, Carles!*

—Son incorregibles. Jamás saldremos de la retórica. ¿Y tú, Mima? ¿No te presentas a las elecciones para la asociación de mujeres empresarios?

Los ojos de la viuda Stuart riñeron blandamente al marqués. Carvalho sintió sobre sus hombros el brazo viejo, vacío, del marqués. Olió su perfume a sándalo y se sintió prisionero en una cárcel de confidencias y civilizadas hipocresías.

—Usted es de los míos, Carvalho. ¿Ha avanzado mucho en su investigación? He pensado sobre lo que estuvimos hablando el otro día. Tal vez no fuera una tontería lo que dije de la universidad. Recordé de pronto que Stuart me habló de tramitar una beca americana muy generosa que le permitiría moverse por Estados Unidos a sus anchas, para estudiar antropología social, creo. Le fascinaba el Medio Oeste. Pero eso fue antes de lo de los mares del Sur. ¿No es verdad, Mima?

—Entre lo de la beca y lo de los mares del Sur estuvo su proyecto de irse a Guatemala a estudiar la cultura maya.

—Cada quincena cambiaba de proyecto. Lo de los mares del Sur ya fue otra cosa. ¡Divino, Isidro! ¡Divino!

Planas se dejó abrazar por el marqués.

—Lástima de final. Parecía una recomendación de las que hacía Bella Dorita en el Molino. *¡No afluixis, Carles!* ¿Era la nota nacional empresarial?

—Tú te lo tomas todo a guasa.

—Todo menos la supervivencia de mi patrimonio. Es cierto. *No afluixeu. No afluixeu.* ¿Comemos juntos, Mima, señor Carvalho? Contigo ya no cuento, Isidro, comerás con tu jefe, supongo.

—Sí. Una comida de trabajo. Mañana vamos a Madrid. Nos recibe Abril Martorell.

—Empieza tu calvario. ¿Y ustedes?

—Yo tengo un compromiso.

—Yo comeré contigo si me dejas hablar dos minutos a solas con mi detective.

—Me llevo lo mejor del grupo. Seré inmensamente feliz, Mima.

—¿Siempre están así?

—¿Cómo están?

—Fingiendo.

—Allá cada cual con su comedia. Quisiera que usted se aplicara con sus cinco sentidos en lo que le concierne. Quiero conclusiones cuanto antes. Que nada ni nadie le distraiga.

—Dentro de cinco minutos he quedado citado con su hija.

—A eso me refería, entre otras cosas.

—Yo no busco su compañía.

—Hay muchas maneras de buscar y de no buscar y sólo una de evitarlas. Quiero informes del asunto cada cuarenta y ocho horas.

—¿Del asunto de su hija?

—No se haga el gracioso.

Yes le esperaba sentada en una silla apartada de la mesa, las rodillas y los pies juntos, las manos aferradas al canto de la silla, esperando una señal liberadora para levantarse. La señal fue la aparición de Carvalho. Se puso en pie. Vaciló. Finalmente avanzó precipitadamente hacia él. Le besó las mejillas. Carvalho la cogió por el brazo, la obligó a despegársele, a sentarse a la mesa.

—Por fin —dijo ella mirándole como si volviera de una larga guerra.

—Acabo de dejar a tu madre y sus socios.

—¡Qué horror!

—Hay cosas peores. Tu madre sospecha que soy un corruptor de menores que quiere seducirte y venderte en Beirut.

—¿Y no lo eres?

—Todavía no. Quiero dejar las cosas bien claras entre tú y yo. Dentro de una semana, más o menos, mi trabajo habrá terminado. Le entregaré un informe a tu madre, cobraré y me meteré en otro caso, si llega. Tú y yo no tendremos ocasión de vernos. Ni siquiera de relacionarnos. Si te parece bien que durante este período nos metamos en la cama de vez en cuando, por mí perfecto. Pero nada más. Ni esperes nada más en el futuro. Mi oficio no es hacer compañía a adolescentes sensibles.

—Una semana. Sólo una semana. Déjame vivirla contigo.

—Nunca te ha pasado nada grave, y se te nota.

—Yo no tengo la culpa de que nunca me haya pasado nada grave, como tú dices. ¿Qué gente vale la pena para ti? ¿La que sufre desde que nace? Una semana. Luego me iré sin molestarte más, te lo juro.

Había cogido la mano de Carvalho sobre la mesa

y el camarero tuvo que carraspear para devolver su atención a la carta.

—Cualquier cosa.

—En un restaurante chino no puedes pedir cualquier cosa.

—Tú mismo.

Carvalho eligió una ración de arroz frito, dos rollos primavera, abalones con salsa, langostinos y ternera con salsa de ostras. Yes no se quitó una mano de la cara mientras mordisqueaba desganadamente de aquí y allá. Carvalho superó la indignación que solía producirle comer en compañía de un desganado y compensó las ausencias de Yes.

—Mi madre quiere que vuelva a Londres.

—Excelente idea.

—¿Para qué? Ya sé inglés. Conozco bien el país. Quiere que me vaya para que no la moleste. Para ella todo es perfecto. Mi hermano en Bali no le crea problemas, gasta menos que aquí y no mete las narices en el negocio. Los otros dos están todo el día sobre la moto y van estudiando para cumplir. Son dos pedazos de carne bautizados. El pequeño es todo de ella, lo tiene dominado, bajo su control. Sólo le estorbo yo, como le estorbaba mi padre.

Carvalho seguía comiendo como si no hablaran con él.

—Ella le mató.

La masticación de Carvalho se hizo más lenta.

—Lo intuyo. Lo siento aquí.

La masticación de Carvalho volvió a su ritmo normal.

—Es una familia horrorosa. Mi hermano mayor se marchó harto de todo y de todos.

—¿De qué estaba harto?

—No lo sé. Se marchó mientras yo estaba en Inglaterra, pero debía de estar harto. Esos desplantes de diosa, de mujer segura. Igual trataba a mi padre. Nunca le perdonó las aventuras que tuvo por ahí, ni tuvo el valor de tener ella las suyas. ¿Sabes por qué? Porque así hubiera tenido que perdonar a mi padre. No.

No. Continuó haciéndose la virtuosa para así exigir, reñir, condenar. Mi padre era un hombre tierno e imaginativo.

—Los langostinos son excelentes.

—Aprendió a tocar el piano sin que nadie le enseñara y lo tocaba tan bien como yo, o mejor. Lo tocaba mejor.

—Tu padre era tan egoísta como cualquier otro ser humano. Vivió su vida y eso es todo.

—No. No es cierto. No se puede vivir pensando que todo el mundo es egoísta, que todo el mundo es una mierda.

—Yo he conseguido vivir y lo pienso. Estoy convencido.

—¿Yo soy una mierda?

—Serás una mierda. Seguro.

—Las personas a las que has querido ¿eran una mierda?

—Eso es hacer trampa. Necesitamos ser benevolentes con los que lo son con nosotros. Es un contrato no escrito, pero es un contrato. Lo que ocurre es que solemos vivir como si no supiéramos que todo y todos son una mierda. Cuanto más inteligente es una persona menos lo olvida, más lo tiene presente. Nunca he conocido a nadie realmente inteligente que amase a los demás o confiase en ellos. A lo sumo los compadecía. Ese sentimiento sí lo entiendo.

—Pero los demás no tienen por qué ser malos o estar lisiados. ¿Es ésa la división que estableces en la gente?

—También los hay tontos y sádicos.

—¿Y nada más?

—Ricos y pobres. También hay quien es de Zaragoza o de La Coruña.

—Y si tuvieras un hijo, ¿qué pensarías de él?

—Mientras fuera un ser débil, le compadecería. Cuando tuviera tu edad, empezaría a estudiarle, a espiarle para observar el momento justo en que la joven víctima experimenta la metamorfosis y hace sus primeros pinitos de verdugo. Y cuando fuera verdugo procuraría verle lo menos posible. Si fuese un verdugo con éxito, no me necesitaría. Si es una víctima, pagaría con creces la ayuda que yo pudiera darle. La pagaría con la inmensa satisfacción que me produciría seguir protegiéndole.

—Habría que esterilizarte.

—No es necesario. Ya lo he hecho yo por mi cuenta. Lo primero que exijo a mis parejas es un certificado de esterilet, diafragma o pastilla y si no están en regla, me pongo un preservativo. Siempre llevo una cajita en el bolsillo. Los compro en La Pajarita, una casa de gomas de la calle Riera Baja. Allí empecé a comprarlos y allí sigo. Soy un hombre muy rutinario. ¿Postre?

—No quiero postre.

—Yo tampoco. Me ahorro trescientas cincuenta o cuatrocientas calorías. Planas me ha traspasado sus manías sobre el régimen.

Yes arrugó la nariz.

—¿No te cae bien Planas?

—Nada. Es la antítesis de mi padre. Rígido, calculador.

—¿Y el marqués de Munt?

—Ése ha salido de una ópera.

—Me sorprendes. Eres muy dura con los demás.

—Ellos fueron los que cercaron a mi padre, los que le encerraron en ese círculo mediocre, de vida mediocre.

—Tu padre últimamente buscaba amantes de tu edad.

—¿Y qué? ¿Les pagaba acaso? Algo le encontrarían. No sabes lo que me alegro.

—¿Quién o qué mató a tu padre?

—Le mataron ellos. Todos ellos. Mi madre, Planas, el marqués, Lita Vilardell... Estaba muerto de asco, como lo estoy yo.

—Eso mismo podría decir tu madre.

—No. Ella ahora es feliz. Todo el mundo la elogia. Todos los cuchicheos son elogiosos. ¡Qué valiente! ¡Qué inteligente! ¡Lo hace mejor que el marido! Claro que lo hace mejor. Nada la distrae. Es como un cazador obsesionado por la presa. No sabe lo que es un matiz, una distracción.

Cogió la mano de Carvalho que sostenía el puro y la ceniza cayó en la taza de té jazmín humeante.

—Déjame ir a tu casa. Un día. Hoy.

—¡Qué obsesión con mi casa!

—Es una casa maravillosa. Es la primera casa que he visto en la que mi madre se sentiría incómoda.

—Se nota que no has entrado nunca en las casas que construyó tu padre para los demás. Te espero en mi casa esta noche. Ven ya tarde.

—Pues no han sonado las campanas. Y tú aquí. ¡Cuánto honor! —Charo estaba a medio maquillar. No acababa de franquearle la puerta—. Creo que tú y yo nos conocemos de algo.

—¿Me dejas entrar o no me dejas entrar?

—¿Y quién puede impedir que entre el gran Pepe Carvalho? Muertecita de impaciencia estaba esperando que el señor volviera, de una expedición al Polo, digo yo. ¿Muchos osos en el Polo?

Carvalho recuperó el lugar con la mecánica de gestos habituales. Dejó la chaqueta en la silla de siempre, se dejó caer en el rincón del sofá acostumbrado, buscó maquinalmente el cenicero.

—Hace quince días que estas paredes no habían visto a vuecencia. Igual me lo han nombrado Papa de Roma, pensaba una, con lo que se mueren ahora los Papas de Roma y con lo jesuita que es mi Pepe. Porque tú eres un jesuita.

—Charo...

—Un jesuita es poco. Un jesuitón. Si Charo hace falta, venga Charo. Si Charo no hace falta, pues Charo al cuarto de los trastos viejos. Pero Charo ha de estar dispuesta siempre, siempre dispuesta para lo que el señor convenga. Te juro, Pepe, que estoy hasta aquí. Hasta más arriba de aquí.

—O se acaba la escenita, o me voy.

Con las piernas abiertas, los brazos en jarras, la cólera goteando de sus facciones pequeñas blanqueadas por el maquillaje base, Charo cabeceaba con los ojos cerrados y gritaba:

—¡Vete por donde has venido! ¡Toda la culpa la tengo yo, que soy una imbécil!

Carvalho se puso en pie, recuperó la chaqueta y avanzó hacia la puerta.

—Ahora se va. Al señor no se le pueden decir cuatro verdades, porque el señor se ofende. Y una no puede ofenderse. ¿Adónde vas? ¿Tú crees que te vas? ¡Pues no te vas!

Se adelantó la mujer y cerró la puerta con llave. Se echó a llorar y pidió protección a Carvalho. A pesar de la lentitud con que el hombre alzó los brazos, ella se dejó caer en ellos y siguió llorando contra su pecho.

—¡Qué sola me encuentro, Pepiño! ¡Qué sola! He pensado unas cosas, unas cosas que me dan miedo, Pepe, te lo juro. Te has cansado de mí porque soy un pendón. Siempre temí que no duraría.

—Charo, llevamos así ocho años.

—Pero nunca tan mal como últimamente, Pepe. Tú te has liado con otra. Lo noto.

—Siempre me he liado con una u otra.

—¿Con quién? ¿Con quién te has liado? ¿Qué necesidad tienes de otras tías? Yo voy con otros tíos para vivir, para comer, pero ¿y tú?

—Corta el rollo, Charo. Si lo sé, no vengo. Estoy metido en un caso difícil. Voy de aquí para allá.

—Ayer no dormiste en casa.

—No.

—¿De lío?

—No, de lío, no. Me quedé a dormir en una tumba.

—¿En una tumba?

—El muerto se había ido.

—Tú te estás quedando conmigo, Pepe.

Reía entre lágrimas. Pepe la apartó y avanzó hacia la puerta.

—Venía a invitarte para el próximo fin de semana, pero si no quieres, olvídalo.

—¿No querer yo? ¿Un fin de semana entero? ¿Dónde, Pepe?

—Me han hablado de un restaurante en la Cerdanya. Lo ha puesto un matrimonio jubilado y ella guisa muy bien. De paso podríamos hacer alguna excursión. Ir a Francia. Comprar unos quesos. Patés.

—Y yo me compraría una crema para estos granitos que me han salido; mira, Pepe, mira qué fea estoy, mira qué granitos.

—Te llamaré el viernes al mediodía. Podríamos salir al anochecer.

—El viernes por la noche, ya lo sabes, trabajo mucho.

—Pues el sábado por la mañana.

—No, Pepe, no. El viernes. Que se vaya a paseo el trabajo.

Le besó en la boca como si bebiera en él y le dejó marchar rozándole el cuerpo hasta el último momento, cuando ya los pies de Carvalho iniciaban el descenso de los escalones. La imagen de la viuda Stuart y de su hija se le sobreponían a la de Charo. En la calle, las putas sin collar iniciaban la busca a unas horas impensables en tiempos de prosperidad. ¡Cómo está el mercado! La puta vieja, empapada en alcoholes de todas las cosechas, coexistía con la puta joven, acanallada en quince días de aprendizaje ávido y ciego, para olvidar cuanto antes los prejuicios morales perdidos. Había más cinismo en los ojos jóvenes que en los viejos. *Te haré muy feliz. Cariño, me gustas. ¿Quieres echar un polvito?* La puta de entre horas, recién recogidos los cacharros en la cocina de su casa, pendiente del reloj para volver a casa a preparar la cena del marido y los hijos, disimulaba su caza ante los escaparates de tiendas en las que no había nada que mirar. Había conocido a Charo ante el escaparate de una tienda de maletas. La muchacha ya había dado el salto de puta fija en el Venezuela a *call-girl* establecida por su cuenta en el sobreático de una casa nueva construida en el corazón del Barrio Chino. Carvalho estaba borracho y le pidió precio, ella le dijo que se equivocaba. *Si me equivoco, estoy dispuesto a pagar mucho más.* Carvalho vio por primera vez el piso que iba a ser frecuentemente su hogar hasta las siete de la tarde, hora en la que Charo empezaba a recibir clientes fijos. *¿No te iría mejor un piso en el barrio alto?* Allí eran más caros y a los clientes les gustaba la mezcla de sordidez de siempre y sofisticación del progreso. Barrio Chino y teléfono. *La próxima vez llama. No me gusta que me cacen por la calle. Nunca he hecho la calle. No soy de ésas.* Carvalho se acostumbró a la esquizofrenia de la muchacha, a su doble vida de novia celosa de día y puta telefónica de noche. Primero él le propuso que se retirara, pero ella aseguraba que no servía para otra cosa. *Si me meto de taquimeca igual me meterá mano el jefe, y si me caso me meterán mano el marido, el suegro, el cuñado y todo Dios. ¡No te rías! En mi pueblo a las casadas les mete mano todo Dios y los suegros más que nadie. ¿A ti te da reparo que trabaje en esto? ¿No? Pues entonces déjame. Yo te quiero a ti y en paz. Cuando me necesitas no me hago la remolona.* Nunca hablaba de su trabajo ni de sus clientes. Carvalho sólo tuvo que intervenir en un caso. *Un tío guarro que quiere verme cagar y si no lo hago me amenaza con una pistola.* Carvalho le esperó en la escalera con una botella de orines y se la vertió por encima. *Como vuelvas, la próxima vez será mierda y te la iré a echar a tu casa, delante de tu mujer.* Demasiadas mujeres en su vida últimamente. La viuda, dispuesta a dejar la piel en un mundo hecho a la medida de hombres como Planas o su marido. La neurótica muchacha que había descubierto de pronto el dolor y la muerte. Charo pasándole factura por tan larga inversión de sexo y compañía. La próxima iba a ser Ana Briongos, a la que tendría que sacar sus secretos de amor y muerte con Stuart Pedrell. Y por si faltara algo, *Bleda*. Le conmovió la imagen de la perrita sola en el jardín de

Vallvidrera, persiguiendo ruidos y olores, metiendo el hocico en todas las cosas para saber a qué atenerse. Es la más débil de todos. Le quedaba más de una hora para acudir al encuentro con Ana Briongos. Ya en el coche se dirigió maquinalmente hacia Vallvidrera y a medio camino razonó el impulso por el deseo de ver a la perra, incluso de llevársela a la cita en San Magín. Menuda estampa compondrías, Pepe Carvalho. Pasarías a la historia como Pepe Carvalho y *Bleda*, equiparables a Sherlock Holmes y el doctor Watson. Le irritó su debilidad y dio media vuelta. Los ojos rasgados de *Bleda* le persiguieron durante kilómetros. Soy un racista. Por un ser humano me habría sacrificado y al fin y al cabo ¿de qué depende que un hombre y una mujer sean seres humanos y un perro no? La haré estudiar el Bachillerato. La llevaré al Liceo Francés y les diré: quiero que hagan de esta perra una directora de la Feria de Muestras o presidenta de la Asociación Nacional de perras empresarios. Cosmonauta. *Bleda* podría estudiar para cosmonauta o para primera bailarina del Bolshoi, o para secretaria general del PCUS. Ningún perro ha construido San Magín. Ningún perro ha declarado jamás una guerra civil.

LA MUCHACHA LE ESPERABA caminando sobre sus piernas fuertes y cortas, indefinible su cuerpo envuelto en el grueso tabardo. Debió de olerle, porque se volvió de pronto en el momento en que Carvalho frenaba el coche a su altura.

—¿Quiere subir?

Se metió Ana Briongos en el coche sin mirar a Carvalho. Luego quedó allí, enfrentada al paisaje circulante de San Magín, que se sucedía a sí mismo, como si fuera una ciudad global, terráquea, inacabable.

—Hablamos aquí, en un bar. ¿Tiene casa?

—Comparto un piso con otras dos chicas.

—¿Y su familia?

—La mía bien. ¿Y la suya?

—No se enfade. Desconocía estos usos y costumbres en la clase obrera.

—Usted, como todos los guripas, desconocen muchas cosas de la clase obrera.

—No soy un guripa.

—Yo no me trago lo del pariente perdido.

—Y hace bien. Pero no soy un guripa. La familia del muerto me ha encargado que investigue. Es un oficio como otro cualquiera. ¿No ha leído nunca novelas policíacas?

—Tengo otras cosas que leer.

—Gramsci leía novelas policíacas e incluso tiene una teoría sobre novelas policíacas. ¿Sabe usted quién es Gramsci?

—Un italiano.

—Muy bien. Uno de los fundadores del Partido Comunista Italiano.

—Allá él con lo que leía.

Los reclamos políticos seguían sobre su solapa, *Nuclears?, no gràcies*, y *Llibertat de expressió* en compañía de la carátula de la tragedia con la boca cerrada por un brutal trazo rojo. Sobre la pegatina de la carátula había llovido mucho. Algunas letras estaban casi borradas y toda la pegatina cuarteada, como relavada por la lluvia

—No puedo hablar de esto en el coche, me pone nerviosa. Vamos al chiringuito de Julio. Cerca de la iglesia.

El chiringuito de Julio era como un viejo merendero sin duda alquilado de los almacenes de la Metro-Goldwyn-Mayer. Mesas con hules a cuadros rojos, ristras de chorizos, ajos y jamones. Los equipos del Barcelona, el Español y el Granada posando para la posteridad. Ruido de fichas de dominó y voces tratando de salir de bocas ocupadas por humo y cigarrillos. Las marquesinas de madera del exterior esperaban el verano, la turba de familias entortilladas buscando el fresco polvoriento y sudado de la frontera del barrio. Carvalho se dio cuenta de que la amiga que acompañaba por la mañana a Ana Briongos ocupaba una mesa en compañía de un hombre y no les quitaba ojo. Ana pidió un café. Carvalho una menta con hielo. La muchacha contempló la bebida de Carvalho con estupor.

—Pensaba que era una bebida de verano o de mujeres con problemas de ovarios.

—¿Quién no tiene problemas de ovarios? Mira, chica, vamos a hablar despacito y claro.

—¿Por qué me tutea? ¿Ve como sí que es un guripa? Sólo los guripas tutean de esta manera.

—Tutéame tú a mí.

—Yo le hablo de usted, y usted también.

—¿Cómo se llamaba su amigo?

—¿Se refiere a Antonio? Ya lo sabe usted: se llamaba Antonio Porqueres.

—Primera mentira. Vamos a por la segunda. ¿Era contable?

—¿Por qué una mentira? Se llamaba Antonio Porqueres y era contable, o trabajaba como contable en casa Nabuco.

—Segunda mentira, ¿usted pretende no saber la verdadera identidad de Antonio Porqueres?

—Si tiene otra identidad, no me importa. Yo le conocí como Antonio Porqueres, y eso es todo.

—¿Cómo le conoció?

—En un acto público. Fue a fines de 1977. Tuvimos que celebrar varios actos de explicación de los acuerdos de la Moncloa. Nadie tragaba y nosotros con toda la buena fe de este mundo, venga; dale que dale. Que si favorece a la larga a la clase obrera, en fin, dijimos lo que nos habían dicho que dijéramos. Luego se vio que fue un chanchullo, como todo lo demás. Yo intervine en un acto del cine Navia, es el cine de aquí. Al acabar, Antonio se me acercó y discutió conmigo. Él estaba en contra de los Pactos de la Moncloa. ¿De qué se ríe?

—¿Pudo convencerle?

—Más o menos. Era un hombre que sabía escuchar,

sabía dialogar. No era como los otros que conozco. No menosprecio a nadie y estoy bien con mi gente, ante todo porque son mi gente. Pero él tenía maneras, cultura, era un hombre instruido, había viajado, leído mucho.

—Había llegado aquí desde el planeta Marte. ¿No se lo planteó usted?

—Me contó que era viudo y había residido mucho tiempo en el extranjero. Estaba cansado y quería sobrevivir, simplemente sobrevivir, observar, participar en la nueva etapa del país.

—¿Llegaron a intimar?

—Llegamos a intimar.

—¿Del todo?

—¡Qué coño quiere saber! ¿Si nos acostábamos? Pues claro que nos acostábamos.

—Y de pronto se marchó. ¿Sin despedirse?

—Y de pronto se marchó, sin despedirse.

—Y usted no dio ni un paso, no se sorprendió.

—No di ni un paso ni me sorprendí. Tal como había llegado se había ido.

—Las mujeres nunca escarmientan. Aún siguen creyendo en el marino extranjero, alto y rubio como la cerveza.

—No creo en marinos. Ya sé por dónde va. Está mal informado. Las cosas han cambiado también aquí en San Magín. Un hombre y una mujer pueden aceptarse por las buenas, tal como son, vivir juntos y luego adiós muy buenas. Usted es de los que creen que esa libertad sólo pueden permitírsela los burgueses.

—Insiste en que Antonio Porqueres era Antonio Porqueres.

—Le digo lo que sé.

—Sabe poco, o así lo parece. Su hombre se llamaba en realidad Carlos Stuart Pedrell. ¿Le suena?

—Me suena.

—¿Sabe quién es?

—Algo he leído a veces en la prensa. ¿Un industrial?

—Un industrial. El constructor de San Magín.

160

Los ojos de Ana Briongos no fueron suficientes para contener su sorpresa. Quería decir algo y no podía.

—Convivió usted con uno de los responsables de este paraíso.

—No será un paraíso pero estamos mejor que en el Somorrostro. Usted no sabe lo que era aquello. Yo viví allí toda mi infancia. Antonio...

Había quedado apoyada contra el respaldo de la silla, el tabardo abierto dejaba ver un pecho generoso enfundado en un vestido de lanilla, y bajo el pecho generoso, casi sin transición, un vientre de preñada liberado del camuflaje del tabardo. Trató de taparse el vientre en un ademán intuitivo, pero lo cortó consciente de que ya era tarde. Carvalho y ella se miraron. El efluvio de tristeza que salía de los ojos de Ana Briongos acabó impregnando los de Carvalho.

—¿Será niña o niño?

—Espero que sea niña. Un borde menos en el mundo.

—¿Y si es niño?

Se encogió de hombros y desvió los ojos hacia el cielo de jamones, chorizos, ajos, cencerros, diríase que uniformados por un engrudo de polvo y humo de tabacos baratos.

—¿El señor Stuart Pedrell es el padre?

—Yo soy la madre y el padre.

—¿Nunca sospechó que Porqueres no fuera lo que era?

—Siempre sospeché, pero no me importaba.

—La hacía caminar siempre a su derecha, le compraba flores algunas veces, había leído más que usted, empleaba dos mil o tres mil palabras más que usted, podía describir el encanto de un día de abril en París. ¿Nunca le dijo que abril era el mes más cruel? ¿Nunca le dijo que quería leer hasta entrada la noche y en invierno viajar hacia el Sur?

—¿Qué me pinta usted? ¿El cuadro de la muchacha inocente seducida y abandonada? Yo le expliqué por qué luchábamos. Yo le expliqué cómo es el sótano de

Vía Layetana, cómo es la cárcel de mujeres de la Trinidad.

—De la Trinidad. Una premonición. En un solar de la Trinidad encontraron su cadáver.

La más total de las incredulidades se plasmó en el rostro de Ana Briongos.

—Le clavaron varios navajazos. Parecían haber actuado dos manos. Una mano blanda, indecisa. Una mano firme, asesina.

—Disfruta con los detalles.

—Lo tiraron en un solar abandonado, por encima de la valla probablemente. Pero no le habían matado allí. Cuando le encontraron estaba desangrado y alrededor apenas si había sangre. Le trasladaron desde otro lugar. Y ese lugar fue el barrio de San Magín. Sus asesinos buscaron la otra punta de la ciudad, tal vez no supieran que iba a ayudarlos la falsa identidad de Antonio Porqueres. O sí lo sabían. Usted tiene que ayudarme. Debe de saber lo suficiente para orientarme.

—Probablemente, un atraco.

—¿Manejaba dinero en abundancia?

—No. Lo justo. Con lo poco que tenía era muy espléndido. Siempre estaba pensando en qué podía regalarme. Flores, no. No hay flores en San Magín. En eso se ha equivocado usted.

—Un día no acudió a la cita. ¿Qué hizo usted?

—Esperé unas horas. Luego fui a su casa. No estaba. Pero todo estaba como si fuera a volver.

—¿Tenía usted llave?

—Sí.

—Y volvió otro día.

—Y otro. Y otro.

—Y no le dejó ninguna nota por si volvía.

—Sí... no... No le dejé ninguna nota. ¿Para qué? En seguida me di cuenta de que no volvería.

—¿Sabía lo del niño?

—Sí.

—¿Atribuyó su huida a lo del niño?

—Primero no se me ocurrió porque yo le dije muy claramente que el hijo era mío. Pero luego fui atando

162

cabos. Tal vez se sintiera culpable. Pero ¡qué estoy diciendo! Hablo como si se hubiera ido y en realidad le habían matado.

—¿No se le ocurrió llamar a hospitales, a la guardia urbana? ¿No se extrañó cuando semanas y semanas después seguía el piso montado?

—No volví al piso. Además, cosas suyas habían pocas. Era un piso alquilado. Apenas unos libros. Lo demás era de la empresa o del anterior inquilino.

—Usted sabe que si voy a la policía y les descubro la doble vida que Stuart Pedrell vivió en San Magín, usted es el único eslabón y caerán sobre usted.

—Tengo experiencia. Desde los catorce años me las entiendo con la policía. No tengo nada que ocultar.

—Siempre hay algo que ocultar, y la policía lo sabe.

—Conozco mis derechos. Saldré de ésta, no se preocupe. Vaya a la policía y cuénteles lo que sabe. Si quiere, voy yo misma.

—No estoy autorizado a darle ese permiso. Esto es una investigación privada que me encarga la viuda.

—La viuda. ¿Cómo es la viuda?

—Más vieja que usted y mucho más rica.

—¿Se llevaban bien?

—No.

—Parecía un hombre triste.

—Y usted le devolvió la alegría.

—Una leche le devolví yo. ¿Me toma por tonta? Me da la impresión de que usted piensa que esto es un poblado de salvajes.

—Voy a hacerle la última pregunta por hoy, ¿no recuerda nada, ningún hecho o persona que pueda ponernos en la pista del asesinato?

—La última pregunta por hoy y para siempre. Y mi última respuesta. No.

—Volveremos a vernos —dijo Carvalho mientras se ponía en pie desabridamente.

—Espero que no.

—Dígale a su amiga y a su acompañante que la próxima vez disimulen mejor.

—No tenían nada que disimular. Están ahí porque les da la gana a ellos y a mí.

Salió Carvalho en el coche y se fue al encuentro del señor Vila. Estaba ante el aparato de televisión contemplando un programa sobre caballos y rodeado de sus nietos. Volvió a subirle al despacho.

—Usted tendrá información de los vecinos de este barrio.

—De todos no. Pero de casi todos.

—Tendrá incluso un fichero.

—El señor Viladecans me encargó que lo tuviera. Hay un fichero administrativo y otro de anécdotas. El administrativo es muy completo; el de anécdotas, menos.

—¿Qué anécdotas?

—Si se meten en algún lío. En fin. Conviene saber a qué atenerse. Esto es una selva.

—Necesito saber todo lo que sepan sobre Ana Briongos.

—Eso se lo digo sin necesidad de fichero. Esa chica es roja, pero aquí no molesta. Sobre todo desde hace meses. Hace casi un año que no se la ve. Me dijeron que tenía novio.

—Dónde vive, con quién se relaciona, su familia. Todo lo que sepa sobre esto.

—Veré qué puedo hacer.

Un armarito que presagiaba anodinas entrañas dejó ver en su interior ficheros de cartón que el señor Vila trajinó hasta sacarles tres o cuatro cartulinas que trató de leer a una distancia de hipermétrope.

—Sin las gafas no veo nada.

La dirección de Ana Briongos, la de su familia. Los padres y seis hermanos. Oriundos de Granada los padres, un chico mayor también, los demás nacidos en la geografía barcelonesa de la emigración. El más pequeño en San Magín. El padre, acomodador de un cine en La Bordeta. La madre trabaja en la limpieza del mismo cine. El hermano mayor está casado y trabaja en una fábrica de pipas en Vic. Luego viene Ana. Pedro Larios...

—¿Por qué se llama Pedro Larios uno de los Briongos?

—Es un hermano postizo. No sé decirle más.

Una niña trabaja de peluquera en San Magín. Los dos niños pequeños van al colegio. La ficha de Ana Briongos tenía una larga lista de actividades políticas. Junto a Pedro Larios «Briongos», una referencia al robo de una moto a los catorce años.

—¿Qué más se sabe de este chico?

—Esto no es un fichero policial. Yo apunto aquí lo que me cuentan.

Anotó Carvalho algunos datos.

—La más absoluta discreción.

—No pase cuidado. ¿Se han metido en algún lío?

—No creo. Puramente rutinario.

—No es muy agradable controlar a la gente, pero ese control es más necesario ahora que nunca. Es muy bonito eso de la libertad, pero ha de ser una libertad responsable y por lo tanto vigilada. ¿Tiene algo que ver con el inquilino aquel por el que me preguntó el otro día?

—Probablemente.

—Declino toda responsabilidad. Fue una orden directa del señor Stuart Pedrell, que en paz descanse. Ya lo comentaré con el señor Viladecans.

—De momento no comente nada. Yo mismo he de pasarle un informe.

—Como diga. ¿No quiere una copita?

—¿De qué me la daría?

—De lo que usted quiera. Calisay, estomacal, coñac, anís, Aromas de Montserrat.

Bebió una copa de Aromas de Montserrat mientras contemplaba la triste historia de una hermosa hacendada mexicana a la que su marido abandona por la obsesión de los caballos.

—*Iaio, què és un «Xarro»?*

—*Un Xarro és un pistoler, un «vaqueru».*

—*Un «vaqueru» de l'Oest?*

—Sí, però de l'Oest mexicà. Lo quieren saber todo. Tienen una edad en que lo quieren saber todo y uno no siempre sabe todo lo que ellos quieren saber.

—Casi nunca.

—Y buena verdad es ésa que usted ha dicho. Buena verdad. Sí, señor.

—Me han dicho que la familia Briongos nunca ha visto con buenos ojos los líos políticos en que se ha metido la hija.

—Nunca. Esa chica salió así vaya a saber por qué. Desde que era una mocosa está metida en líos. Y aun ahora. Pero con Franco también, no se crea. Y le dieron palos porque se los buscaba. Un día discutí con ella cuando lo del follón por el ambulatorio. Me dijo que yo había sido franquista. Yo no he sido nada. Pegué cuatro tiros en la guerra y del lado rojo, porque me pilló aquí la guerra, no por otra cosa. Yo le dije que era una liosa y que hablando la gente se entiende, hablando ¿eh?, pero a gritos no. Y va y me dice que soy un franquista. Yo a Franco no le debo nada. Bueno, nada; le debo la tranquilidad y el trabajo. Porque mucho criticar a Franco, pero con Franco no pasaba lo que pasa hoy. Nadie quiere trabajar. Cualquier recién llegado de Almería se cree que por agacharse a coger un papel van a darle mil pesetas. Oiga. Yo tampoco soy dictador, pero esto es un desbarajuste y así vamos a la catástrofe. Yo he trabajado como un animal para tener una vejez tranquila. Nadie me ha dado nada. Tengo a mis hijos casados y bien colocados. Salud. Cuatro duros para cuando no pueda trabajar. ¿Qué más quiero? ¿Pues que me lo fastidian todo cuatro chalados que piden la luna? No. Los padres son otra cosa. Buena gente. Trabajadores. Yo fui a ver al señor Briongos para que metiera en cintura a su hija. Un día me pedía un ambulatorio. Otro el alcantarillado de aquí. Escuelas. ¡Niña! ¡Eh tú, niña! ¡Para el carro! Ni que yo tuviera un bolsillo de aquí allá. Además, yo soy un mandado. Por suerte hace meses que no se mueve y se nota ¡vaya si se nota! Se ve que eso del novio la ha aplacado.

Y es lo que yo digo: ¡Dios nos libre de una mujer mal jodida!

Hizo un guiño como disculpando su osadía, levantó los codos como si fueran alones que le permitieran volar y estornudó más que se rió provocando la indignación de los nietos que no podían enterarse suficientemente de la triste historia de una hermosa mexicana abandonada por culpa de media docena de caballos.

EL SEÑOR BRIONGOS OLÍA a tortilla francesa y la sombra de aceite que trataba de limpiarse de la barbilla con ayuda del pañuelo, era evidentemente una sombra de aceite de freír una tortilla a la francesa. Tenía aspecto de *croupier* de un *ferry-boat* del Mississippi venido a menos por culpa de una úlcera de estómago. Chupado, calvo, patilloso, ojos grandes como los de su hija, repartía personas y espacios a brazadas, como si invitara a Carvalho a entrar en un castillo gigantesco y conminara a la familia y a la servidumbre a que se retiraran a sus aposentos. La habitación era un calco de la que en el piso de Porqueres ocupaba el tresillo escocés. No quedaba apenas espacio entre un televisor cabezón antenado, una ampulosa mesa de comedor neoclásica, las sillas, un bufete-cristalería y dos butacones de skay verde ocupados por dos niños y una muchachita que tenía las uñas de una mano metidas en un bote.

—Cerrad el televisor, y a vuestra habitación. He de hablar con este señor.

La mirada aplastadora del padre cortó los gestos de protesta de los niños. La dama mexicana había optado por aprender a montar a caballo y así podía acompañar a su marido, el charro. Sobre la mesa platos sucios que empezó a retirar una mujer campana, con el pelo mal teñido de mechas platino y marrón.

—¿Se ha vuelto a meter la chica en líos? He de advertirle que yo nada tengo que ver con ella. Vive su vida y yo la mía.

—¡Ay, Señor, Señor! —rezongaba la mujer sin dejar de cumplir su misión.

—Esta hija nos ha dado muchos disgustos y ninguna satisfacción. Y no será porque no haya tratado de meterla en vereda. Pero ¿qué pueden hacer unos padres con tantos hijos y trabajando los dos?

—Demasiado leer y malas compañías —gritaba la mujer desde la cocina para que la oyeran.

—Leer no es malo. Según lo que se lee. Lo de las malas compañías a eso ya no diré que no. Venga. Dígame qué ha hecho, por favor; estoy preparado para lo peor.

—Nada. Creo que nada. No es exactamente sobre ella de lo que quería hablarle, sino de un acompañante que tuvo el año pasado.

—Ha tenido tantos, tantos, que se me cae la cara de vergüenza. No sé qué me ha dado más vergüenza, que se haya metido en líos políticos o que se haya ido a la cama con quien ha querido desde que aprendió que eso sirve para algo más que para mear. Y perdone, pero esta hija mía me enciende.

—Era un hombre ya mayor. Se llamaba Antonio Porqueres.

—Bueno. El músico. ¡Viene a preguntarnos por el músico, Amparo!

—¡Ah, el músico! —gritó Amparo desde la cocina.

—¿Era músico?

—Le llamamos el músico porque vino un día y se pasó todo el rato hablando de música. Yo me había comprado un disco de Marcos Redondo y lo estuvo mirando, le dio por ahí y empezó hablando de música. Cuando se marchó fue la juerga. Sole, la niña que ha visto usted aquí, es muy graciosa y empezó a sacar punta a todo lo que había dicho. Era para petarse de risa, oiga. Para petarse. Un tío muy estirado. Lo trajo porque a su madre ya se le caía la cara de vergüenza de que todo el barrio le dijera: ¿Conque la chica tiene novio fijo? y ella sin traerlo a casa. Fui a buscarla a la parada del autobús y le dije dos cosas bien dichas: Aunque sea por tu madre, preséntanos a ese hombre. Y lo trajo. Un día. Luego se marchó, y le ha dejado lo que le ha dejado.

—¿Usted sabe lo que le ha dejado?

—Tengo ojos en la cara.

—¡Ay, Señor, Señor! —insistió Amparo desde la cocina.

—Fui a buscarla otra vez a la parada de autobuses y le dije otras dos cosas muy bien dichas: Tú te apañas con eso. Yo no quiero saber nada. Bastante cruz he tenido en mi vida con lo de Pedrito.

—¿Quién es Pedrito?

—Mi hijo. Es una historia muy larga. Cuando ya tenía a Ana me llegó la oportunidad de trabajar en una presa en Valencia. Me fui allí sin la familia y ya sabe usted lo que pasa.

—El señor no tiene por qué saber lo que pasa. Hay hombres y hombres. Hay quien sabe hacer lo que tiene que hacer.

—Cállate tú. Tú a lo tuyo. Pues me lié con una chica de allí y va y se me muere de sobreparto. Todo el pueblo contra mí y nada: que me cuelgan al chico. Y ella había pasado por todo el pueblo, por todos los hombres del pueblo. Me vengo con el chico aquí y ésta, que es una santa, lo aceptó. Lástima que luego saliera malo, de mala semilla ¡Vaya usted a saber de dónde ha salido! Hijo mío no es, cada vez lo tengo más claro. Pero ríase de la semilla. Bien mía es Ana y fíjese cómo me ha salido. Ni a Ana ni a Pedrito ha habido manera de domarlos. Y no será por falta de palos. Finalmente, por consejo de Amparo, metimos a Pedrito en lo del Tutelar de Menores: no había manera con él. No podíamos con él. Él venga a escaparse y nosotros otra vez dentro, y así hasta ahora.

—¿Vive con ustedes?

—No —gritó la mujer desde la cocina, tajantemente, y añadió—: No vivirá mientras yo pueda evitarlo.

—Y no tiene malos sentimientos el chico.

—Lo que no tiene es sentimientos. Ni buenos, ni malos.

—No exageres.

—No hablemos del mal nacido ese, porque me enciendo y me conoces.

Estaba ocupando todo el marco de la puerta de la cocina, como dispuesta a dejarse caer sobre ellos y aplastarlos.

—¿La única vez que vieron a Antonio Porqueres fue cuando estuvo aquí hablando de música?

—La única. Bueno. Otra vez le di entradas del cine donde trabajo a la chica y vino con él. Le invité a una cervecita y no quiso. Hola. Hola. Y adiós, muy buenas. Eso fue todo. Nunca más volví a verle. Nunca más.

Intentaba abrir los ojos y la expresión al máximo para que Carvalho leyera allí y comprobara la verdad de todo lo que decía.

—¿Puedo hablar con su hijo?

—¿Para qué?

—¿Para qué? —repitió la mujer, decididamente introducida en el comedor.

—Tal vez él tuviera otra relación con ese hombre.

—No tuvo ninguna relación. Ni siquiera le vio cuando vino aquí.

—Pregúntele a Ana, ella se lo dirá.

—Pregúntele a Ana.

Tenéis miedo. No sé si es ese miedo preventivo que tenemos todos los que no tuvimos nunca dónde caernos vivos, pero tenéis miedo.

—Pedro no se relaciona con nadie de la familia.

—Con nadie.

—Con nosotros hace meses y meses que no se ve. Yo no sabría decirle ni dónde para.

—Hace su vida. En esta familia todo el mundo hace su vida menos nosotros. Nosotros siempre pendientes de los demás. ¿Verdad, Amparo?

La mujer se marchó a la cocina con los ojos nublados y él se levantó. La audiencia había terminado.

Le dejó un par de números de teléfono.

—Si su hijo pasa por aquí díganle que tengo interés en hablar con él.

—No le veremos. Se lo puedo decir con casi toda seguridad.

Le acompañó hasta la puerta.

—Uno cree hacer siempre lo mejor por los hijos y una de dos: o te lo pagan mal o es que te has equivocado. No he podido nunca con la chica. ¿Qué iba a hacer con el chico? Era un rebelde. Me plantaba cara desde que tenía dos palmos. Le pegaba dos hostias y seguía mirándome fijo, fijo. Otras dos hostias, y seguía igual. Y con Amparo se volvía. Un día le tiró una plancha conectada, para electrocutarla, el muy borde. Desde fuera se ve todo muy bonito. Meterlo en el asilo parece una jugada. Pero ¿qué podíamos hacer? Del asilo han salido hombres muy rectos. Y él tal vez, tal vez cuando sea mayor y tenga una familia. No es verdad que tenga malos sentimientos. En el fondo nos quiere. Cuando le eché la última vez de casa, venía a escondidas a traerles caramelos a los pequeños. Cuando sea un hombre hecho y derecho y tenga una familia, tal vez siente la cabeza...

Si tiene la suerte de que cuando pegue dos hostias a su hijo no le aguanten la mirada es posible que sea un hombre equilibrado.

—Por su interés y el de todos ustedes, díganle que me localice.

—¿Qué quiere decir?

—Búsquenle.

«BROMURO», EL LIMPIABOTAS, trataba desganadamente de pinchar con un palillo pedazos de calamar flotantes en una agüilla amarronada. Le colgaban todas las pieles de un rostro consumido y su calva llena de manchas y espinillas se ofrecía a la atención bobalicona del camarero situado al otro lado de la barra, pendiente de la puntería del palillo de *Bromuro*.

—No pescas na...

—Qué voy a pescar. Si todo es agua. No sé por qué le llamáis a esto calamares en salsa. Esto es el Mediterráneo con un sofrito. Ya no se puede comer ni de capricho. Poca hambre que tengo y sólo me falta esto. Ponme otro de vino. Al menos que funcione la «priva». Ponme vino vino, no del de polvos.

Carvalho rozó el hombro de *Bromuro*.

—Pepiño, leche. Últimamente vas hecho un desastrado. Mira qué zapatos. ¿Te los limpio?

—Termina la tapa.

—Qué tapa ni qué leche. Esto parece el hundimiento del *Titanic*. Nunca había visto tanta salsa para tan poco calamar. Chico, trae la botella entera y dos vasos a aquel rincón.

Se sentó Carvalho y *Bromuro* se inclinó sobre los zapatos

—Quería hablar contigo.

—Larga ya.

—¿Qué tal estás de bandas de navajeros?

—Bien surtido. En este barrio me las sé todas y es mérito porque cada día hay más. Cualquier chaval con un par de huevos se establece por su cuenta.

—¿Y en las afueras? Trinidad, San Magín, San Ildefonso, Hospitalet, Santa Coloma...

—Para el carro. Eso no hay quien lo controle. Tú vas con retraso, Pepiño. Cada zona de ésas tiene autonomía. No es como antes. Antes se sabía todo lo que pasaba en Barcelona desde estos cien metros en los que yo me muevo. Pero ahora es imposible. Para mí, uno de Santa Coloma es del extranjero, ¿me explico?

—¿Y no tienes manera de enterarte?

—Na de na. Si fueran descuideros o chorizos a lo clásico, a la antigua, como en mis tiempos o en los tuyos, pues sí, podría enterarme de cualquier cosa. Pero en cosa de navajeros na. Son muy suyos. Van a la suya, tienen sus leyes, son jóvenes y ya sabes cómo son los jóvenes de ahora. Van a la suya. Sólo les faltaba que los hicieran actores de cine. De película. Te lo digo yo. Son de película.

—¿Qué llevas ahí?

—La pegatina contra las centrales nucleares.

—¿Te metes en política a tu edad?

—Yo soy un precursor de todo esto. Nos están envenenando. Respiramos y comemos mierda. Lo más sano es lo que cagamos porque el cuerpo nuestro se queda con lo malo y suelta lo bueno. La gente venga a reírse de uno y venga a llamarme *Bromuro* porque desde hace cuarenta años que lo estoy diciendo: nos meten bromuro en el pan y en el agua para que no empalmemos, para que no vayamos por ahí todos jodiendo como locos.

—¿Y qué tiene que ver eso con las nucleares?

—Pues que es lo mismo. Nos quieren joder ahora, pero a lo grande, en plan bestia, a lo matanza de cafres. No me pierdo una manifestación.

—Eres un ecólogo.

—Ecoleches. Bebe vino, Pepiño, y no te quedes conmigo, que un día de éstos me voy al otro barrio. Que estoy muy mal, Pepiño. Un día me duele este riñón, otro me duele el otro. Toca, toca. ¿No notas un bulto? Lo tengo estudiado, porque yo me estudio. Yo soy un animal y actúo como los animales. ¿Qué hace un gato cuando está enfermo? ¿Se va al Seguro? No. Se va al balcón y se come un geranio. ¿Qué hace un perro? Ejemplo deberíamos tomar de los animales. Pues yo me estudio y esto me salió hace dos semanas. ¿A que no sabes pór qué?

—No.

—Pues porque durante semanas y semanas me alimenté de berberechos en lata. Tengo un cuñado encargado de una fábrica de conservas en Vigo y de vez en cuando me manda un paquete con latas. Estaba mal de perras y me dije: *Bromuro*, te comes las latas, que el marisco alimenta mucho. Y me fui comiendo las latas hasta que vi este bulto. La cosa está clara. Sólo comía pan con tomate y latas de berberechos. Pan con tomate había comido siempre y no me salían bultos. Saca tú la conclusión. ¿Qué sale?

—Los berberechos.

—Tú lo has dicho.

—Me estás fallando, *Bromuro*, pensaba que me solucionarías lo de los navajeros.

—Y lo que te fallaré. Esta ciudad no es lo que era. Antes una puta era una puta y un chorizo un chorizo. Ahora han salido putas por todas partes y es chorizo cualquiera. Me dicen un día que te han trincao reventando un almacén de jamones y me lo creo. El mal anda suelto y sin ningún orden, sin organización. Antes hablabas con cuatro tíos y dominabas el cotarro. Ahora ni hablando con ciento. ¿Recuerdas a mi amigo, el macarrón aquel tan guapo, el Martillo de Oro? Pues el otro día me le dieron una paliza de muerte. ¿Quién? ¿La competencia? ¿Los marselleses? Nada. Cuatro guineanos se han juntado y van pidiendo guerra. Eso antes hubiera sido imposible. Había más respeto. Somos mala gente. Estamos todos locos. Necesitamos mano dura.

»Hombres como Muñoz Grandes, mi general en la División Azul, nos harían mucha falta. Aquello sí era un hombre que imponía respeto. Y honrado, porque el Paquito dejó a la viuda con el riñón bien cubierto, pero Muñoz Grandes se fue de este mundo con lo mismo con que había venido a él. ¿Qué te pasa a ti con los navajeros? Sí que has caído bajo.

—Emplean la navaja. Han empleado la navaja con el marido de una cliente.

—Pues te lo veo difícil. Un crimen a la navaja es más difícil de descubrir que un crimen de pistola. ¿Quién no tiene navaja?

Es una muerte fría. Ves los ojos de la muerte. Se te acercan, se paran y ya tienes la muerte dentro abriéndote en la carne un pasillo helado. Carvalho se palpó la navaja que siempre llevaba en el bolsillo, un animal que vivía mordiéndose la muerte hasta que de pronto la soltaba con toda su rabia contenida.

—Guárdate de los navajeros, Carvalho. Están todos locos y son jóvenes... No tienen nada que conservar...

—Tendré en cuenta tu consejo. Toma, para que dejes los berberechos y te compres un bistec.

—Mil pelas por nada. No, Pepe, no las quiero.

—Otro día me informarás.

—Además no puedo con la carne, tengo el estómago jodido y la llenan de hormonas y de agua. No se puede ni respirar. Me compraré dos botellas de vino bueno, de ese que tú bebes. Eso alimenta y mata las bacterias.

—Suerte en tu lucha por un mundo sin centrales nucleares.

—De suerte nada. Vamos a tener nucleares hasta los supositorios. Nos van a meter todos los supositorios nucleares por el culo. ¿Has visto tú los políticos? Todos tragan. Todos dicen que sí a las nucleares. Ah, eso sí. Que se instalen con la aprobación popular, la juerga democrática que quede a salvo. Un Muñoz Grandes nos haría falta. Y hasta un Franco, te diría.

—Fue Franco quien puso las primeras nucleares.

—Porque se había muerto Muñoz Grandes, si no ¿de qué?

Llamó a Biscuter comunicándole que se iba directamente a Vallvidrera y luego localizó a Viladecans después de una persecución telefónica que terminó en el despacho de Planas.

—Necesitaría hablar con el policía que me envió.

—No abuse de ese contacto.

—No abuso. Es completamente necesario.

—Veré qué puedo hacer. Usted no se mueva mañana de su despacho de diez a once; si le localizo, le diré que pase a esa hora. Espere. El señor Planas quiere decirle algo.

—Carvalho, soy Planas. ¿Era estrictamente necesario que revolucionara usted el gallinero de San Magín?

—Tienen ustedes capataces fieles. Nadie me prohibió investigar en San Magín.

—En estos momentos cualquier relación entre la muerte de Stuart y nuestros negocios nos perjudicaría.

Quisiera hablarlo personalmente con usted. ¿Le va bien mañana? Podríamos almorzar juntos. A las dos en la Oca Gourmet.

YES HABÍA SALTADO LA VERJA del jardín. Sentada en los escalones jugueteaba con *Bleda* tirándole de las orejas.

—No le tires de las orejas. Son muy delicadas y no quiero que se le queden caídas —le dijo Carvalho antes de abrir la puerta. *Bleda* completó con la lengua la tarea iniciada por *Bromuro* sobre los zapatos de Carvalho, luego trató de proseguir la limpieza pantalones arriba, pero Carvalho la cogió, la alzó a la altura de su rostro y se interesó por lo que había hecho durante el día. El animal reflexionaba la respuesta con la lengua fuera.

—Estoy aquí.

—Ya te he visto.

—He traído cena.

—Puede ser terrible. ¿Qué has hecho? ¿Una Vichysoise con cocaína?

Yes le enseñó una cesta de mimbre como si fuera un cebo.

—Está lleno de maravillas. Cuatro clases de quesos que nunca has probado, un paté de hígado de pollo hecho por una vieja de Vic a la que no conoces, un salchichón de jabalí del Valle de Arán.

—¿De dónde has sacado todo eso?

—Me han recomendado una *fromagerie* que está en la calle Muntaner, casi esquina a General Mitre. He apuntado la dirección para ti.

Carvalho pareció aprobar el parte gastronómico y abrió la puerta de la casa para que entrara la muchacha.

—Incluso te he traído un libro para que lo quemes. No sé si te gustará.

—Cualquiera es bueno.

—Es el libro preferido de mi madre.

—Arderá.

—Se llama *La balada del café triste*.

—Arderán la balada, el café y la tristeza, y hasta el jorobado que lleva dentro.

—¿Lo has leído?

—Antes de que tú nacieras. Empieza a romperlo.

Cuando Carvalho volvió con una brazada de leña, Yes estaba ante la chimenea y leía el libro.

—Es muy bonito. Me da pena quemarlo.

—Cuando tengas mi edad me agradecerás el haber leído un libro menos y sobre todo ése. Está escrito por una pobre desgraciada que no consiguió sobrevivir ni gracias a la literatura.

—¡Indúltalo!

—No. A la hoguera.

—Te lo cambio por uno tuyo, el que más odies. Te lo cambio por dos. Por tres. Te prometo que te traeré diez libros de casa para que los quemes.

—Haz lo que quieras.

—No. No. Lo rompo.

Lo hizo y dejó las hojas muertas sobre las cenizas viejas. Carvalho encendió el fuego y al volverse vio que Yes había dispuesto la mesa.

—Falta la cocaína.

—Eso vendrá luego. Sienta mucho mejor después de haber comido.

Carvalho trajo una botella de tinto de Peñafiel.

—Explícame eso del salchichón de jabalí.

—Me lo ha dicho el de la tienda. Aquí lo tengo apuntado. Se llama *xolis de porc senglar*; es un salchichón muy raro que hacen en el Valle de Arán. Me ha dicho que es muy difícil encontrarlo. Era el único que tenía.

Cabrales, queso de oveja navarro, Chester, un queso tierno del Maestrazgo. El elogio de la selección animó a Yes.

—Teníamos una criada en casa que decía: El que es listo para algo, es listo para todo.

—Esa criada era tonta.

—Ahora que has comido y has saciado la bestia que

llevas dentro, voy a contarte mi plan. Cuando termines el trabajo, si quieres acabarlo, cogemos el coche y nos vamos de viaje. Italia. Yugoslavia. Grecia. Creta. La isla puede ser maravillosa en primavera. Si sale bien, cruzamos el Bósforo y seguimos a Turquía, Afganistán...

—¿Cuánto tiempo?

—Toda la vida.

—Para ti es demasiado tiempo.

—Podemos alquilar una casa en cualquier sitio y esperar.

—Esperar ¿qué?

—A que pase algo. Y cuando pase algo seguimos el viaje. Me gustaría ver a mi hermano en Bali. Es un buen chico. Pero si te molesta ver a mi hermano, no vamos a Bali o vamos a Bali y no le visitamos.

—¿Y si nos encontramos en la calle?

—Yo me haría la despistada. «¡Yes! ¡Yes!» «Usted se confunde, amigo.» «¿No eres mi hermana Yes?» «No. No soy hermana de nadie.»

—Entonces te dirá que su hermana tiene una cicatriz debajo de la teta izquierda y querrá comprobarló.

—Y como es cierto, tú no le dejarás.

—¿Y *Bleda*?

—Nos la llevamos.

—¿Y Biscuter?

—No. ¡Qué horror! A ése no nos lo llevamos.

—¿Y Charo?

—¿Quién es Charo?

—Es como mi mujer. Es una puta con la que me relaciono desde hace ocho años. Ha comido en esta mesa y jodido conmigo en esa cama. No hace muchos días.

—No era necesario que me dijeras que es puta.

—Es que lo es.

Se levantó Yes y se le cayó la silla del impulso. Se metió en la habitación de Carvalho. Cerró la puerta. El detective fue hacia el tocadiscos y puso el *Himno de Riego*. Las llamas trataban de huir inútilmente chimenea arriba. Carvalho se tumbó en el sofá contemplándolas. Al rato, las manos de Yes le taparon los ojos.

—¿Por qué me echas siempre?

—Porque has de irte y cuanto antes mejor.

—¿Por qué he de irme? ¿Por qué cuanto antes mejor? Sólo te pido compañía.

—Me pides una vida de viaje continuo.

—Una vida que puede durar una semana, dos, cinco años. ¿De qué tienes miedo?

Se levantó para volver a poner el *Himno de Riego*.

—Es una música apropiada.

—La más apropiada que tengo.

La desnudó con parsimonia y entró en ella como si quisiera dejarla clavada sobre la alfombra. Ella se enroscó en él dulcemente. Enrojecidos los cuerpos por el fuego, se ablandaron de calor y humedad y al despegarse se distanciaron cada cual con· su pedazo de techo y deseo.

—Siempre me ha horrorizado ser esclavo de los sentimientos porque sé que puedo ser un esclavo de ellos. No estoy para experimentos, Yes. Vive tu vida.

—¿Qué vida me asignas? ¿He de casarme con un heredero, rico naturalmente? ¿Tener hijos? ¿Veranear en Lliteras? ¿Un amante? ¿Dos? ¿Ciento? ¿Por qué no puede ser mi vida estar contigo? No es necesario que viajemos. Podemos quedarnos siempre aquí. En esta habitación.

—Cuando cumplí cuarenta años me hice un resumen de lo que me esperaba: pagar las deudas y enterrar a los muertos. He pagado esta casa y he enterrado a mis muertos. No puedes imaginarte lo cansado que estoy. Ahora descubro que ya no tengo tiempo de contraer deudas importantes. No podría pagarlas. El único muerto que me queda por enterrar soy yo mismo. No me interesa vivir un amor loco con una chica que no distingue entre el amor y la cocaína. Para ti esto es como la cocaína. Duerme esta noche aquí. Mañana temprano te vas y no volveremos a vernos.

Yes se levantó. Desde el suelo Carvalho vio las altitudes de su cuerpo exacto, la dulce humedad de su sexo, lamido por un animal voraz. Alejó hacia la puerta sus culos planetarios. Se volvió un instante mientras insistía en adecuar la melena a su oreja preferida. Luego se metió en la habitación y cerró. Instantes después Carvalho fue en su busca. La encontró aspirando cocaína. Yes le sonrió desde los fondos de un sueño blanco.

—¿No puede vivir sin verme? Ya le dije que no me gusta exhibirme.

—Tenía necesidad de hablar con usted.

—No soy el criado de nadie. Se lo he dicho a Viladecans. Si él me ha hecho favores, yo le he correspondido. Un policía no es un criado.

Paseaba nerviosamente por el despacho de Carvalho.

—No me gustaría que nadie del cuerpo supiera que me relaciono con un «huelebraguetas». No quiero ofenderle, pero así los llamamos.

—Ya lo sé. Va a ser muy breve. Cuando hicieron la investigación sobre Stuart Pedrell, supongo que ante todo rastrearon entre las bandas de navajeros.

—Hicimos lo que pudimos. Dicen que en esta ciudad hay una rata por cada habitante. También hay un navajero por cada habitante. Tenemos clasificadas unas cuantas bandas, pero cada día salen nuevas.

—¿No les llegó ninguna confidencia?

—Nos llegó la confidencia de que ninguna banda conocida se lo atribuía. No era avanzar mucho. Ya le digo que cada día salen nuevas. ¿Cómo no van a salir? ¿Sabe que el juez de peligrosidad social es un rojo? En cuanto se los pasamos, los manda a la calle. No los pasa ni por el rayo equis. Este oficio es cada día más asqueroso. Ahora hay que tener abogado durante el interrogatorio. ¿Cómo se puede sacarle algo a un chorizo sin darle un par de hostias? Los que hacen las leyes tendrían que tratar con esa gentuza. Menos mal que los abogados tienen más miedo que vergüenza y se acercan poco por comisaría.

Se había serenado. Tras las gafas de sol, sus ojos, aquietados, miraron a Carvalho con sorna.

—No querrá usted que le solucione el caso. Ahora es cosa suya.

—¿Rastrearon en todos los barrios de la ciudad?

—Ante todo la Trinidad y lo que le cuelga. Luego movilizamos confidentes en todas partes. Era difícil meterse a fondo por las presiones de la familia. Por ejemplo, no pudimos publicar la foto de Stuart Pedrell. Viladecans tiene mucha mano por arriba. Esto ya no es lo que era. En confianza le digo que voy a dejar el oficio. Pero antes de irme la armo. Me llevo a cuatro rojos por delante y luego que me busquen. Están creando una sociedad de lisiados. Mire.

Sacó del bolsillo un fajo de billetes.

—Cuarenta mil pelas. Las tengo siempre a punto por si me viene el impulso. Es lo que cuesta llegar a París y aguantar unos días mientras te alistan en una tropa de mercenarios para África. El día en que me cabree, la armo y me voy a Rhodesia.

—En Rhodesia ya hay un gobierno negro.

—¿También en Rhodesia? Se pudre todo. Pues me voy a África del Sur, con ésos no podrán, ésos lo tienen claro.

—¿A qué conclusiones llegaron en el asunto Stuart Pedrell?

—A que un día u otro saldría. Cuando menos se espera, coges a un angelito. Le obligas a que se coma un consumao de órdago y para ablandarte confiesa algo gordo que ha hecho. Entonces es cuando salen las cosas. Pero siempre a hostias, eso por descontado. Un día se meterá en la red el asesino. Por sistema le echamos encima el crimen más gordo vacante. Se amilana y te larga algo que se le puede creer. Es casi un favor mutuo. Me gusta mi oficio. Nunca diré que no me gusta, pero cada vez es más difícil. Los rojos nos odian y nos temen. Saben que somos el sostén de la sociedad y que si nos derriban se hacen los dueños. Con esta mano que usted está viendo le he pegado una hostia a un diputado de esos que ahora figuran tanto. Iban en comisión a entregar un escrito al presidente de la Diputación, y no tenían permiso. Aún vivía el viejo. Se puso chulo el tío y le largué una hostia de la que aún se acordará. ¿Usted conoce a algún editor? Ha de ser un editor con cojones. Hablo claro. Tengo un diario en el que cuento todo lo que hago, veo y me entero. Nos rodea una conspiración. Usted se moriría del susto si yo le diera nombres de tíos importantes que en este país cobran de la KGB. Me guarda el diario una tía amiga mía por si me pasa algo. Si usted tiene cojones para proponérselo a un editor con cojones, le doy una comisión.

—Fuerza Nueva tiene una editorial.

—Ésos son todos unos vendidos. El gobierno los aguanta para que lleven a los chavales como borregos. ¿Qué hacen? De vez en cuando un mitin, cuatro hostias y se acabó. Así mantienen embobados a los chicos e impiden que de verdad lo manden todo por los aires. Lo publicaré cuando esté en África del Sur o en Chile. *El poder rojo sobre España*. ¿Qué le parece el título? Ya tengo el seudónimo: *Boris Le Noir*. Suena bien. Desde pequeño me he contado a mí mismo «aventis» y yo siempre me llamaba *Boris Le Noir*.

—Le prevengo que Boris es un nombre ruso.

—También hay rusos que no son comunistas. La inmensa mayoría de rusos no son comunistas. Aquello es una dictadura férrea. De una dictadura fascista se sale, pero ¿de una dictadura comunista? Dígame una. No sé cómo hay gente tan ciega. Acabarán apoderándose de todo. Empiezan capando a todos los hombres y masculinizando a las mujeres. Lo invaden todo. Ya no quedan países viriles al norte del ecuador. Fíjese en mis observaciones: países donde la democracia y el comunismo lo pudren todo: al norte. Países donde aún le queda al individuo capacidad de lucha y virilidad: al sur. Por ejemplo Chile, Argentina, Rhodesia,

África del Sur, Indonesia. No falla. Hágame caso. Si aún tiene deseos de morir de pie, con una pistola en cada mano y los cojones en su sitio, envíelo todo a la mierda y alístese en un ejército de mercenarios.

—¿Todos sus colegas piensan como usted?

—No. También está podrido el cuerpo. Empiezan a salir socialistas como setas. ¿Dónde estabais hace cuatro años?, les pregunto y no tienen respuesta. Les falta sentimiento aventurero, son como oficinistas ¿comprende? Hablar con usted me ha excitado. Me parece que me planto en la estación de Francia esta noche. ¿Y el libro?

—Llévelo con usted y añada alguna observación sobre el terreno.

—No es mala idea. Pero ¿y si se pierde? Haré una fotocopia y se la dejaré a mi tía. Un consejo: no se rompa los cuernos con lo del tío ese. Encuentre una explicación verosímil, désela a la familia y cobre. No tienen el menor interés en saber qué pasó en realidad. Ese tío los estorbaba, me lo huelo. A todos.

Chascó la lengua contra la cara interior del carrillo, se ajustó las gafas y se marchó.

—No sé cómo aguanta estos rollos, jefe. No sé cómo tiene estómago para gente como ésta.

—Es un buen chico y un día de éstos me lo van a dejar hecho un colador. Nunca llegará a director general.

—Él se lo habrá buscado. Ahora se va a matar negros porque no puede matar rojos. Está loco.

—Biscuter, te encargo una misión para los próximos tres meses.

—Mande, jefe.

—La cocina china es la más dietética de todas. Es sabrosa y no engorda. Te encargo que te especialices en cocina china.

—¿He de guisar ratas y serpientes?

—Menos ratas y serpientes, me guisas todo lo demás. Cada mañana te vas un par de horitas al restaurante Cathay y allí el dueño, que es amigo mío, te iniciará en los secretos.

—Ahora estaba trabajándome la riojana y no me salía nada mal.

—La cocina china es la cocina del porvenir.

—Gracias, jefe. Para mí es un honor y un aliciente. Conviene no estancarse en la vida. Gracias a cocinar para usted, he descubierto que sirvo para algo y me gustaría ampliar mis conocimientos.

—Y si te esmeras no descartes la posibilidad de que te pague una estancia en París para que te enseñen a hacer salsas.

—Yo a usted no le dejo aquí solo.

—¿Quién te dice que me quedaría solo? Yo también podría ir a París y establecerme una temporada allí.

—Podría ser muy chachi, muy fermo, jefe. No voy a dormir pensando en todo eso.

—Duerme, Biscuter, duerme tranquilo. Lo importante es que tenemos un plan que puede cambiar nuestras vidas.

—¿Y Charo?

—También vendría a París.

—¿Y el perro?

—Por descontado.

—¿En un piso? ¿Sabe que este perro no se queda así, que luego se hincha?

—Alquilaremos una casita en las afueras, junto al río, sobre una esclusa. Veríamos pasar las gabarras.

—¿Cuándo, jefe, cuándo?

—No lo sé. Pero tú serás el primero en saberlo.

—No le molestará que me haya sumado a la comida.

El marqués de Munt vestía un conjunto de *tweed*, y un *foulard* enloquecido le crecía bajo la nuez y los pellejos de la sotabarba. Sentado a su lado, Planas hacía girar dentro de la copa un líquido seguramente sin alcohol.

—Me lo ha pedido Isidro.

Planas le miró sorprendido.

—Una comida entre dos personas termina siendo un doble monólogo. Una tercera persona es la que establece realmente una conversación.

—Creía que hoy estaba en Madrid viendo a un ministro.

—Ya he estado.

—Isidro es así. Un día, a las nueve de la mañana, quedamos en vernos a la hora de comer. Nos encontramos y me enteré que mientras tanto había hecho el viaje de ida y vuelta a Londres.

—Señor Carvalho, iré directo al grano.

—Isidro, Isidro. Las cosas se plantean en el segundo plato.

—Pues yo quiero plantearlas ahora.

—Al menos deja pasar el aperitivo. ¿Se suma a mi propuesta? Claro. Como dice Bertolt Brecht: Primero el estómago y luego la moral.

Secundó Carvalho no sólo la propuesta del marqués, sino también su elección de vino blanco como aperitivo.

Dos camareros felicitaron a Planas por su reciente nombramiento y él les contestó con un nublado gracias, sin diluir el ceño con que había recibido a Carvalho.

—Una ensalada verde y pescado fresco a la plancha.

—Isidro, ¿por qué no pides una ensalada a la plancha y un pescado verde? Tendrías la misma suma de calorías y no irritarías nuestra imaginación visual.

—Allá cada loco con su tema.

—Es un hombre imposible. Ahora está preocupado por conservar la juventud de los músculos y las vísceras. ¿Le ha visto usted desnudo? Es como un atleta griego. Se le pueden delimitar todos los músculos. Y las vísceras aún las tiene mejor. Tiene un hígado que parece de cabrito.

—Tú ríete. Yo reiré el último.

—Lo que has dicho tiene poca gracia y poco mérito. A mis setenta y muchos años me conservo muy bien y sin renunciar a nada.

Carvalho pidió una mousse de gambas y lubina al hinojo.

El marqués empezó con unos caracoles a la borgoñesa y se sumó a la lubina.

—Ahora que tienen el estómago semilleno, creo que puedo empezar. No me gustó nada saber que usted había estado en San Magín husmeando. Si hay que encontrar algo encuéntrelo en cualquier parte, se lo repito, en cualquier parte menos en San Magín.

—Nadie me acotó el terreno. Viladecans no me prohibió ir a San Magín. Ni la viuda.

—Ya te lo había dicho. Viladecans no sabe lo que se hace últimamente. Ayer incluso me discutía el que yo me negara en redondo a remover San Magín. ¿Qué le pasa a ese chico?

—Yo apenas si tengo el disgusto de conocerle, es cosa tuya.

—Pero si se complican las cosas también te afectará a ti. Carvalho, estamos en un momento delicado. Hemos conseguido parar la revisión de las obras de San Magín y los intentos de algunos periodistas de utilizar lo que llaman «escándalo inmobiliario» para salpicar mi carrera. Ahora estoy en un puesto delicado y no puedo exponerme a una campaña.

—Yo subrayo lo que ha dicho Isidro, señor Carvalho. Si yo fuera un urbanista, probablemente recomendaría demoler San Magín. Pero desgraciadamente no es posible. Un escándalo sólo serviría para perjudicar al señor Planas y a mí. Yo utilicé mi influencia con el presidente del Área Metropolitana para conseguir permisos casi imposibles. Un caso claro de especulación que no oculto ni del que me avergüenzo. Todo el milagro económico del régimen franquista ha sido un *bluff*. Todos nos hemos dedicado a especular con lo único que en realidad teníamos: el suelo. Como debajo de ese suelo no hay nada, no valía la pena conservarlo. Éste es un país muy desgraciado. Mucho suelo y poco subsuelo. Y ahora además se pudre el mar. ¿Ha notado usted el gusto final a petróleo que tiene esta lubina? La lubina es el pescado más guarro que hay en el mar. Se pega a los buques y se lo traga todo, el petróleo incluido.

—Voy a darle un consejo, Carvalho, y cuando yo doy un consejo es algo más que un consejo.

—Isidro.

—Déjame hablar a mí. Yo no hablo de cocina. Hablo de la realidad. Termine cuanto antes su investigación y pásele un informe verosímil a la viuda. Yo le pago la misma cantidad que ella le paga... Cobrará doble.

—Isidro. Eso se dice ya en el café, o incluso después de haber tomado un par de copas de Marc de Champagne.

—¿Usted me lo habría dicho igual?

—En el fondo, sí. Con otro tono y, por descontado, después de las copas. Pero la interpretación que usted hubiera podido hacer se parecería mucho a la que sin duda está haciendo ahora.

—¿Lo han consultado con la viuda?

—No. Hemos de llegar al acuerdo nosotros tres. A la viuda sólo le interesa una explicación que la deje tranquila al frente del patrimonio Stuart Pedrell. ¿Cree usted que la explicación será tranquilizante?

—Probablemente.

—Entonces no hay más que hablar. El señor Carvalho no quiere complicarnos ni complicarse la vida. El señor Carvalho con tal que pueda cumplir con su ética profesional, ya está. ¿Me equivoco?

—No. No se equivoca. Yo me comprometo a entregarle a mi cliente la verdad a que he llegado y que él necesita. Todo lo demás no me incumbe.

—¿Lo ves, Isidro?

—Pero este asunto es explosivo. ¿Qué ha ido usted a hacer a San Magín? ¿Quién es Antonio Porqueres? ¿Alguien relacionado con la desaparición de Stuart Pedrell?

—Sí. No añadiré nada más. En su día entregaré mis conclusiones a mi cliente.

—No olvide que le he hecho una oferta. Puedo ser cliente suyo también.

—Un detective de doble juego, señor Carvalho. Muy emocionante.

—No.

—Lo presumía, Isidro, date por satisfecho con el compromiso del señor Carvalho de que todo quede en familia.

—No me fío de los compromisos que me salen gratis.

—El mismo Isidro Planas de siempre.

—Lo que te sale gratis acaba costándote caro. Y tú no te rías. Anoche no te reías. Estabas tan preocupado como yo.

—Hoy es otro día.

—Lo que pasa es que te gusta quedar por encima de todo y de todos. A mí no me engañas con tus números de aristócrata desganado.

—Isidro, Isidro...

El marqués le palmeaba la espalda. Planas se levantó arrebatado y arrojó la servilleta contra la mesa, derribando una copa de cristal. Se agachó para que la voz sofocada no fuera audible más allá de la mesa.

—Estoy de ti hasta la coronilla, ¿entiendes? ¡Hasta la coronilla!

—No digas nada de lo que puedas arrepentirte.

—Siempre he sido yo el que ha dado la cara, mientras tú fingías estar por encima del bien y del mal y el otro cobraba con un mohín de disgusto. Cuando había que hacer algo sucio, lo hacía yo. ¿Quién trabajaba, quién ha trabajado como un negro?

—Tú, Isidro. Pero no olvides que eso era lo convenido. Tú eras un pobretón despabilado que sin nuestro dinero no habrías hecho nada en la vida. Estarías vendiendo lavaplatos en una tienda.

—¡Gracias a mí os habéis enriquecido! ¡Gracias a mí! ¡Y ahora estoy en condiciones de enviaros a la mierda! ¡No os necesito para nada!

Se marchó hacia la puerta y no pudo escuchar la advertencia del marqués.

—Al menos deja pagada la comida, no llevo dinero. El marqués eligió un sorbete de champaña como postre. Carvalho, peras al vino.

—Está muy excitado. Es la proximidad del poder. Esta mañana ha sido recibido no por un ministro, sino por un superministro. La ambición de poder puede arruinarle. Es el talón de Aquiles de los luchadores. Pero no eche en saco roto cuanto le ha dicho. En el fondo yo lo suscribo. Yo tengo vanidad social y me molestaría salir en el periódico en una foto carné bajo el titular: *Banda de especuladores inmobiliarios.*

Planas estaba en pie al lado de la mesa; cabizbajo, musitó:

—Perdona.

—Vuelves en el momento oportuno, como siempre, Isidro. No llevo dinero encima. Has de pagar, o cárgalo en tu cuenta.

HABÍAN ASESINADO A UN GENERAL y a un coronel, pero nada detendría la marcha irreversible hacia la democracia. Lo decían todos. Incluso algunos generales y algunos coroneles. Los muchachos comunistas y socialistas habían trabajado durante la noche dejando las Ramblas y las calles afluyentes llenas de pancartas con los eslóganes electorales. *Esta vez puedes ganar*, prometían algunas pancartas. Ya era hora, contestó Carvalho. *Tú eres el centro de la ciudad*, declamaba el partido gubernamental desde carteles engomados donde engomados arquetipos se autoatribuían ser el centro de la ciudad. Noches atrás un borracho maricón o un maricón borracho bajaba Rambla abajo, pregonando:

—Ciudadanos. No os equivoquéis. El centro de la ciudad es la plaza de Cataluña.

Dos travestis madrugadores se paseaban disfrazados de Eugenia de Montijo, la española que fue más que reina. *La reconstrucción de Catalunya pasa por la democratización de los ayuntamientos*, declaraba o declamaba un líder con barbita desde la portada de una revista. En ningún programa electoral se prometía derribar lo que el franquismo había construido. Es el primer cambio político que respeta las ruinas. Cada siglo construye sus ruinas y todo nuestro cupo de ruinas las ha construido el franquismo. Tienes músculos pequeños para derribar tanta ruina. Tendría que ser un milagro nocturno. Al amanecer la ciudad se descubriría limpia de la corrupción, dichosamente mellada, con los arrabales convertidos en una venturosa escombrera y los ciudadanos iniciando la reconstrucción sobre los derribos. Tal vez así Yes no deseara dar vueltas y vueltas al mundo, como un satélite solitario, y Charo estaría contenta con su oficio, Biscuter feliz con sus conocimientos de cocina riojana y él volvería a amar la rutina de investigar, ahorrar, comer, recorrer las Ramblas dos o tres veces al día, de noche vengarse inútilmente de la cultura que le había aislado de la vida. ¿Cómo amaríamos si no hubiéramos aprendido en los libros cómo se ama? ¿Cómo sufriríamos? Sin duda sufriríamos menos. Me gustaría ir a un balneario lleno de convalecientes y encontrarme a Yes entre ellos. Empezar un amor entre baños de fango y tazas de hierbas salvajes. Un balneario de montaña sobre el que lloviera cada tarde y el trueno nos volviera a todos definitivamente silenciosos. Y no salir del balneario. Seguir uno tras otro el ciclo de las estaciones, familiarizarse con las luces débiles, orientarse según puntos cardinales pequeños, agradecer el calor de las mantas y sentir el propio cuerpo minuto a minuto. La relación con Yes sería agridulce y eterna. Gracias a las hierbas salvajes conseguiría la suficiente juventud para ser siempre joven al lado de Yes. Para impedir que un día ella abandonara el balneario llamada por las sendas del Este, en busca del origen y la parálisis del sol.

También hoy Charo estaba a medio maquillar. Se le abrazó y sonrió satisfecha cuando Carvalho se dejó caer en el sofá y adoptó la postura del que dispone de tiempo. Charo le dijo que en un momento estaba maquillada y podrían hacer el amor.

—Déjalo. Ahorra energías para el fin de semana.

—Este fin de semana será, será, bueno, no quiero ni imaginármelo. No saldremos de la habitación. Tiraremos la llave por la ventana, como en las películas.

—Yo quiero comer en el restaurante que te dije.

—Te dejaré hacer cinco comidas diarias, pero entre comida y comida, a la cama.

Ella misma cogió las manos de él y se las puso sobre la cara y los brazos para que la acariciara. Carvalho la acarició el tiempo suficiente para no desairar su demanda.

—Estás triste. ¿Qué te pasa?

—Es la digestión.

—¡Ah, a mí también me pasa! Después de comer tengo frío y siempre me cabreo conmigo misma porque he comido demasiado. A veces hasta me entra la llorera.

Aprovechó su retorno al lavabo para despedirse. Ella volvió a salir con pestañas postizas en un solo ojo.

—Ya te vas.

—Estoy acabando el trabajo. Quisiera dejarlo resuelto mañana y marcharme tranquilo.

—Es peligroso.

—No.

La llamada que esperaba estaba escrita sobre la libreta de notas junto a una breve redacción de Biscuter en la que le decía que se había enterado que su madre estaba en los Hogares Mundet y que se iba a verla. Ni siquiera sabía que Biscuter tuviera madre. La llamada decía: «El señor Briongos dice que su hijo estará hoy a las nueve en la puerta del cine Navia de San Magín. Ha llamado también la chica del señor Briongos diciendo que no vaya. Que se ponga en contacto con ella.» Carvalho se sacó la navaja del bolsillo. Pulsó el resorte y saltó la hoja con un chasquido. Se miraron la navaja y Carvalho. Ella parecía esperar la orden de ataque. El hombre parecía temerla. La volvió a cerrar y la devolvió al bolsillo. Abrió un cajón. La pistola dormía con su presencia de lagarto frío. Carvalho la cogió y la examinó. Hizo el amago de disparar contra la pared. Luego sacó las balas de una caja de cartón y las fue cargando con parsimonia. Cuando cerró el tambor, el lagarto dormido ya estaba despierto, alerta, cargado de muerte. Le puso el seguro frustrando sus ganas de matar y lo metió en el bolsillo con la recomendación expresa de que se estuviera quietecita. La pistola le calentó aquella parte del cuerpo. De otro cajón sacó un protector de aros de hierro para los dedos. Se lo puso. Abrió y cerró la mano. Disparó el brazo golpeando a un antagonista invisible. Se sacó el protector y fue a parar al otro bolsillo de la chaqueta. Ya está. La Armada Invencible. Sacó de la nevera la botella de vino blanco, pero se lo repensó y fue en busca de la de orujo. Bebió dos vasos. Directamente de la cazuela comió con los dedos parte del bacalao al ajo arriero que Biscuter había dejado preparado. Hasta la vista, dijo a las cuatro paredes y se entretuvo bajando la escalera con pereza, recibiendo aquí el repiqueteo del martillo del escultor, allí el trajín rumoroso de la peluquería, la trompeta con sordina del muchacho lila. Se cruzó con dos mariquitas disfrazados de niños de primera comunión o dos niños de primera comunión mariquitas. Parecían Romeo y Julieta con barba y bigote huyendo de los Montescos o de los Capuletos.

—Pepe, Pepe, no te escapes.

El *Bromuro* llegó a su altura armado con la caja de limpia:

—Te invito a una copa. De lo que tú quieras. Gracias a ti soy rico.

—Tengo una cita.

—Le pegas dos por delante y dos por detrás de mi parte.

—No es una cita de ésas.

—Lástima. Qué poco tenemos los hombres para lo mucho que necesitan ellas. ¿Lo has pensado alguna vez?

—Alguna vez.

—¿Y no te echarías a llorar? Cuando yo era un caballero divisionario a las órdenes de mi general Muñoz Grandes pegué una vez seis polvos en una noche. Y ella se habría tragado perfectamente otros seis. Y ésa fue mi gran noche. Son superiores. De aquí para abajo son superiores.

Dejó a *Bromuro* en su melancolía de macho insuficiente. Cogió el coche para hacer persimoniosamente el recorrido hacia San Magín. Al acercarse a la parte alta de la ciudad se vio rodeado por coches conducidos por mujeres en busca de las crías a punto de salir del colegio. Utilizó la impunidad del mirón y ellas emplearon la impunidad de fugitivas. La viuda Stuart habría hecho días y días aquellos recorridos en busca de sus hijos. Luego crecieron y se le marcharon a Bali o al Limbo.

ANA BRIONGOS LLEGÓ EN SU AUTOBÚS AZUL y respiró aliviada cuando vio a Carvalho en la parada. Saltó la primera y llegó hasta Carvalho forzando la marcha.

—Gracias por hacerme caso.

Empezó a andar. Casi se oía el ruido de las palabras que amontonaba en su cabeza. Miraba a Carvalho buscando un gesto de él que le incitara a hablar. Pero Carvalho caminaba tan pensativo como ella, arrastrando los pies como si dispusiera de toda la tarde y toda la noche para el paseo y para el silencio.

—¿Por qué fue a mi casa?

—Es la segunda bronca que me pegan en un solo día por culpa de este barrio. Pongan en la entrada: San Magín, ciudad prohibida.

—Usted no sabe el daño que ha hecho y que puede hacer con esa visita.

—El daño ya estaba hecho.

—Mis padres son dos desgraciados que se cagan de miedo por todo. Siempre han tenido miedo.

Carvalho se encogió de hombros.

—No se vea con mi hermano.

—¿Por qué?

—No vale la pena.

—Eso lo decidiré después de hablar con él.

—Mi hermano no es un chico normal. Tiene reacciones inesperadas. Es como un niño. Un niño violento. Toda su vida ha sido el burro de los palos. Bofetada que se escapaba, bofetada que recibía. Mi madre siempre le ha odiado. Mi madre es mala. Tiene esa maldad ridícula, mezquina de los pobres. Es todo lo que tiene. Es lo único que le da carácter, personalidad. Y mi padre siempre ha vivido acoquinado ante ella. Pagando la falta del nacimiento de Pedro.

—¡Vaya cuadro!

—Cuando tenía siete años le internaron por primera vez. Le robó a una vecina para comprarse cuatro tonterías: volvió dos años después, más malo todavía. Dos años después. Tenía nueve años. Las librerías están llenas de libros que enseñan a los mayores a tratar con respeto a los niños. Mi hermano, a los nueve años, era carne para la correa de mi padre o para la zapatilla o la escoba de mi madre. Volvieron a internarlo a los once años. ¿Usted tiene idea de lo que era el reformatorio de Wad Ras?

—Pertenezco a otra generación. Yo fui de los que crecieron bajo la amenaza de ser internados en el asilo Durán.

—Y a pesar de todo siempre ha tenido fascinación por la familia. Siempre se ha creído uno más de los nuestros. Cuatro cuartos que tiene, cuatro cuartos que se gasta con mis padres o con mis hermanos. Tiene dieciocho años. Sólo dieciocho años.

—Sólo cuatro o cinco menos que usted.

—Es muy diferente. Déjele en paz. Haya hecho lo que haya hecho toda su vida lo justifica.

—¿Qué ha hecho?

—¿Qué busca usted? Usted es un miserable criado

de ellos que viene a hurgar las narices en un mundo que no le pertenece.

—Como Stuart Pedrell. Como su Antonio. Él también hurgó las narices en un mundo que no le pertenecía.

—A mí no me paga nadie porque me duela la muerte de Antonio. Y me duele. Me duele aquí. —Se señaló el vientre—. Pero era fatal.

—¿Qué pasó?

—¿Por qué no se va? Al final le espera una victoria fácil. Unas víctimas débiles. ¿Son las que le gustan?

—Paso porque me atribuya un papel que es el mío. Soy un criado de mis patronos, como usted lo es de los suyos. Pero no me gustan las víctimas, sean fáciles o difíciles. Las víctimas son consecuencias.

—Son personas. Son personas a las que quiero. Que pueden ser destruidas. A veces me viene la imagen de mi hermano cuando era pequeño y no sabía que era culpable, culpable de la humillación de mi madre. Recuerdo su carita y de pronto la veo deformada por toda la brutalidad que ha caído sobre él.

—Mi encuentro con su hermano forma parte de la lógica. Yo llegaré hasta el fin. En cada caso llego hasta el fin. Hasta mi fin. Yo termino ante mi cliente. Le digo lo que sé, y él decide. La policía se lo pasa a un juez. Mi juez es mi cliente.

—Una vieja histérica y rica que no sabe qué es el dolor.

—Es rica. Pero no vieja. Todo el mundo sabe qué es el dolor. Usted habla con muchas ventajas a su favor. Pertenece a la clase social que tiene la razón y la escupe a todo el mundo.

—Yo trataba de aconsejarle. Pedrito, ¡no hagas esto! Pedrito, no hagas aquello. Cuando estaba fuera de casa tenía el alma en vilo. ¿Qué hará Pedro? Y a mi vuelta siempre la había hecho. Siempre habían encontrado algún motivo para acosarlo, arrinconarlo. Le esperaba a la salida del colegio para que fuera directamente a casa y no la hiciera por el camino. Cuando vino la policía a buscarle por lo de la moto, ¿se imagina cómo le trataron? ¿Cómo nos trataron? Y sólo faltó que yo tuviera ficha política. ¿Sabe cómo tratan a los delincuentes comunes en las comisarías? ¿En las cárceles?

—No he hecho el mundo, ni la sociedad. No quiero ser la conciencia de todo. Es un papel excesivo. Supongo que no me habrá citado para contarme la triste historia de su hermano.

—He querido evitar el encuentro.

—No lo conseguirá.

—Usted sabe lo que va a pasar.

—Me lo imagino.

—¿No le basta? ¿No puede dar la cosa por concluida? Dígale a su cliente lo que quiera. A ella también le interesa que yo me calle.

—En eso ya se arreglarán entre ustedes.

Ella le cogió por un brazo y le zarandeó.

—¡No sea estúpido! Puede ocurrir algo terrible. Si yo le hablara. Si yo le contara todo... ¿no iría usted a verse con mi hermano?

—Quiero que me lo cuente él. Es él quien debe contármelo. No sea tonta. Le remordería la conciencia.

Carvalho siguió avanzando y ella se quedó de sal, en la encrucijada de dos calles, con una mano tendida hacia Carvalho y la otra tratando de asirse al vacío del bolsillo del tabardo. Corrió para ponerse a la altura de Carvalho. Caminaron en silencio.

—¡Qué fácil sería marcharse de aquí!

—Este barrio y estas gentes se irían con usted. Cada caracol lleva su cáscara.

—No pienso irme. Aunque le parezca mentira no sabría desenvolverme en otro sitio.

—Si le sale niño no se desespere. Hay hombres que han dado resultados excelentes. En el futuro los hombres serán mejores que las mujeres. No lo dude.

—Me da igual que sea niño o niña. Le querré igual.

—Uno de mis primeros oficios fue profesor de párvulos. Era un colegio de barrio, un barrio viejo, con historia, pero poblado con las mismas gentes que viven aquí. Uno de mis alumnos era un niño morenito y triste. Tenía gestos de viejo sabio. Hablaba siempre como si estuviera disculpándose. Un día conocí a su madre a la salida. Era una mujer morenita y triste. Tenía gestos de vieja sabia. Hablaba siempre como si estuviera disculpándose. Era muy hermosa aunque tenía el cabello blanco. El niño podía haber salido de cualquier lugar del cuerpo. Podía haberle nacido del brazo, del pecho, de la cabeza. Era una madre soltera en unos tiempos en que ya no había justificación para serlo. La guerra había terminado hacía demasiado tiempo para ser una coartada.

—¿Y qué pasó?

—Nada. Me marché del colegio y nunca volví a verlos. Pero les recuerdo con frecuencia y a veces tengo la extraña sensación de que el niño tenía el cabello blanco. Eran los años de mi adolescencia y yo me masturbaba muchísimo. Algunas noches me masturbé pensando en aquella mujer.

—¡Qué marrano!

—La naturaleza es la naturaleza.

LLEVABA PANTALONES TEJANOS y una cazadora de plástico negro llena de falsas platas: argollas, cremalleras, remaches de metal lunar, de luna de rebajas. Zapatos de tacón alto para alzar un cuerpo nervioso, las manos metidas en los bolsillos rasgados de la cazadora, el cuello alto arqueado para fingir el acecho de la cabeza ante la realidad peligrosa, cabellos cortos, brillantes y lisos respaldando una cara de caballo joven. Miró a Carvalho y ladeó la cabeza como si no le gustara lo que veía. Le indicó con el hombro que le siguiera.

—Aquí no podemos hablar. Vamos a un sitio tranquilo. —Caminaba adelantado, a impulsos, como si cada paso fuera un latigazo—. Tómeselo con calma. No va a cansarse.

Carvalho no le contestó. Pedro Larios se volvía de vez en cuando y le sonreía.

—Ya falta poco.

Terminó la esquina y cayeron sobre ellos la soledad y la oscuridad del trasero del barrio de San Magín. Se vislumbraba contra la luna la silueta de la iglesia. Llegaba la voz de Julio Iglesias de un *juke-box* cercano. Carvalho y Pedro Larios quedaron bajo la campana de luz de una lámpara mecida por la brisa en lo alto de un poste metálico. Pedro seguía con las manos en los bolsillos. Sonriente miró a derecha e izquierda, de las sombras salieron otros dos muchachos y se situaron a cada lado de Carvalho.

—Es mejor hablar con compañía.

Carvalho valoró el cuerpo recio del de su izquierda. Le miró a los ojos. Los tenía opacos, como si no quisiera ver lo que tenía que ver. Tampoco sabía qué hacer con las manos. El de la derecha era casi un niño. Le miraba con la nariz arrugada, como los perros antes de la dentellada.

—¿No tiene voz? En casa de mi padre sí que habló. Demasiado.

—¿Te ayudaron éstos?

—¿Ayudarme a qué?

—A matar al que salía con tu hermana.

Pestañeó. Se miraron entre ellos.

—De eso nada.

—No te pases, tío. Ten cuidado con lo que dices —expuso el jovencito.

—Mira. Yo no sé qué te dijo mi padre, pero lo que yo te diga va a misa. No me gustan los chafarderos y tú eres muy chafardero.

—Tiene cara de chafardero —confirmó el jovencito.

—Acabemos de una vez —dijo entrecortadamente el grandullón.

—A mí los tíos que se meten donde no les llaman no me gustan. Y a éstos tampoco.

Dieron dos pasos hacia adelante. Carvalho estaba al alcance físico de sus brazos, a su espalda quedaba la tapia de un solar en construcción. El jovencillo fue el primero en sacar la navaja. La paseó ante la cara de Carvalho. Pedro sacó la suya, diríase que abierta ya dentro del bolsillo. El grandullón adelantó los puños, retrocedió los hombros, agachó la cabeza. El jovencillo lanzó un navajazo a la cara de Carvalho. Lo esquivó retrocediendo y el corpulento se le echó encima mientras Pedro atacaba de frente. El puño del corpulento le llegó blando a la cara. Carvalho lanzó una patada hacia el chiquillo, que aulló y se dobló sobre sí mismo. Paró con las manos la acometida del corpulento y le empujó contra Pedro, que se le venía. La mano de Carvalho no llegó a la pistola. Se le enfrentó el chiquillo insultándole y con la navaja, ciega. Le cogió un brazo y se lo retorció hasta oír un chasquido y el grito de dolor:

—¡Me ha roto el brazo¡ ¡El muy cabrón!

Los otros dos miraban el brazo largo y blando del chiquillo. Arremetió ciego Pedro mientras el corpulento retrocedía. La navaja abrió un fino corte en la mejilla de Carvalho. Se envalentonó el grandullón y le acometió. Carvalho le pegó un revés con los dos puños juntos. En sus nudillos brillaban los aros protectores. Cuatro reventones de carne aparecieron en la cara cúbica del grandullón. Carvalho se echó sobre él y le pegó en la cabeza y en la cara con las dos manos. En su caída el muchacho se agarró a las piernas de Carvalho y le derribó.

—¡Mátale! ¡Mátale, Pedro! —gritaba el chiquillo.

Pedro buscaba entre los dos cuerpos ligados el sitio para meter la navaja. Carvalho emergió sobre su antagonista abrazándole el cuello desde detrás y con una navaja pinchándole en la cara.

—Apartaos o me lo cargo.

—Mátale, Pedro. ¡Mátale!

El mocetón trataba de hablar, pero el brazo de Carvalho le estrangulaba.

—Que se vaya el crío. Tú, niño de mierda, vete.

Pedro le indicó que obedeciera. El chiquillo desapareció de la campana de luz y empezó a tirar piedras desde la oscuridad.

—¡Nos vas a dar a nosotros, animal!

Cesaron las piedras. Carvalho liberó el cuello de su presa, le dio la vuelta de un empujón y cuando lo tuvo de frente le golpeó con saña en la cara, en el pecho, en el estómago. Cuando lo tuvo arrodillado, le martilleó la cabeza a puñetazos hasta derribarle. Saltó sobre el cuerpo y quedó frente a Pedro. Marcaba el navajero la distancia con su arma e iba retrocediendo ante el avance de Carvalho. El detective se quitó los aros mientras avanzaba y cuando tuvo las manos libres sacó del bolsillo la pistola. Abrió las piernas, levantó el brazo derecho, sosteniendo la pistola, y lo apuntaló con la mano izquierda apuntando directamente a la cara de Pedro. Quería hablar, pero la agitación de la respiración no se lo permitía. Le dolían el pecho y la herida de la cara.

—Al suelo. ¡Tírate al suelo o te vuelo la cabeza! Tira la navaja hacia mí. Cuidado con lo que haces.

Se despegó la navaja de la mano de Pedro. Luego se echó al suelo apoyando el cuerpo sobre los brazos en ángulo para controlar los movimientos de Carvalho.

—Pégate al suelo, mamón. Pégate al suelo. Abre las piernas y los brazos.

Quedó Pedro en el suelo como una equis oscura bajo la campana de luz. El mocetón se arrastraba tratando de alcanzar la oscuridad. Carvalho le dejó marchar. Se acercó a Pedro lentamente, tratando de serenar la respiración y de que se le fuera la nube roja que tenía entre las sienes. Pegó una patada a una pierna:

—Ábrelas más.

El caído le obedeció. Carvalho empezó a pegarle patadas furiosamente. El otro las rehuía como un animal eléctrico, pero las patadas llegaban a su cuerpo, le machacaban el estómago, los riñones, le buscaban afanosamente la cara. Desde el suelo Pedro oía los jadeos de animal cansado y furioso que salían de la entreabierta boca de Carvalho. Una patada en la sien le aturdió y luego sintió debilitados los impactos de otros golpes, liberado de la responsabilidad de defenderse, entregado una vez más a su mala suerte. La mano de Carvalho le levantó la cabeza por los pelos. Le hizo arrodillarse, luego ponerse en pie. Vio muy cerca el rostro del detective, la sangre de su mejilla. Le cogió por el cuello de la cazadora y le hizo avanzar hasta la tapia. Allí le empujó para que se estrellara contra el enladrillado. A su espalda, el detective volvía a respirar como un animal cansado, sin resuello, como si el aire gritase de dolor al salir de los pulmones. Pedro le oyó toser y vomitar. Trató de volverse, pero su cuerpo no le obedeció. Le temblaban las piernas y su cerebro le decía que había perdido. De nuevo sintió próximo el calor húmedo que salía del cuerpo de Carvalho. La voz del detective sonó casi serena.

—Ahora ponte en marcha hacia la casa donde vive tu hermana. No te olvides de la pistola. Ya es un milagro que no te haya dejado tieso, cabrón.

Pedro empezó a caminar. Cuando llegaron a las calles transitadas se pegó a las fachadas como le ordenaba Carvalho en voz baja. También su instinto se lo ordenaba. Debía de tener muy mal aspecto y no quería dar el espectáculo.

—Es muy superficial.

Ana Briongos dibujó la herida de Carvalho con un trazo de mercurocromo. Había dicho a sus compañeras de apartamento que se marcharan. Su hermano se dejó caer en una cama plegable abierta. Carvalho le dijo a la muchacha que no le dejara dormirse. Ana se inclinó sobre su hermano para escuchar lo que decía. Comprobó la articulación de los dedos de una mano y Pedro aulló.

—Tiene este dedo roto y está hecho un mapa. ¿Todo esto se lo ha hecho usted solito? Ya podrá con un muchacho.

—Iba con sus compinches.

Ana no sabía por dónde empezar. Limpió con agua oxigenada las tumefacciones del rostro de su hermano. Quiso quitarle la cazadora, pero él se negó entre quejidos. Se abrió la puerta y apareció el padre.

—¡Pedro, hijo! ¡Qué te han hecho!

Se paró en seco al ver a Carvalho.

—Buenas noches.

—Muy buenas.

Al hombre le salió la voz estrangulada.

—Pedro, hijo, te lo dije. Te lo dije.

Se echó a llorar de pie, sin avanzar ni retroceder, como si no pudiera llorar y hacer otra cosa al mismo tiempo.

—Para eso no hacía falta que vinieras, papá.

—¿Está herido?

—Una paliza. Él se la ha buscado.

El padre contemplaba a Carvalho como si fuera un dios del que dependiera su destino.

—¿Qué va a hacerle?

Carvalho se sentó. La escena se le distanciaba por momentos. Ana parecía una enfermera lejana atendiendo a un herido con el que Carvalho nada tenía que ver. El viejo Briongos parecía estar en la puerta de una casa que no era la suya, sin atreverse a pedir permiso para entrar. Carvalho sentía sed y se oyó a sí mismo pidiendo agua. Ana se la trajo. Estaba fría, pero sabía a cloro.

—Dale una copita al señor. Le reanimará.

El viejo Briongos seguía esperando su decisión jupiterina.

Carvalho se levantó, cogió una silla, se acercó al yacente Pedro y se sentó al lado de la cama.

—Si no puedes hablar, limítate a escuchar y a decir sí o no.

—Si quiero, puedo hablar.

—Mucho mejor. Entre vosotros tres fuisteis a buscar a Stuart Pedrell y le matasteis. Tú y tus dos compinches.

—No sabíamos que se llamaba así.

—Fuisteis a buscarle y le matasteis. ¿Por qué?

—¿No vio lo que le hizo a mi hermana?

—¡Imbécil! ¡Imbécil! —gritó Ana Briongos exasperada.

—No querían hacerlo. No querían llegar tan lejos —terció el viejo Briongos.

—Sólo queríamos darle un susto. Pero el tío se excitó. Me puso una mano en el hombro el tío asqueroso, y empezó a darme consejos. El *Quisquilla*, el chiquito al que usted rompió el brazo, le dio una cuchillada. A mí de pronto se me escapó el brazo y le di otra.

El viejo Briongos se había tapado la cara y temblaba. Ana miraba a su hermano.

—¡Imbécil! ¿Quién te pidió que lo hicieras?

—¡Eres mi hermana!

—Compréndalo, caballero. Es su hermana.

Con los brazos abiertos, el viejo Briongos parecía abarcar la inmensidad de la hermandad que unía a sus hijos.

—Si no se hubiera enrollado no le habría pasado nada. Pero empezó a largar. Que si yo debía hacer esto. Que si debería hacer aquello. Que si mi hermana era libre y él no era el único hombre en su vida. ¡Eso dijo, Ana, te lo juro!

—¿Y qué, idiota? ¿Acaso no es verdad?

—Y ustedes se enteraron y se hicieron cómplices de un asesinato.

—No iba a denunciar a mi propio hijo.

—¿Y usted?

—¿Qué iba a arreglar ya?

El viejo Briongos sacó el poco valor que le quedaba para decir:

—Era un intruso. A él no le iba ni le venía.

—Calla, papá.

—Y le dejasteis tirado en un solar, en la otra punta de la ciudad.

—Nadie le tiró en ningún solar.

Carvalho miró perplejo a Pedro. Luego a los otros dos, que parecían conformes con lo que había dicho.

—Repite eso.

—Nadie le dejó tirado en ningún solar. Le dejamos malherido y él se fue.

—Pedro vino a casa a decirme que había malherido a Antonio. Mi padre y yo estuvimos buscándole toda la noche por todas partes y no dimos con él.

—Claro. Se fue a coger el metro porque prefería morir en un solar del barrio de la Trinidad. ¿Esperan que me lo crea?

—Yo no espero nada de usted. Pero es la pura verdad.

Briongos tenía en los ojos la lucecita de la penúltima esperanza.

—¡Vaya usted a saber lo que pasó luego!

—Stuart Pedrell murió de las dos puñaladas que le dieron estos dos aprendices de matarife. No harás carrera, chico. El jovencillo es un loco que matará por matar y el grandullón tiene tan pocos cojones como sesos. Al Capone iba por el mundo mejor acompañado.

—Las malas compañías, Pedrito. Las malas compañías. ¿Qué te ha dicho siempre tu padre?

Pedro permanecía tendido mirando el techo. Cuando sus ojos se encontraban con los de Carvalho, el detective veía en ellos un odio sin concesiones, un odio a muerte, un me las pagarás tenaz que le acompañaría toda la vida. Carvalho salió de la habitación seguido por Ana y su padre.

—Señor, por favor. No traiga más desgracia a esta familia. Yo trataré de arreglarlo. Le diré que se vaya a la Legión. Allá harán de él un hombre. Le meterán en cintura.

—Callá, papá. No digas más tonterías.

Briongos se quedó rezagado mientras Ana acompañaba a Carvalho hasta la puerta.

—¿En qué piensa?

—¿Qué hizo aquel hombre con dos navajazos en el cuerpo? No podía andar mucho rato. No tenía coche. No podía coger un taxi si no quería que le vieran la herida. ¿Por qué no pidió ayuda para que le llevaran a un hospital?

—Tal vez pensara que así me ayudaba.

—¿Quién le llevó hasta el descampado y lo tiró como un perro muerto?

Carvalho no esperó respuesta. Llegó a la calle. El relente le balsamizó las escoceduras de la cara y el cuerpo. Fue dejando a sus espaldas las islas de cemento de aquella Polinesia en que Stuart Pedrell había tratado de descubrir la otra cara de la luna. Había encontrado unos indígenas endurecidos, la misma dureza que Gauguin encontraría en las Marquesas, cuando los indígenas hubieran asimilado del todo que el mundo es un mercado global en el que hasta ellos están en perpetua venta. Cruzó la frontera y se lanzó a toda velocidad por las rampas del Tibidabo en busca de su madriguera. Se quedó ensimismado ante la chimenea apagada acariciando el terciopelo de las orejas de *Bleda*, rascándole la tripa mientras ella agitaba la pata en flagrante delirio de ciclista. ¿A quién recurrió Stuart Pedrell aquella noche? Habría elegido el que le pareció puerto más seguro de su antiguo reino. Imposible su casa. ¿Para qué entonces la investigación? Tampoco podía esperar una ayuda eficaz de Nisa. Tenía que elegir entre sus socios y Lita Vilardell.

A las tres de la madrugada llamó a Lita Vilardell. Cogió el teléfono un hombre. Era la voz del abogado Viladecans.

—Pregúntele a la señorita Vilardell si mañana tiene clase de piano.

—¿Para eso llama a estas horas?

—Usted pregúnteselo.

Se puso ella al teléfono.

—¿Qué quiere decir?

—Que mañana quiero verla, temprano si es posible.

—¿No podía esperar y llamarme por la mañana?

—No. Quiero que piense toda la noche en lo que vamos a hablar.

Se retiró del teléfono la mujer. Dialogaba con Viladecans susurradamente. Esta vez se puso él.

—¿No podría venir usted ahora?

—No.

Colgó Carvalho. Durmió a ratos entre sobresaltos, deshaciendo la cama con sus revolcones. En los ratos de plena vigilia se consolaba pensando que no era el único que aquella noche no podría dormir.

Acababan de ducharse. Preguntaron despreocupadamente a Carvalho si quería acompañarles en el desayuno. El detective rehusó con un gesto. Ellos prosiguieron untando las tostadas con mantequilla, distribuyendo las mermeladas con fascinación infantil. Bebiendo el café con leche como si fuera el elixir de la vida. Suspirando satisfechos ante los aires de la mañana que entraban por la entreabierta puerta de la terraza.

—¿No querrá ni un café?

—Un café solo sí. Sin azúcar, gracias.

—¿Es diabético?

—No. Una vez tuve un amor adolescente, una muchacha que se drogaba con café sin azúcar. Me acostumbré por amor y por solidaridad.

—¿Qué se hizo de la muchacha?

—Se casó con un austríaco que tenía una avioneta. Ahora vive en Milán con algún inglés, le gustan los ingleses, y escribe poemas surrealistas en los que a veces salgo.

—Fíjate. ¡Qué vida más interesante la de este hombre!

Viladecans sonrió ampliamente mientras ampliamente encendía el cigarrillo y ampliamente llenaba la habitación de un humo excesivo, como si hubiera querido consumir el cigarrillo de una sola succión.

—¿Acostumbra a establecer citas a las tres de la madrugada?

—Pensé que era una hora conveniente. Es la hora en la que se vuelve a casa y en la que se acaba de hacer el amor.

—Lo tiene muy reglamentado. Yo prefiero las sobremesas.

—Yo también.

Viladecans asistía al diálogo sin intervenir.

—En realidad, no sé qué pinto yo aquí —dijo al fin.

—Eso lo sabrá usted. Pero tal vez pinte mucho más de lo que parece. Ahora que ya tienen el estómago en orden, voy a contarles mi problema. El señor Stuart Pedrell fue apuñalado hace tres meses en la barriada de San Magín. Quedó herido, probablemente de muerte, y trató de encontrar ayuda. Hizo una rápida selección de los que podrían ayudarle y finalmente la eligió a usted. No en balde había por medio una apasionada relación de ocho años.

—Apasionada es mucho decir.

—Fue apasionada. Es lo mismo. Lo cierto es que la eligió a usted. Le pidió que fuera a buscarle, que la necesitaba, que estaba herido. Usted tal vez le regateara la ayuda, tal vez no. Pero finalmente fue. Le recogió. Le llevó a algún lugar. ¿Aquí? Probablemente aquí. Sin duda llamó a alguien para que le ayudara o no hizo falta que le llamara, ese alguien ya estaba aquí. ¿Me equivoco si supongo que era usted?

Viladecans pestañeó sonriente.

—Absurdo.

—Si no era usted era el de la Harley Davidson.

—¿De qué Harley Davidson me habla?

—Ella ya me entiende. Bien. Comprobaron que Stuart Pedrell se moría. Lo comprobaron hasta tal punto que murió aquí. Entonces usted y Viladecans o usted y el de la Harley Davidson volvieron a meter el cuerpo en el coche. Buscaron un punto alejado de la ciudad. Un lugar que tardaran en encontrarlo. Eligieron un solar cuyas obras estaban paralizadas. Solar y obras que probablemente Viladecans conocía como apoderado que es de algunas inmobiliarias. Fueron allí. Encaramaron el cuerpo sobre la valla, le empujaron, oyeron el ruido del cuerpo al caer y rodar por la pendiente. Pensaron que tardarían semanas en encontrarlo pero al día siguiente un ladronzuelo de coches trató de refugiarse en aquel solar, le pescó la policía y se descubrió el pastel. Stuart Pedrell debió de hablar antes de morir. Probablemente contó algunas incoherencias sobre dónde había estado durante el año de su desaparición. Ese año se convertía en un peligroso pozo de tiempo. ¿Le habría dicho a alguien que iba a buscar ayuda en casa de su antigua amante? ¿De aquella muchacha con la que se citaba en Londres a las cuatro de la tarde, sobre un prado de Hyde Park? O en el Tivoli de Copenhague, en el pozo de la risa.

—Está usted muy enterado de las fantasías eróticas de Carlos.

—Ya le dije que sobre ustedes se sabe todo. Necesitaban saber dónde se había metido Stuart Pedrell. A qué mares del Sur había llegado. Lo necesitaban ustedes y lo necesitaban su viuda y sus socios. Por medio hay millones y millones de intereses creados.

—Yo no desencadené su investigación. Fue enteramente cosa de Mima. Es más: me pareció un absurdo desde el comienzo, pero como abogado no podía negarme.

—Como abogado y como implicado. No soy un moralista ni voy a discutirles el derecho a quitarse los cadáveres de encima. Tal vez el procedimiento sea poco humano, pero el valor de lo humano siempre ha sido y siempre será convencional. Tal vez hubieran podido hacer algo para salvarle la vida.

—No se podía hacer nada.

—¡Lita!

—Déjalo. ¿Qué más da? Lo sabe todo y no sabe nada. Es su palabra contra la nuestra. No se ha equivocado en nada. No era el de la Harley, era aquí el amigo. Estábamos juntos. En la cama por más señas cuando llegó su llamada. Si me hubiese llamado desde los mismísimos mares del Sur no me habría parecido una llamada más lejana, más absurda. Primero no quise ir. Pero su voz era preocupante. Fuimos los dos a buscarle. No quería ir a ningún hospital. Le hicimos la oferta de dejarlo en la puerta y que nos diera tiempo de marcharnos. No quiso. Pedía un médico amigo. Pensamos en a quién podríamos llamar. No nos dio tiempo. Se murió.

—¿De quién fue la idea de tirarlo por ahí?

—No importa. Nos imaginamos el cuadro: el cadáver de Stuart Pedrell aparece en el apartamento de su amante que entonces se entendía con su abogado. Un reportaje de *Interviu* denunciaba la maldad de los ricos y de paso todo el tinglado de las empresas donde estaba metido Carlos... No había elección posible.

—Podían haberle dejado en la puerta de su chalé. En la postura del que va a llamar y no consigue reunir las últimas fuerzas. El vagabundo vuelve a casa para morir junto a los suyos.

—No se nos ocurrió. Nunca he tenido imaginación literaria. Tú tampoco, ¿verdad?

—Yo me desentiendo de lo que has dicho. Yo no he aceptado nada. Yo no he dicho nada.

—Podrías añadir que sólo hablarás en presencia de tu abogado, que eres tú mismo.

—Ríete si quieres, pero ahora queda por ver la reacción de Mima.

—¿Qué va a hacer ésa? ¿Levantar la bandera de su amor herido? A ésa le importaba Carlos aún menos que a mí. ¿Qué opina usted, señor Carvalho? ¿Podemos esperar un final feliz?

—Me parece que en realidad me plantea si pueden esperar un final sin molestias.

—Exacto.

—No depende de mí. La viuda tiene la última palabra.

—Quisiera sugerirle, señor Carvalho, y sigo sin aceptar nada, que conste, que este asunto podría resolverse a plena satisfacción de todos. ¿Puede borrarnos de esta historia? Estoy dispuesto a pagar espléndidamente el servicio.

—Yo ni un céntimo. No seas tonto. ¿Qué podemos perder?

—Mi factura a la viuda será bastante elevada. Me

doy por bien pagado. He tenido además la oportunidad de recorrer una historia ejemplar que casi me hace creer en la fatalidad. Hay cosas que son contra natura. Tratar de huir de la propia edad, de la propia condición social lleva a la tragedia. Piensen en eso cada vez que tengan la tentación de marcharse a los mares del Sur.

—Si voy alguna vez, iré en plan de crucero. Pero no me tienta. Mi hermana estuvo y sí, todo es muy bonito, pero no puedes meter en el agua ni la punta del pie. Cuando no hay serpientes de agua hay tiburones. Prefiero el Caribe o el Mediterráneo. Son los únicos mares civilizados de este mundo.

—Cuando vaya a hablar con Mima, recuerde mi oferta. Por otra parte y por mucho que le pague cualquier revista especializada en difamación, no le pagará tanto como yo.

El abogado tuvo de pronto un acceso de prisa. Le esperaban en la audiencia desde hacía una hora. Carvalho no se dio por aludido ni siquiera cuando el abogado se quedó en la puerta esperando que le precediera. Lita Vilardell hizo un gesto a Viladecans para que se fuera. Carvalho le miraba los ojos dinásticos, heredados del último negrero europeo y primer negrero catalán. Poco a poco la mujer abandonó el rictus irónico de sus facciones y se puso a contemplar la agitación de las plataneras en la terraza, movidas por un súbito viento.

—El viento es la salvación de esta ciudad —dijo ella.

Finalmente se decidió a afrontar la mirada de Carvalho.

—Tal vez le sorprenda. Pero una amante puede sentirse más humillada que la mujer propia cuando se convierte en la olvidada y vieja concubina de un harén.

CARVALHO BUSCÓ LA BORRACHERA por la vía rápida.
Mientras redactaba el informe, vació una botella de
Ricard y toda el agua fría que Biscuter tenía en la nevera. Con el estómago convertido en un mar de anisa-
do aguado, pidió toneladas de comida para absorber
el líquido. Se acabó el bacalao al ajo arriero, la tortilla
de patatas y cebolla que improvisó Biscuter, y además
exigió un bocadillo de sardinas en escabeche que Biscuter hacía excelentemente, dando primacía al oréga-
no sobre el laurel. Llamó a Charo para confirmarle el
fin de semana y la hora en que ella debía pasar a re-
cogerle por Vallvidrera.

—¿Qué te pasa? Tienes voz de constipado.

—Estoy borracho.

—¿A estas horas?

—¿Qué horas son las mejores?

—Espero que no te pases borracho el final de semana.

—Me lo pasaré como me pase por los cojones.

Colgó y compensó los remordimientos comiéndose
los plátanos al ron que Biscuter le había preparado,
atónito ante el despliegue de voracidad del detective.

—Biscuter, baja a la Rambla y que le envíen un
ramo de flores a Charo. Hoy mismo.

Terminó el informe, lo metió en un sobre, se lo
puso en el bolsillo. Cogió otro papel y escribió sobre él:

*Tal vez te convenga hacer ese viaje, pero sola o
mejor acompañada. Búscate un muchacho amable, al
que le hagas un favor con ese viaje. Te recomiendo un
muchacho sensible, con cierta cultura y no mucho dinero. Los encontrarás a montones en la facultad de
Filosofía y Letras. Te adjunto las señas de un profesor amigo mío que te ayudará a buscarlo. No le aban-
dones hasta que lleguéis, al menos, a Katmandú y déja-
le el suficiente dinero para que pueda volver. Tú sigue*

tu viaje y no vuelvas hasta que te caigas de cansancio o vejez. Aún volverás a tiempo de comprobar que aquí todo el mundo se ha vuelto o mezquino o loco o viejo. Son las tres únicas posibilidades de sobrevivir en un país que no hizo a tiempo la revolución industrial.

Escribió el nombre de Yes y sus señas en un sobre, metió dentro la misiva en la que añadió la dirección de Sergio Beser y algunas precisiones y consejos sobre el carácter de las gentes del Maestrazgo. Pegó el sello con un mar de saliva alcoholizada y salió a la calle con la carta en una mano como si fuera el pañuelo que pide paso a la ambulancia. Lo precipitó en los abismos de un buzón y se quedó contemplando éste como si fuera a partes iguales un objeto no identificable y la tumba de un ser querido. Misión cumplida, se dijo. Pero algo le inquietaba y lo descubrió de pronto al pasar frente al lugar donde antaño estuvo el frontón Jai Alai.

—¡La panadera!

Consultó su agenda y se metió en el trajín vespertino de las callejas ya animadas por el despertar de sus flores de la noche. Pensión Piluca.

—¿Está la señora Piluca?

—La señora Piluca fue mi madre y murió hace años.

—Perdone. Busco a un vasco que se llama como casi todos los vascos. Se hospeda aquí con una señora.

—Acaban de salir. Suelen meterse en el bar de la esquina.

—Estas calles están llenas de esquinas y de bares.

—El bar Jou-Jou.

Un tugurio que predicaba con el ejemplo ahorrando toda la energía eléctrica posible para que no se viera la pura mosca que cubría las «tapas variadas» y los chorizos de carne de perro. El vasco y la panadera se comían un bocadillo en una mesa esquinada.

—Con permiso.

Se sentó antes de que reaccionaran.

—Vengo de parte de la ETA.

El hombre y la mujer se miraron. Él era fuerte y moreno, con la barba como un césped azul sobre una mandíbula poderosa. Ella era una dama gordita y blanca con los rizos rubios mal ocultando las descuidadas raíces castañas de su pelo.

—Nos hemos enterado que vas fardando por ahí de terrorista y eso no nos gusta.

—¿Que yo...?

—Tú vas por ahí fardando de terrorista para ligar y llevarte a tías como ésta a la cama. Nos hemos enterado y te hemos puesto en la lista. Ya sabes lo que quiere decir. Por mucho menos hay quien aún está corriendo por el Polo. Te damos dos horas para que hagas las maletas. Y hazlas con cuidado, no te vayan a estallar.

Carvalho se desperezó contra el respaldo de la silla para que se le abriera la chaqueta y el vasco viera la pistola asomada al borde de la cintura del pantalón. El vasco se había puesto de pie. Miraba a la aterrada dama blanca y a Carvalho.

—Dos horas —insistió.

—Vamos.

—Te vas tú, ella no. ¿Quiere usted irse con este terrorista de pega?

—Yo no sabía...

—No se lo aconsejo. Si se porta bien no le pasará nada. Pero volverá a recurrir al timo un día de éstos y no me gustaría que usted estuviera a su lado cuando tuviéramos que volarlo.

El hombre salió de detrás de la mesa.

—Paga ese asqueroso bocadillo antes de irte. Deja la ropa de la mujer, luego subirá ella a buscarla.

—Me fui con lo puesto.

—Mejor. Entonces llévate lo que quede como recuerdo.

No volvió la cabeza Carvalho para verle marchar. La mitad del trabajo estaba hecho. Veinticinco mil pesetas. Había que ganar las veinticinco mil restantes. La mujer era un puro pánico paralizado sobre aquella silla mugrienta.

—No se preocupe. A usted no le pasará nada. Le teníamos ya muy localizado. Es la tercera o cuarta vez que nos lo hace. No es mal chico, pero le gusta demasiado la jodienda.

—¡Qué loca he sido!

—No. Me parece muy bien que se haya permitido un respiro. A su marido le sentará muy bien.

—No me dejará volver. ¡Y las nenas! ¡Mis hijas!

—Sí que la dejará volver. ¿Quién va a hacerle las cuentas? ¿Quién le cuidará las niñas? ¿Quién le llevará la casa? ¿Quién le irá a Zaragoza a buscar harina? Aproveche usted los viajes a Zaragoza o más adelante vuelva a dejarlo, pero elija mejor el acompañante.

—Nunca más.

—Eso nunca puede decirse.

—Es muy bueno mi marido.

—Los maridos han de ser buenos, sobre todo cuando no son nada más que eso.

—Y muy trabajador.

—Bueno, entonces ya es otra cosa. Ya son muchas cualidades. Vuelva. Me consta que la está esperando.

—¿Cómo lo sabe? ¿Cómo sabe tantas cosas?

—¿No ha oído hablar de nuestros comandos de información? Sabemos de todo más que el gobierno. Detectamos a ese farsante cuando vivía en la misma casa que ustedes y delegamos allí a uno de los nuestros.

—No vino nadie nuevo a la escalera. Como no fuera algún trabajador eventual. De ésos pasan y pasan.

—Por ahí va la cosa.

—¿Cómo sé que me aceptará otra vez? ¿Me acompaña usted?

—Llámele por teléfono.

Mientras ella telefoneaba se acabó Carvalho el bocadillo que el vasco había dejado a medio comer. Era de chorizo. Ni de perro. Debía de ser chorizo de rata y lagarto y en lugar de pimentón habían puesto minio, para que no se oxidara. Volvió ella llorosa, radiante.

—Puedo volver. He de darme prisa. Me ha dicho que iremos juntos a esperar a las niñas a la salida del colegio. Gracias. Muchas gracias. Le estoy muy agradecida.

—Dígale a su marido que no se olvide de mí.

—No le olvidaremos, ni él ni yo. ¿Cómo voy a casa? Me da miedo ir sola por este barrio.

Carvalho la acompañó hasta la Plaza del Arco del Teatro. La metió en un taxi y bajó a los urinarios para mear largamente los primeros alcoholes depurados por un cuerpo que le pesaba como si estuviera lleno de arena.

—SE LO HE PUESTO TODO POR ESCRITO. Me hago viejo. Antes podía recitar de corrido una conclusión y en general los clientes quedaban satisfechos.

La viuda de Stuart Pedrell tenía los cajones del despacho abiertos, los ojos también abiertos y con una mano movía el lápiz que le rascaba pensativamente una sien. Una peluca de media melena castaña cubría sus cabellos negros. Sus formas en reposo sobre el sillón gerencial estaban vestidas con la dignidad de una señora gerente que oculta hambres de penúltimas fiestas. Hojeó el informe de Carvalho sin leerlo.

—Demasiado largo.

—Puedo hacerle un resumen verbal. Pero acaso olvide cosas.

—Correré el riesgo.

—Su marido fue asesinado por unos navajeros en la barriada de San Magín. Una cuestión moral. Su marido había preñado a la hermana de un navajero y había tratado de redimir a toda una familia, a todo un barrio. Era demasiado. Sobre todo si tenemos en cuenta que su marido era uno de los constructores de ese siniestro barrio. Muy probablemente la chica de la historia lleve en sus entrañas un hijo del señor Stuart Pedrell, pero no se alarme: no quiere absolutamente nada. Es una chica moderna, trabajadora, de izquierdas. Ha tenido usted suerte. Usted y sus hijos. No termina ahí el caso. Su marido, herido de muerte, fue a re-

fugiarse a casa de una de sus amantes, la señora o señorita Adela Vilardell, a la que encontró recién salida
de una cama en la que aún yacía el abogado Viladecans. Él murió, puede decirse, en los brazos de Viladecans. Aterrados, porque les parecía un resucitado, los
dos amantes destruyeron sus documentos, sólo dejaron
la confusionista nota «... ya ninguno me llevará al sur»
y a él lo tiraron en un descampado de la ciudad. Fue
un hecho providencial porque, gracias a un error mío
basado en la situación del descampado, he llegado a
descubrirlo todo... pero de eso ya se enterará si lee el
documento. ¿Llora?

En la pregunta de Carvalho había una mal controlada ironía. La viuda casi masticó la respuesta ai-
rada.

—Usted es de los que se creen que los ricos no tenemos sentimientos.

—Los tienen. Pero menos dramáticos. Todo lo que
sufren les cuesta menos o pagan menos.

Había recuperado la compostura y miraba el informe como una mercancía.

—¿Cuánto?

—Hay una factura razonada en la última hoja. En
total trescientas mil pesetas y a cambio tiene usted
la seguridad de que nadie va a tocarles ni un céntimo
del patrimonio.

—Es un buen negocio, sobre todo si la chica no reclama la paternidad de mi marido.

—No reclamará por la cuenta que le trae. A no ser
que usted quiera poner este informe en manos de la
policía y vayan en busca de su hermano. Entonces saldrá todo.

—Es decir...

—Es decir que si quiere tener la fiesta, la honra y
la fortuna en paz tendrá que dejar impune este crimen.

—Aunque no hubiera aparecido lo de la chica, yo
no habría movido ni un dedo para que la policía en-
contrara al asesino.

—Es una amoral.

—Quiero descansar. He ejercido de mujer de negocios durante un año, intensamente. Me ha ido muy bien. Me voy de viaje.

—¿Adónde?

Carvalho leyó la respuesta en el brillo irónico que dilató aún más las pupilas azabache de la viuda.

—A los mares del Sur.

—¿Una peregrinación sentimental? ¿Un acto de desagravio?

—No. Un viaje de ratificación personal. Como ya le habrá informado mi hija, con la que según parece ha intimado mucho, mi hijo mayor se gasta en Bali el dinero que le envío. Aprovecharé el viaje para verle y luego seguiré la ruta.

—La ruta que dejó su marido en un mapa.

—Y en una agencia de viajes. El recorrido estaba muy bien estudiado. Conseguí que se me pasara a mí el abono y así salvé el anticipo.

—Y eso lo hizo usted en las semanas que siguieron a la aparición de su marido.

—Sí. Reclamé a la agencia y me atendió.

Se había levantado la viuda. Fue hacia una caja empotrada tras un cuadro de María Girona, la abrió, llenó un cheque, lo arrancó, se lo entregó a Carvalho.

—Hay cincuenta mil pesetas de propina.

Silbó Carvalho asumiendo el papel de detective privado pagado en dólares en Santa Mónica por una clienta caprichosa.

—Que todo quede entre usted y yo.

—Hay que aumentar el grupo: Viladecans, la señorita o señora Adela, la muchacha de San Magín, su familia...

—No se lo habrá dicho usted a mi hija.

—No. Ni podré decírselo en adelante porque no volveré a verla.

—Me alegro.

—Esperaba su alegría.

—No soy una madre posesiva, pero Yes está traumatizada por lo de su padre. Busca un padre.

—Me hago viejo, pero aún no he llegado a esa edad

en la que la pederastia se encubre de deseos de rejuvenecer o al revés.

Carvalho se había levantado. Alzó una mano semiabierta y se dio por despedido. Pero en la puerta le detuvo la propuesta de la viuda.

—¿No quiere venir conmigo a los mares del Sur?

—¿Todo pagado?

—Con lo que ha cobrado podría costearse el viaje. Pero eso no sería un problema.

A distancia parecía más frágil, más pequeña. De un tiempo a esta parte Carvalho trataba de descubrir en los adultos los rasgos y gestos que habían tenido en la adolescencia y en la infancia. Eso le hacía ser peligrosamente indulgente. La viuda Stuart Pedrell debía de haber sido una muchacha con toda la capacidad de entusiasmo de este mundo. Aún había mares en sus ojos y las facciones maceradas evocaban el rostro de una muchacha esperanzada que desconoce lo breve de la enfermedad que separa el nacimiento de la vejez y de la muerte.

—Ya no tengo edad para ser un gigoló.

—Todo lo ve por el lado sórdido: o pederasta o gigoló.

—Deformación profesional. Me iría gustosamente con usted. Pero tengo miedo.

—¿De mí?

—No. De los mares del Sur. Tengo obligaciones: una perra de meses y dos personas que de momento me necesitan o creen que me necesitan.

—Será un viaje corto.

—Hace tiempo leía libros y en uno de ellos alguien había escrito: quisiera llegar a un lugar del que no quisiera regresar. Ese lugar lo busca todo el mundo. Yo también. Hay quien tiene léxico para expresar esa necesidad y hay quien tiene dinero para satisfacerla. Pero millones y millones de personas quieren ir hacia el sur.

—Adiós, señor Carvalho.

Volvió a levantar la mano Carvalho y salió sin volver la cara.

YA HABÍA ENCENDIDO EL FUEGO, enfundado los pies en las zapatillas casi transparentes por el uso, trajinado en la cocina en busca del hilo inductor de un guiso que no acababa de configurarse, cuando reparó en que *Bleda* no había acudido a recibirle. Le calentó un poco de arroz hervido con verduras e hígado, lo volcó todo en el plato del animal y salió al jardín llamándola. No acudió. Primero pensó en la posibilidad de que se hubiera escapado tras los pies de la mujer de la limpieza o en que hubiera saltado el alto muro o quedado encerrada en alguna habitación de la casa. Pero una ansiedad oscura y progresivamente dolorosa le hizo buscarla por los rincones del jardín hasta encontrarla como un perro de juguete vacío sobre el charco de su propia sangre. Le habían tajado el cuello y le colgaba la cabeza cuando Carvalho la levantó para acercarla a sus ojos. La sangre se había secado sobre el pelo y le daba un aspecto de muñeco de cartón opaco, de muñeco de cartón opaco muerto, con los rasgados ojos semicerrados y el hociquillo arrugado en un gesto de inútil fiereza de animal débil. Tenía la carne de cartón, el ladrido y el lloro para siempre en silencio. La navaja había abierto un tajo profundo y largo, como si tratara de separar la cabeza del cuerpo.

La ciudad centelleaba a lo lejos, y sus luces empezaron a encharcarse en los ojos de Carvalho. Buscó una pala en el sótano, volvió junto a *Bleda* y cavó un hoyo a su lado, como si quisiera hacerle la última compañía. Abandonó el cuerpecillo de cartón en el oscuro fondo de tierra húmeda. Sobre el cuerpo dejó caer con cuidado el plato de plástico, la botella de champú, el cepillo, el spray de desinfectante ya inútil para aquella herida definitiva y fue echando tierra respetando la cabeza de perfil de *Bleda*, el pequeño brillo profundo de su ojo semicerrado, para las últimas paletadas. Recubrió la tierra con la gravilla que había separado, tiró la pala, se sentó sobre la baranda del muro y se aferró con las

manos a los bordes de ladrillo para que el pecho no se
le rompiera por los sollozos. Le ardían los ojos, pero
sentía una súbita limpieza en la cabeza y en el pecho.
Mirando hacia la ciudad iluminada dijo:

—Hijos de puta, hijos de puta.

Se bebió una botella de orujo helado y a las cinco
de la madrugada le despertaron el hambre y la sed.

Impreso en Talleres Gráficos
DUPLEX, S. A.
Ciudad de Asunción, 26-D
08030 Barcelona